btb

Elin (Ärztin, Mitte 50) verlässt ihren Mann und zieht kurzerhand in ihre Praxis. Ihre einzige Gesellschaft, abgesehen von den leidigen Patienten, ist das altkluge und im Laufe der Jahre verstaubte Skelettmodell namens Tore, das Elins Klagen mit einer gesunden Mischung aus Realitätssinn und beißendem Sarkasmus kommentiert. Wie konnte es so weit kommen? Während Elins Mann Aksel jede freie Minute mit Skilanglauf verbringt, schickt Elin, die ihre Abende mit einer Flasche Wein vor dem Fernseher fristet, eines Abends eine Nachricht an ihren Jugendfreund Bjørn – und fühlt sich plötzlich wieder lebendig. Doch eine langjährige Ehe und das gutsituierte Leben im Reihenhaus lassen sich nicht so leicht abschütteln.

Nina Lykke, geboren 1965 in Trondheim, Norwegen wuchs in Oslo auf. Sie studierte Grafik in Kopenhagen, arbeitete als Grafikdesignerin und war von 1997 bis 2003 Redaktionsmitglied der feministischen Zeitschrift »Utflukt«. Ihren Durchbruch als Schriftstellerin hatte Lykke mit ihrem Roman »Aufruhr in mittleren Jahren«, der in Norwegen eines der am meisten besprochenen Bücher des Jahres war.

Nina Lykke

Alles wird gut

Roman

Aus dem Norwegischen von
Sylvia Kall und Ina Kronenberger

btb

Die norwegische Originalausgabe erschien 2019 unter dem Titel
»Full spredning – en legeroman« bei Forlaget AS, Oslo.

Das Epigraf auf S. 7 ist dem Buch *Scherzetto* von
Domenico Starnone entnommen.
Benjamin Disraeli wurde auf S. 24 zitiert:
»Never complain, never explain.«
Auf S. 31 wurde aus Esther Perel, *The State of Affairs. Rethinking Infidelity*, Harper 2017 zitiert: »Auch nicht mehr als Krebs.«

MIX
Papier | Fördert gute Waldnutzung
FSC® C014496

Penguin Random House Verlagsgruppe FSC® N001967

1. Auflage
Genehmigte Taschenbuchausgabe August 2023

Published in agreement with Oslo Literary Agency
Umschlaggestaltung: Sabine Kwauka nach einem Entwurf und
unter Verwendung einer Illustration von Lotta Kühlhorn
Druck und Bindung: GGP Media GmbH, Pößneck
SL · Herstellung: sc
Printed in Germany
ISBN 978-3-442-77078-6

www.btb-verlag.de
www.facebook.com/penguinbuecher

Für Ella und Alba

Hinter der schmucken Alltagsfassade
lauert ein ungezogener kleiner Kobold,
den wir geflissentlich übersehen, eine Kraft,
die die Fleischeslust weckt und in regelmäßigen
Abständen jeglichen Anstand zunichtemacht,
auch bei den Alleranständigsten.

Domenico Starnone

1

Kein Mensch kennt die unterschwelligen Strömungen in der Bevölkerung so gut wie ein Hausarzt. Ich habe alles durch, glutenfrei, laktosefrei, zuckerfrei, jede Schlagzeile in den Zeitungen und im Netz, die gesunden Menschen einredet, wenn sie kein Brot oder keinen Käse mehr essen, renkt sich alles wieder ein. Menschen mittleren Alters verstehen nicht, warum sie immerzu müde sind. Das liegt daran, dass Sie alt werden, sage ich dann, aber sie denken, dass das mit dem Alter für sie nicht gilt, so wie sie auch denken, dass das mit dem Tod für sie nicht gilt. Dass in ihrem speziellen Fall eine Ausnahme gemacht wird. Für sie ist es selbstverständlich, dass ihr Körper einwandfrei funktioniert, und es überrascht sie, wenn er es eines Tages nicht mehr tut. Wenn der Stuhlgang eines Tages Zicken macht, sich der Schlaf nicht einstellen will oder die Muskeln nicht mitspielen. Siebenundvierzig ist doch nicht alt, sagt der siebenundvierzigjährige Patient. Doch, sage ich, siebenundvierzig ist alt genug, um nicht mehr so weitermachen zu können wie bisher. Aber das wollen sie nicht wahrhaben. Sie wollen weitermachen wie bisher, und dann bestellen sie sich im Netz einen bestimmten Saft oder ein grünes Pulver, oder sie wollen eine spezielle Allergie oder Lebensmittelunverträglichkeit bescheinigt bekommen, damit sie doch so weitermachen können wie bisher, wenn sie nur diesen besonderen Saft trinken oder dieses spezielle Pulver schlucken oder irgendein Hauptnahrungsmittel weglassen oder sich von Pelztieren fernhalten.

Sie wollen nicht auf mich hören, wenn ich ihnen sage, sie müssten es etwas langsamer angehen lassen, zufrieden sein, sich ausgewogen ernähren und bewegen, in dieser Reihenfolge. Ich habe keine Lust mehr, das ständig sagen zu müssen, und sie haben keine Lust mehr, es ständig zu hören, aber es ist die Wahrheit, und sie ist langweilig.

Es ist Freitagmorgen, fünf vor acht. In fünf Minuten rollt die Lawine los. *Schickt den Feind herein*, wie ein Kollege es ausdrückt. Und selbst heute noch, nach all den Jahren, sitze ich manchmal hier am Schreibtisch in der Praxisgemeinschaft im zweiten Stock eines alten Wohnblocks am Solli Plass und verstehe plötzlich nicht mehr, warum draußen Leute darauf warten, zu mir hereinkommen zu dürfen. Sie haben sich in der Arbeit freigenommen, um hierherzukommen, aber warum? Mein Kopf ist still und leer. Auf dem Schreibtisch liegen ein paar Papiere, dort steht ein Computerbildschirm, daneben befindet sich ein Stethoskop, hier drüben ist eine Maschine auf Rädern, aber wozu wird das alles gebraucht, das ganze Zeug, und was soll hier drinnen passieren, was wird erches sein, und vielleicht ist es das, was uns alle am Ende antreibt und uns morgens aufstehen lässt, dieser unerschütterliche Glaube daran, dass wir etwas Besonderes sind, eine Ausnahme.

Es ist nicht okay. Ganz und gar nicht, fährt Tore fort, er hätte das Toilettenpapier anfeuchten und sich vorsichtig damit abwischen können. Es gibt ganz viele Möglichkeiten. Er hätte sich im 7-Eleven Feuchttücher besorgen und damit abwischen können, bevor er hierherkam. Nichts davon hat er getan. Und wenn er dazu fähig ist, einem Menschen, den er nicht kennt, einen Hintern mit frischen Fäkalienresten ins Gesicht zu strecken, wozu ist er dann sonst noch fähig? Was hat er sonst noch zu verbergen, welche Leichen hat der Mann sonst noch im Keller?

Während ich mich selbst über Bewegung, Flüssigkeitsaufnahme und Ballaststoffe reden höre, versuche ich, Tores erregte Stimme und den intensiven Geruch zu verdrängen, der vor wenigen Minuten den Raum erfüllt hat und immer noch in der Luft hängt.

Während des Studiums habe ich in einem Pflegeheim gejobbt. Dort habe ich gelernt, strikt zu trennen, und schon nach einer Woche konnte ich Kotreste von Körpern, Wänden und Rollstühlen entfernen und direkt im Anschluss in die Kantine gehen, um ein Frikadellenbrötchen zu essen. Ich zog wasserdichte Schotten ein zwischen hier und dort, zwischen vorher und jetzt, und nicht zuletzt: zwischen mir und den Patienten.

Heute vertrage ich gar nichts mehr. Im Takt mit all dem anderen, was sich mit den Jahren abnutzt und abschwächt, scheint meine Fähigkeit, Dinge voneinander zu trennen, ebenfalls nachzulassen, heute muss ich aktiv an Sachen arbeiten, die noch vor wenigen Jahren ganz von selbst passiert sind.

Ich rede gegen die glasklaren Bilder an, die ein Eigenleben auf meiner Netzhaut führen. Ich rede von Salben und Zäpfchen und stelle am PC ein Rezept aus, aber die Bilder laufen weiter, sie werden schlimmer, sie werden unbeschreiblich, meine eigenen scharfen Zähne beißen in die Hämorrhoiden, sodass Blut und Kot herausspritzen. Wo kommt das her? So war ich früher nicht. Ich habe weitaus schlimmere Dinge erlebt, habe Abszesse entleert, die nicht nur die Umstehenden vollgespritzt haben, sondern mehrfach auch Decke und Wände. Ich habe Wunden versorgt. Ich habe alles an Körperflüssigkeiten gesehen und auch alles gerochen, was ein Mensch an Gerüchen ausdünsten kann, ich kann mich nicht von etwas Kot aus der Fassung bringen lassen. Aber die Schotten sind nicht länger dicht, und alles will nur noch raus. Wenn ich mich nicht zusammenreiße, gibt es einen Skandal, was wiederum zur Folge hätte, dass ich hier nicht mehr bleiben kann, und wie soll es dann mit mir weitergehen, wo doch dieses Sprechzimmer und diese Uniform das Letzte sind, was mir geblieben ist.

Du kannst ganz beruhigt sein, bemerkt Tore. Der Skandal hat längst stattgefunden.

Aber nicht *hier*, antworte ich. Noch ist *hier* nichts passiert.

Die Hämorrhoiden verlassen das Sprechzimmer. Ich aktualisiere die Krankenakte, mache die Tür auf und nenne den Namen des nächsten Patienten. Doch auf dem Flur sitzt nur ein Mann mit Brille und Pferdeschwanz, er schüttelt den Kopf. Ich schaue den Flur hinauf und hinunter, gehe sogar zu dem großen Wartezimmer und sage den Namen noch einmal, aber kein Mensch blickt von seinem Handy auf.

Als ich zurück ins Sprechzimmer will, sieht mich der Pferdeschwanz auffordernd an, sein Blick sagt: Dann kann ich ja jetzt reinkommen, wenn der Patient vor mir nicht aufgetaucht ist. Nein, kannst du nicht, sagt meine ganze Körperhaltung. Jetzt genehmige ich mir eine kleine Pause, die habe ich mir nämlich verdient.

Früher hätte ich ihn hereingerufen. Um vor dem Zeitplan zu sein, die Kontrolle und die Übersicht zu behalten, die Fälle abzuarbeiten. Aber vor einer Weile habe ich erkannt, dass es egal ist, wie schnell ich arbeite oder wie viele Patienten ich verarzte. Es hörte einfach nicht auf, als hätte jemand den Wasserhahn aufgedreht. Es kamen immer mehr nach. Es nahm kein Ende.

Ich setze mich an den Schreibtisch und starre in die Luft. *Alles wird gut*, kann ich gerade noch denken, *ich muss nur die Ruhe bewahren in diesen kurzen freien Momenten des Tages, es ist wichtig…*, aber da brummt das Handy, und dabei fällt mir ein, dass es schon gebrummt hat, als ich noch mit den Fingern in dem Typen mit den Hämorrhoiden war.

Auf dem Display sehe ich eine ganze Reihe ungelesener Nachrichten. Mehrere davon sind von Bjørn.

Wie geht's, warum antwortest du nicht?

Auch auf diese Nachricht antworte ich nicht, genauso wenig, wie ich auf die gestrigen geantwortet habe. Oder die von heute Nacht, denn während ich mich durch die App wische, sehe ich, dass er immer wieder Nachrichten geschickt hat, um Mitternacht, aber auch um drei oder vier Uhr morgens.

Das ist meine neue Taktik: nicht antworten, nicht rangehen. Daran halte ich mich seit gestern Nachmittag, als ich wie immer schon die Daumen am Display hatte. Doch dann wollten sich die Worte nicht einstellen. Was sollte ich schreiben, wer saß am anderen Ende und wartete auf Antwort, und was war überhaupt der Sinn des Ganzen.

Lass sie nur machen, dachte ich und legte das Handy ins Bücherregal. Das tun sie sowieso.

Mit jeder Minute, die verstrich, ohne dass ich antwortete, wurde ich ruhiger, und jetzt ärgert es mich, dass ich mehr als ein halbes Jahrhundert auf dieser Welt zubringen musste, um zu begreifen, dass es am besten und am effektivsten ist, wenn ich gar nichts sage oder mache.

Aber du kannst dich jetzt nicht einfach verkriechen, sagt Tore, der will, dass ich weiterkämpfe, sowohl mit Aksel, der zu Hause in Grenda sitzt, als auch mit Bjørn, der zurück in seine Ehe in Fredrikstad beordert wurde, und mit Gro, die mehrmals mit Aksel gesprochen hat, das hat sie in den Nachrichten, die sie mir geschickt hat und auf die ich nun also nicht mehr antworte, ein paarmal erwähnt.

Ich glaube, es geht ihm nicht so gut, schrieb Gro mir gestern, was sie auch gern von ihrem Exmann behauptete. Und dann: *Er braucht wirklich jemanden zum Reden.* Diese weibliche Ausrede, die viele Millionen Jahre alt ist und für alles herhalten kann: *Er braucht mich.*

Ich sehe sie vor mir, meine frühere Nachbarin und Saufkumpanin, allein in ihrer riesigen Villa, und dort sitzt Aksel allein im Reihenhaus, und erst jetzt erinnere ich mich, wie Gro sich jedes Mal auf ihrem Stuhl aufgerichtet hat, wenn Aksel in die Küche kam, wo wir meistens saßen. Ich glaube nicht, dass es ihr selbst bewusst war, denn wäre es ihr bewusst gewesen, hätte sie es besser kaschiert.

Was wirst du dagegen tun?, fragt Tore.

Wogegen?

Dass Gro vielleicht genau in diesem Augenblick neben Aksel liegt, in dem Bett, das du zur Hälfte bezahlt und mit ihm zusammen nach oben getragen hast.

Ich weiß es nicht. Mir fehlt es an Wettkampfinstinkt. Käme es zu einer Hungersnot, wäre ich eine der Ersten, die dabei draufgingen.

Du musst etwas unternehmen, bevor es zu spät ist.

Was kann ich schon tun? Die Dinge gehen einfach

ihren Gang. Wenn ich jetzt etwas unternehme, wird alles nur schlimmer. Dann sorge ich nur für die nötige Reibung, die es zwischen ihnen erst richtig aufflammen lässt.

Warte nur. Beide sitzen sie in ihrem jeweiligen Haus, verlassen von ihrem jeweiligen Partner. Passender könnte die Situation nicht sein. Der Tisch ist gedeckt. So eifrig, wie die Welt alle lichtscheuen Affären verdammt, die Papieren, Verträgen und Immobilien zuwiderlaufen, genauso begeistert wird die Welt applaudieren und befürworten, was sich jetzt zwischen den beiden anbahnt.

Na und.

Und Bjørn, bohrt Tore weiter, sichtlich unzufrieden, dass ich nicht reagiere. Was ist mit Bjørn?

Bjørn ist in Fredrikstad, zurück bei Linda, seiner Herrin. Was zeigt, dass ihre Abhängigkeit voneinander groß ist. Am größten ist der Drang zur Unterwerfung, der Drang zu Fesseln. Nach dem Amerikanischen Bürgerkrieg waren viele Sklaven nicht gewillt, die Plantagen zu verlassen, was auch nicht weiter merkwürdig ist. Merkwürdig ist eher, dass sich so viele in etwas Neues und völlig Unbekanntes und möglicherweise sogar Schlimmeres begaben.

Mehrere Nachrichten stammen von Aksel. *Ich kann den Anblick deiner Kleidungsstücke im Schrank nicht länger ertragen*, schreibt er. Aksel ist ebenfalls früh aufgestanden, und es tut gut zu sehen, wie er sich von Nachricht zu Nachricht immer mehr aufregt. *Ich ertrage es nicht, sie hierzuhaben, ich habe sie in Müllsäcke gepackt und in die Garage gestellt. Du kannst sie jederzeit abholen, komm aber nicht ins Haus.*

Das Haus gehört ja jetzt ihm, fällt mir ein, und der Gedanke treibt nicht einmal meinen Puls in die Höhe. All die Jahre, die ich mit dem Haus in Grenda beschäftigt war, mit Putzen und Renovieren und dem Ausbau von Dachboden und Keller, und jetzt sitze ich hier und habe es einfach weggegeben. Zwar mit einer Klausel, dass es direkt an die Mädchen übergehen soll und dass Aksel es nicht mit einer einzigen Krone beleihen kann, ohne sie vorher zu fragen, aber trotzdem.

Verhält man sich lange genug still und passiv, geschehen Dinge ganz wie von selbst, und bald geht noch eine Nachricht von Aksel ein, obwohl er aller Wahrscheinlichkeit nach auch bei der Arbeit ist, und jetzt kommt die Drohung zum Vorschein, wie ein Wurm kriecht sie aus ihrem Loch und streckt den Kopf zum Licht: *Ida hat gestern angerufen und gefragt, wann wir im Sommer auf Hvaler sein werden.*

Übersetzt heißt das: Wir müssen bald mit den Mädchen sprechen, ihnen erzählen, was vorgefallen ist. Wenn du nicht die Initiative ergreifen willst, werde ich es tun. Und dann werde ich meine Version zuerst erzählen.

Ich antworte auch jetzt nicht. Erzähl ihnen nur deine Version zuerst, mein Lieber. Ich bin hier sowieso die Böse.

Tore: Aber früher oder später musst du antworten, reden, handeln. Und wenn du schließlich erzählst, was vorgefallen ist – wie lautet dann deine Version? Also deine endgültige Version?

Tore gluckst auf seine ganz spezielle Art und fährt fort, hilfsbereit wie er ist: dass du dir einen Liebhaber zugelegt hast, weil Aksel dich nicht *wahrgenommen* hat? Dass du untreu geworden bist, weil Aksel sich so sehr fürs Langlaufen interessiert hat, war es so? Oder dass du dieses Verhältnis zu Bjørn eingegangen bist, weil du dich in seinem Blick als Zweiundzwanzigjährige wiedergefunden hast? Weil du Angst vor dem Sterben hast, weil wir nur dieses eine Leben haben, und sollen wir deshalb bloß …

Ach, sei still.

Oder weil du einfach die Schnauze voll hattest. Die Schnauze *gestrichen voll* zu haben ist ja sehr verbreitet, wir geben dem Kind bloß einen komplizierteren Namen, damit wir damit leben können. Habe ich was vergessen?

Ich antworte nicht, und Tore spricht weiter. Aksel und dir ging's doch gut, oder etwa nicht? Denk mal an den Sommernachmittag, als die Kinder im Garten spielten oder durch Grenda streunten und ihr zwei nach dem Essen die Küche aufgeräumt habt, es war heiß, du hattest nur ein kurzes Kleid an, und dann hast du den Slip ausgezogen und bist auf die Küchenzeile gesprungen. Der Anblick deiner braunen Oberschenkel reichte für Aksel damals völlig aus, schon war er in dir drin. Ihr standet dort in der Küche, draußen die Nachbarn und die Kinder, jederzeit hätte jemand reinplatzen können – so war es damals, und hätte euch jemand in flagranti ertappt, hätte es euch nur noch attraktiver gemacht, ein attraktives Ehepaar, das es in der eigenen Küche stehend miteinander treibt, während die Kinder draußen im Garten spielen. Ihr habt den Abwasch Abwasch sein lassen und seid hinauf ins Schlafzimmer gegangen und habt es noch einmal gemacht. Sieh dir an, wie du dich in deinem früheren Leben bewegt und alles für selbstverständlich gehalten hast. Warst du nicht zufrieden?

Doch, ich war zufrieden. Und ich habe nichts für selbstverständlich gehalten, im Gegenteil. Und dennoch ist aus meinem Nicht-begreifen-Können, wie es so weit kommen konnte, ein Nicht-begreifen-Können, wie ich es so lange in Grenda ausgehalten habe, geworden. Alles, wovor ich immer Angst gehabt habe, ist eingetroffen, und doch wirkt es passender und richtiger, hier zu wohnen, jeden Abend den IKEA-Sessel auszuklappen und als Bett herzurichten, als alles, was ich je getan habe. Als wäre ich die ganze Zeit auf dem Weg hierher gewesen.

2

Die erste Nacht nach neuer Zeitrechnung lag ich wach auf der Behandlungspritsche und hörte die Straßenbahnen auf dem Solli Plass ankommen und wegfahren. Die letzte Bahn polterte gegen halb zwei vorbei.

Nach Feierabend am nächsten Tag fuhr ich mit dem Bus zu IKEA und kaufte mir einen Sessel, der sich in ein Bett verwandeln lässt. Dort kaufte ich mir auch einen großen Abfalleimer, darin verstecke ich Laken, Decke und Kissen.

Am dritten Abend hatte ich das verzweifelte Bedürfnis, mit jemandem zu reden, egal, mit wem, egal, worüber. Ich versuchte, mit der Putzfrau ins Gespräch zu kommen, als sie auftauchte. Ich fragte sie über ihr Leben aus, hatte sie Kinder? Ich stand da und trank Kaffee und sah ihr beim Arbeiten zu, während sie auf meine Fragen antwortete. *Yes. Her name is Maria. She is five years old. She is living with her grandparents in Poland. Of course I miss her.*

Belästige sie nicht, sagte Tore, es war das erste Mal, dass ich ihn reden hörte. In dem Moment reagierte ich nicht darauf, es passierte gerade so viel anderes. Mit dem alten Plastikskelett zu reden, das in der Ecke stand, wirkte ganz natürlich, und ich antwortete, wenn auch schweigend, nur im Geiste, jedoch so, als wäre er ein lebendiger Mensch: Aber ich interessiere mich für das Leben dieser Polen. Oft Menschen mit guter Ausbildung, wie es wohl für sie ist, sich hier in Norwegen ganz unten wiederzufinden, als Putzfrauen oder Möbelpacker, Maler, Fußbodenabschleifer.

Nicht genug, dass sie deine Praxis putzt, jetzt willst du sie auch noch aushorchen.

Sie antwortet doch.

Sie traut sich nichts anderes. Sie ist die Putzfrau.

Trotzdem ist es gut gemeint, wenn ich mich mit ihr unterhalte, und ich habe es satt, mich selbst zu durchschauen. Tut man das lange genug, bleibt schnell nichts mehr übrig. Hinter allem findet man etwas anderes, und dahinter wieder etwas anderes, es hört nie auf.

Jetzt wohne ich seit fast drei Wochen hier. Der Schlafsessel ist hart und unbequem, und ich wache jede Nacht etwa einmal in der Stunde auf. Aber erst wenn in der Uhrzeit eine fünf vorkommt, darf ich aufstehen, denn vier Uhr ist nachts, und fünf Uhr ist morgens, und ist es Viertel nach vier, muss ich warten bis zehn vor halb fünf. Erst dann darf ich in meine Uniform schlüpfen und mich auf die Toilette im Gang schleichen. Es ist schon vorgekommen, dass ich um diese Uhrzeit auf Kollegen gestoßen bin, dann habe ich so getan, als wäre ich auch früh reingekommen, nur eben noch früher als sie. Keine Erklärung, keine Entschuldigung. *Never complain, never explain*. Nur ein resignierter Blick: So weit ist es schon gekommen, wir Hausärzte arbeiten rund um die Uhr.

»Du machst den Akkord kaputt«, hat letztens einer gesagt. »Du bist ja immer hier. Bist du etwa hier eingezogen?«

»Ja«, habe ich geantwortet. »Ich fand es so am besten. Wir sollten uns alle einfach geschlagen geben und hier zusammenziehen, je eher, desto besser.«

Wir grinsten. Haha.

Wenn man etwas zu verbergen hat, lohnt es sich, so lange wie möglich bei der Wahrheit zu bleiben. Sag die Wahrheit, und warte ab, was passiert. Nichts passierte. Der Kollege nickte nur und ging weiter.

Es ist auch schon vorgekommen, dass ich lieber ins Waschbecken hier im Sprechzimmer gepinkelt habe. Anschließend heißt es, Decke, Laken und Kissen wegräumen, das Bett zusammenklappen, sodass es wieder zu einem gewöhnlichen Sessel wird, der in der Ecke steht. Wasser trinken, Zähne putzen, das Fenster öffnen, denn man kann es riechen, wenn ein Mensch im Zimmer geschlafen hat, sich in die Kantine schleichen, um einen Kaffee zu holen. Nicht die Kaffeemaschine anstellen, jedenfalls nicht werktags, sondern den Wasserkocher benutzen und löslichen Kaffee kochen, ihn schwarz trinken. Früher habe ich Milch in den Kaffee getan, aber ich habe beschlossen, dass Milch genau wie ein weiches Bett ein Luxus ist, den ich nicht mehr verdiene. Außerdem ist es eine Sache weniger, an die ich denken muss.

In der Kantine steigt das Risiko, jemandem zu begegnen, da wir sie uns mit der Praxisgemeinschaft im Stockwerk unter uns teilen. Einmal stand morgens eine Psychiaterin, Spezialistin für Essstörungen, an der Arbeitsplatte.

»Gut siehst du aus«, sagte sie. »Hast du abgenommen?«

»Gut möglich.«

»Was ist dein Geheimnis?«

»Nach jedem Essen den Finger in den Hals stecken«, antwortete ich, und wir lachten.

Humor ist wichtig, dachte ich auf dem Weg zurück ins Behandlungszimmer. Es ist wichtig, dass man lacht. Beim Lachen werden Stoffe ausgeschüttet, die … Mensch, halt die Klappe, sagte Tore, als ich zurückkam. Halt bloß die Klappe.

Jeden Morgen zwischen fünf und acht höre ich Radio, trinke Kaffee und kümmere mich um den Papierkram. Ich schaue mir die Ergebnisse der Blutproben an und gehe Epikrisen und Krankenhausberichte durch. Ich bin so müde, dass mein Kopf auf die Tastatur sinkt, und doch ist es die beste Zeit des Tages. Durch das Fenster ist die erste Straßenbahn zu hören, die am Solli Plass ankommt und wieder abfährt, und während ich Arztberichte für die Sozialbehörde und die Versicherungsgesellschaften schreibe und Formulare ausfülle, die in ihren Anforderungen von Woche zu Woche pingeliger und detaillierter werden, höre ich ganz leise das Radioprogramm von NRK P1. Das Nervensystem lässt so früh am Morgen keine Gemütswallungen zu, übrigens auch nicht am restlichen Tag, keinen Schock oder stupide Werbung, zu alte oder zu neue Musik. Nur redigierte und autorisierte staatsfinanzierte Klänge.

Alles wird gut, lautet die Botschaft des leisen Radiogeblubbers. Alles wird gut.

Früher habe ich Aksel gefragt, entweder daheim oder per SMS, zum Beispiel nach einer schwierigen Konsultation. Glaubst du, es geht gut aus? Und wenn er nicht gerade mitten in einer Operation war, antwortete er stets: Ja, alles wird gut. Natürlich wird alles gut.

Jetzt kann ich ihn nicht länger fragen. Sollte ich auf die Idee kommen, Aksel eine solche Nachricht zu schicken, würde es, so wie die Dinge nun einmal liegen, als Kriegserklärung aufgefasst. Als hätte ich nicht bis in alle Ewigkeit das Recht verwirkt, versichert zu bekommen, dass alles gut wird.

Hin und wieder habe ich den Impuls, Aksel eine Nachricht zu schicken, ihm etwas zu erzählen, egal, was, vielleicht etwas Neues über einen Patienten, von dem ich ihm berichtet habe und für den er sich interessieren könnte, und ich habe schon das Handy in der Hand, da fällt mir ein, dass das keine Option mehr ist, und dann frage ich mich: *Was hast du bloß angerichtet, was hast du bloß angerichtet.* Ich sehe mich um auf der Suche nach Hilfe, versuche, Erinnerungen, Antworten und Vorfälle zusammenzutragen, die in die Schlussfolgerung münden, *es wäre sowieso passiert.* Wie bei einem Elternpaar unter meinen Patienten, dessen Sohn an einem angeborenen, aber unerkannten Herzfehler gestorben war: *Es wäre sowieso passiert.* In ihrem Fall, ja, in meinem Fall, nein.

Anfangs wachte ich morgens nach Luft schnappend auf und musste eine Weile in Embryohaltung liegen bleiben, um atmen zu können. Jedes Mal dachte ich, jetzt ist es vorbei, jetzt sterbe ich, und am dritten oder vierten Tag rief ich Aksel an und sagte, er könne meinen Anteil am Haus haben. Das heißt, ich schickte ihm eine Nachricht, um keinen Rückzieher mehr machen zu können. Wenn sich der Anfall am nächsten Morgen ankündigen sollte, könnte ich zu mir sagen: Aber ich habe ihm meinen Anteil am Haus überlassen.

Bis dahin hatte Aksel, seit ich hier eingezogen war, weder angerufen, noch war er ans Telefon gegangen – heute ist es umgekehrt, aber damals verweigerte er die Antwort –, doch nach dieser Nachricht rief er sofort an. Noch am selben Tag saßen wir in Grenda am Küchentisch: sein Gesichtsausdruck, als ihm aufging, dass er Alleineigentümer wäre, der allein war es fast wert.

Der Anwalt schickte uns eine neue Übertragungsurkunde, wir unterschrieben, und es änderte nichts. Warum sollte es auch. Aber so behielten die Mädchen wenigstens ihr Elternhaus. Eins von Aksels Argumenten war gewesen, dass er mich nicht ausbezahlen könne. Das war eine seiner ersten Äußerungen, als es knallte. Hier zeigte er sich wieder, Aksels Fokus auf Geld und Immobilien, und jedes Mal, wenn ich an diese Seite von ihm erinnert wurde, ließ die Spannung in meinen Halsmuskeln für eine Weile nach.

Die Anfälle verschwanden, doch sobald alles Praktische wie Kaufbrief, Anwalt und Grundbucheintragung erledigt war, kamen sie zurück.

Was heißt, dass du für jeden Morgen ohne Angst etwa eine halbe Million Kronen gezahlt hast, sagt Tore. Oder zweihunderttausend für jeden illegalen Sex mit Bjørn, denn so kann man es natürlich auch sehen.

Ich antworte nicht, und Tore fährt fort: Es ist ein Fass ohne Boden, es wird nie voll, egal, was du tust und wie viel du weggibst. Wann siehst du das endlich ein? Mit dem Gefühl, eine Schuld mit dir herumzuschleppen, bist du schon geboren worden, es wird dich bis ins Grab begleiten. Du musst lernen, damit zu leben, ohne ständig so komische Sachen zu machen. Du musst lernen, damit zu leben, wie Leute mit ihrer Trauer leben. Ein Schritt nach dem anderen, eine Minute nach der anderen.

Ich antworte immer noch nicht, und Tore versucht es von einem anderen Blickwinkel aus: Ich komme nicht darüber hinweg, dass du das Haus weggegeben hast. Wie blöd kann man nur sein. Jetzt hast du das bisschen an Verhandlungsgrundlage eingebüßt, das du hattest.

Ich will keine Verhandlungsgrundlage haben. Ich will nicht dort sein, wo man Wörter wie *Verhandlungsgrundlage* benutzt. Oder Ausdrücke wie *die Ehe reparieren.*

In letzter Zeit kommen die Anfälle mitten am Tag, und dann muss ich mich vorbeugen, die Hände auf die Knie stützen und mich ganz darauf konzentrieren, Luft in die

Lunge zu kriegen. Der Körper hält diese Anfälle nicht unbegrenzt aus, und es ist ein Trost, dass es diese Grenze gibt, denn so lässt der Anfall für dieses Mal nach.

Wichtig ist, alle Kraft zusammenzunehmen, um optimistisch zu bleiben, sage ich zu meinem Spiegelbild, denn das Gehirn lässt sich programmieren. Gedanken, Gefühle, jegliche Hirntätigkeit kann mit der Zeit neue Spuren und Muster bilden. Das funktioniert in beide Richtungen. Die Depression kann schleichend kommen. Anfangs kann es verlockend sein, sich ihr hinzugeben, hat sie sich jedoch erst einmal eingenistet, ist es viel schwieriger, sie wieder loszuwerden, als ihr von vornherein entgegenzutreten, das sage ich zu meinen Patienten.

Kommen Sie zur Ruhe, seien Sie zufrieden, ernähren Sie sich ausgewogen und bewegen Sie sich.

Ich lächele mich so breit an, dass das Zahnfleisch zu sehen ist.

Glaubst du, alles wird gut, frage ich Tore, aber er antwortet nicht. Er steht einfach nur da mit seinem arroganten Skelettlächeln, das bis zu den Ohren reicht, und ich muss an etwas denken, was einer meiner Professoren im Studium gesagt hat: *Tief in uns drin lächeln wir ständig.*

Aksel ist zu viel Ski gelaufen, das könnte ich mit einem gewissen Recht behaupten. Aber was ist, wenn es keine Erklärung gibt, was ist, wenn es keine zusammenhängende Erzählung gibt, keine Helden und keine Schurken.

Euch ging es doch ganz gut, oder etwa nicht, schnarrt Tore erneut.

Aksel wird darüber hinwegkommen, wir werden darüber hinwegkommen. Es ist nicht das erste Mal, dass Paare einen Ehebruch überstehen. Dass es ihnen hinterher sogar besser geht.

Denk an das Interview, das du neulich gelesen hast, in dem eine Ehetherapeutin gefragt wurde, ob sie Fremdgehen als Medizin für abgenutzte Ehen empfehlen würde, und die zur Antwort gab: *Auch nicht mehr als Krebs.* Und jetzt sitzt du da voller Metastasen und hoffst, dass die Chemotherapie wirkt.

Aksel weiß nicht, dass ich hier wohne. Ich habe nicht gelogen, nur Informationen zurückgehalten, wie ich es das ganze letzte Jahr getan habe, und darum glaubt er, dass ich in der Wohnung meiner Mutter in der Oscars Gate wohne. Das wäre ja das Naheliegendste, nachdem meine Mutter jetzt im Pflegeheim lebt und die Wohnung in der Oscars Gate leersteht.

Jeden Abend denke ich, ich sollte dort einziehen. In der Oscars Gate ist das Wohnen im Gegensatz zu hier erlaubt, und dort gibt es außerdem zwei richtige Betten, verteilt auf zwei Schlafzimmer. Aber jeden Abend bleibe ich lieber hier. Dieses Provisorische hat etwas Verlockendes an sich und nicht zuletzt auch etwas Verbotenes, ja, vielleicht ist es vor allem das Verbotene. Die kindliche Freude darüber, unter dem Radar zu fliegen, und über all die Verrenkungen, die ich machen muss, um nicht erwischt zu werden.

Nachts schlafe ich, wie gesagt, nicht viel, aber wenn ich am Tag ein paar freie Minuten habe, kommt es vor, dass ich mich auf die Behandlungspritsche lege. Ich lege die Beine in die Bügel, die für gynäkologische Untersuchungen vorgesehen sind, und dort, mitten im Alltagslärm, mit schlaffem, sabberndem Unterkiefer, schlafe ich tiefer als zu jeder anderen Tages- oder Nachtzeit und an jedem anderen Ort.

Warum lege ich mich dann nicht einfach nachts auf die Pritsche? Weil es nichts nützen würde, denn wenn das Schlafen auf der Behandlungspritsche mit den Beinen in den Bügeln ein neues Programm wird, ein neues Rezept, etwas, das ich tun sollte, kann ich auch dort nicht mehr schlafen. Ich weiß nicht, warum, ich weiß nur, um auf der Behandlungspritsche schlafen zu können, muss ich es zwangsläufig als etwas Verkehrtes betrachten, etwas, das ich nicht tun sollte. O nein, denke ich, ich kann hier nicht liegen, denn draußen sitzen Patienten und machen Druck, sodass sich die Tür regelrecht nach innen wölbt, ich muss die Krankenakte auf den neuesten Stand bringen, ich muss … und an dieser Stelle schlafe ich in der Regel ein.

Ich bin jetzt über fünfzig und doch zurück in diesem alten kindischen Trotz, als hätte ein jugendlicher Teil meines Ichs irgendwo tief in mir geschlummert und würde sich jetzt erheben und den erwachsenen Teil mit einem Happs verschlucken.

3

Ich muss auf der Behandlungspritsche eingedöst sein, obwohl ich mich nicht erinnern kann, mich hingelegt zu haben, denn ich werde von einem Klopfen an der Tür geweckt.

Zwei Sekunden, rufe ich und stürze zum Waschbecken, spritze mir kaltes Wasser ins Gesicht und sehe auf der Uhr an der Wand, dass nur zehn Minuten vergangen sind, ich bin also immer noch im Zeitplan, und bald sitzt der Mann mit dem Pferdeschwanz vor mir.

»Was kann ich heute für Sie tun«, frage ich lächelnd. Ich habe irgendwo gelesen, wenn ein Mann und eine Frau sich gleich benehmen, wird die Frau als mürrischer wahrgenommen. Um dieselbe Stimmung auszustrahlen, müssen Frauen mehr lächeln und nicken als Männer. Andererseits leben wir länger. Und uns gehen die Haare nicht aus. Würden Frauen in ihren Dreißigern die Haare ausgehen – so wie es bei dem Mann vor mir der Fall zu sein scheint, vermutlich hat er sich deshalb einen Pferdeschwanz zugelegt –, gäbe es einen Aufstand.

Der Pferdeschwanz lächelt nicht zurück.

»Ich brauche eine Überweisung zum Psychologen«,

sagt er und sieht mich mit kugelrunden Augen hinter den Brillengläsern an.

»Aha. Aber bevor ich Ihnen eine Überweisung ausstellen kann, müssen Sie mir noch ein bisschen mehr darüber erzählen, warum Sie glauben, die Hilfe eines Psychologen zu benötigen.«

Schau sie an, hör ihnen zu – um das zu lernen, habe ich viele Jahre gebraucht. Als ich vor Jahren einmal wie damals üblich eine Zusammenfassung der Konsultation ins Diktafon gesprochen habe, vergaß ich, es auszuschalten, sodass die komplette nächste Konsultation aufgezeichnet wurde. Als ich das Band abhörte, begriff ich zunächst nicht, woher die kreischende Stimme kam, wem sie gehörte. Bis zu diesem Tag hatte ich mir aus irgendeinem Grund eingebildet, eine gute Zuhörerin zu sein, eine Ärztin mit besonnener und beruhigender Ausstrahlung. Mein Ideal waren die Schaffner der Norwegischen Staatsbahn, hilfsbereit, aber nicht übertrieben freundlich. Jetzt hörte ich mich selbst, und ich klang wie eine manische Krähe, schrill und selbstgefällig. Meine Stimme gellte durch den Raum, ich lachte über meine eigenen Witze und ließ den Patienten nicht zu Wort kommen, sondern unterbrach ihn und vollendete seine Sätze, und schließlich konnte ich hören, wie er einfach aufgab.

Es war wie ein Hammerschlag auf den Hinterkopf. Wo gab es sonst noch diese Kluft zwischen dem, wie ich mich sah, und dem, wie ich wirkte?

Von dem Tag an versuchte ich zuzuhören, wenn die

Patienten sprachen, und ich merkte, wie neu und ungewohnt es war, sie ausreden zu lassen. Sie nicht zu unterbrechen, ihre Sätze nicht zu Ende zu sprechen, sie vielmehr reden zu lassen, bis sie nichts mehr zu sagen hatten. Anfangs juckte es mich in allen Gliedern. Zu schweigen erforderte meine ganze Kraft und Geduld, aber schließlich fühlte es sich an, als würde sich ein Nebel lichten.

Doch der Pferdeschwanz wollte nicht reden.

»Ich bin depressiv.«

Er hatte es zunächst per E-Mail versucht, fällt mir jetzt ein, denn wie so viele andere hält er mich lediglich für eine Art Pförtnerin zu den wahren Ärzten, das heißt, den Fachärzten, und betrachtet eine Überweisung von mir, der Hausärztin, Pförtnerin, Sekretärin, als reine Formalität, die man ebenso gut per E-Mail oder SMS erledigen kann. Aber so ist es nicht, weshalb ich ihn bat, zu mir in die Praxis zu kommen.

»Können Sie beschreiben, wie sich die Depression äußert, woher sie Ihrer Meinung nach kommt und so weiter?«

Seine Handgelenke sind weiß und schmal und schwarz behaart. Er ist hager, seine Kleidung sieht abgetragen aus, und er dünstet etwas Wächsernes aus, etwas von ungewaschener Kopfhaut vielleicht, und dann noch etwas Strenges, Fischiges. Sardinen? Mein Geruchssinn ist in den letzten Jahren immer schärfer geworden, aber was habe ich davon. Dieser Körper ist nur eine hilflose Hülle, in der wir stecken und aus der heraus wir die Welt betrachten. Der Körper ist der Käfig, in dem wir leben, und irgendwann und ohne dass wir wissen, warum, rütteln wir an den Stäben, sodass der ganze Käfig wackelt. Und jetzt will der Mann zum Psychologen. Das Mantra unserer Zeit: Mach eine Therapie, geh zum Psychologen. Wie wäre es damit, die Haare etwas öfter zu waschen und nach den Sardinen die Zähne zu putzen, und jetzt fällt mir noch ein weiterer Geruch auf, was hat dieser Gestank zu bedeuten, waschen sich die Leute nicht mehr, der Geruch erinnert mich an etwas, und plötzlich macht es klick: So riecht es, wenn Aksel vergisst, seine Sportsachen aus der Waschmaschine zu nehmen. Genau so: nach einer Mischung aus Schimmel und Fäulnis.

So *roch* es, wenn Aksel *vergaß*…, wirft Tore ein, du wohnst nämlich nicht mehr mit Aksel in Grenda, du wohnst jetzt hier.

Aber wir sind noch verheiratet. Wir sind nicht mal getrennt. Haben bisher nichts unterschrieben.

Ach nee. Nur die Übertragungsurkunde für das Haus.

Der Pferdeschwanz sieht mich an.

»Warum denn? Können Sie mir nicht einfach die Überweisung geben?«

Der Pferdeschwanz ist Lehrer, eine Berufsgruppe, die neben Anwälten und anderen Ärzten die größte Herausforderung unter den Patienten darstellt. Lehrer, weil sie versuchen, das Ruder in die Hand zu nehmen, und zwar auf eine Art, die eine Behandlung erschwert. Vorwitzig sind sie auch noch. Wenn ich mal ausreden dürfte, sagen sie. Sehen Sie mich an, wenn ich mit Ihnen spreche. Das hat letzte Woche eine Lehrerin zu mir gesagt, sie war im Alter meiner Töchter. Anwälte, weil sie alles kennen, was sich an Gesetzen und Vorschriften auf der Welt tummelt, und Ärzte, weil sie wissen, wie wenig Ärzte tun können und wie wenig Ärzte wissen. Zum Glück gehen die meisten Ärzte nicht zum Arzt. Ich auch nicht.

»Das kann ich nicht einfach so machen. Ich muss eine Einschätzung von Ihnen vornehmen, bevor ich Ihnen eine Überweisung ausstelle. Erst mal das Wesentliche vorweg: Schlafen Sie nachts, essen Sie, waschen Sie sich?«

Der Pferdeschwanz rollt mit den Augen.

Wo ist der Respekt geblieben, den die Leute früher vor Ärzten hatten? Oh, wie ich ihn vermisse. Oh, wie ich die neue Zeit hasse, mit dem Individuum im Zentrum, dem Kunden im Zentrum, dem Verbraucher im Zentrum und Service und Qualität an allen Ecken und Enden. Oh, wie ich die wohlgenährten, verwöhnten kleinen Verbraucher hasse, die dort sitzen und ihre fetten Patschhändchen nach immer mehr Annehmlichkeiten des Wohlfahrtsstaats ausstrecken, oh, wie ich es hasse, dass sie sich ihren Arzt aussuchen können, ihr Krankenhaus und ihre Behandlung, denn so sieht es heute aus, ja, so sieht es heute aus, aber unser Gehirn ist nicht dafür geschaffen, all diese Entscheidungen zu treffen, und ich hasse auch das Internet und SMS und E-Mails, den ganzen Mist, und oh, wie ich alles hasse, was die Leute zu wissen glauben, all das aufgeblasene Selbstvertrauen in der Welt. In unserem

Land herrsche das Gesetz der übertriebenen Bescheidenheit, heißt es, dabei gibt es zu wenig Bescheidenheit, das ist das Problem.

»Wenn ich Sie zum Psychologen überweisen soll, muss ich wissen, warum Sie psychologische Hilfe benötigen. Das muss ich in Ihrer Krankenakte vermerken, und es muss auch auf der Überweisung stehen. Darum möchte ich, dass Sie mir ein bisschen von Ihrem Leben erzählen und warum Sie glauben, Hilfe zu brauchen.«

Der Pferdeschwanz seufzt, setzt sich gerade hin und beginnt an den Fingern abzuzählen.

»Ich schlafe schlecht, ich mag meine Arbeit nicht, ich bin einsam, ich habe keine Freunde, jedenfalls keine, die ich mag, ich habe keine Lust, Sport zu treiben, es ist unter meiner Würde, wie ein Bekloppter durch die Gegend zu rennen, ich komme bei Frauen nicht an, zumindest nicht bei denen, die ich haben will. Ich hasse die Schüler, und ich hasse alle Nachbarn in meinem Wohnblock. Hunde, die auf den Bürgersteig kacken. Leute, die ihre Köter nicht anleinen.«

»Aha. Dann leben Sie allein?«

»Ja. Die Frauen sind heutzutage viel zu wählerisch. Sie sitzen da mit ihrer Checkliste, und wenn man bei einem Punkt durchfällt, heißt es gleich, und tschüss.«

Während er redet, starrt er mich an. Die weit geöffneten Augen hinter den Brillengläsern bewegen sich hoch und runter, schnell landen sie in meiner Brustregion, wo sie hängen bleiben. Seine Art zu glotzen, ohne zu blinzeln, hat etwas Selbstverständliches, ganz so, als wäre es meine Schuld, dass er so starren muss. Als entzöge es sich, genau wie alles andere, seiner Kontrolle. Die Welt schuldet ihm etwas, das er nicht bekommt. Hier zeigt sich der Zeitgeist: Alle haben eine Schuld, die sie eintreiben wollen. Sie sind alle zu bedauern.

Der Pferdeschwanz erzählt meinen Titten, dass er auf Tinder eine Frau nach der anderen trifft, dass aber nie etwas daraus wird.

»Woran liegt das, was denken Sie«, frage ich und muss den Impuls unterdrücken, meinen Arztkittel, das Unterhemd und den BH hochzuheben, mich in die Brustwarzen zu zwicken, gleichzeitig die Zunge herauszustrecken und mit ihr zu wedeln.

Tore: Tu es, tu es.

Stattdessen klammere ich mich mit beiden Händen an den Schreibtisch, um mich festzuhalten, während der Pferdeschwanz im Detail erzählt, wie wählerisch die Frauen heutzutage sind, anstatt ihre Chance zu nutzen. Das bezieht er jedoch nicht auf die alten, die hässlichen, die übergewichtigen. Es gibt nämlich, wie sich herausstellt, viele Frauen, die diesen Mann haben wollen, unter anderem eine Kollegin, das Problem ist, er will sie nicht haben, denn der Pferdeschwanz hat seine Vorlieben, und während er darüber spricht, dass die jungen, schlanken und hübschen Frauen von heute bei ihrer Männerwahl mehr Wert auf Gene und Intelligenz legen sollten als auf oberflächliche Eigenschaften wie Aussehen, Charme und

Beruf, lausche ich seiner schleppenden, nasalen und arroganten Stimme und stelle ihn mir abends in der Stadt vor, belehrend, selbstgerecht, griesgrämig, stinkend, und ich denke darüber nach, dass weder Charme noch Attraktivität, Glück, Pech oder Leid in der Bevölkerung gleich verteilt sind. Ich habe Familien, die hierherkommen, geschlagen mit Krebs, Einsamkeit, psychischen Leiden, Verkehrsunfällen, Drogenmissbrauch, Selbstmord und Chromosomenstörungen, und dann habe ich Familien mit höchstens einem gebrochenen Arm oder etwas Migräne. Ich habe ganze Familien, die liebenswert sind, und dann habe ich Patienten wie diesen Mann. Menschen, die sich nicht zu benehmen wissen, die im Leben anecken.

Tore: Der hier braucht keinen Psychologen. Was der braucht, ist ein Grundkurs in zivilisiertem Benehmen. Und eine Dusche, saubere Kleidung und Zahnpflege. Und schneide dir um Himmels willen diesen Pferdeschwanz ab.

Wer am meisten benötigt, bekommt häufig am wenigsten, antworte ich Tore. Da meine Kräfte derzeit begrenzt sind und ich aufpassen muss, worüber ich mich aufrege, sollte ich versuchen, mit diesem Kerl zu sympathisieren, und sei es nur, um die restliche Konsultation durchzustehen, daher versuche ich, mir diesen Satz einzuhämmern: *Menschen, die am meisten benötigen, bekommen oft am wenigsten.* Aber es nützt nichts. Der Wunsch, aufzuspringen, loszuschreien, meinen Schreibtisch umzukippen und ihn mit einem Schwall von Schimpfwörtern hinauszuwerfen, lässt nicht nach.

Daher wende ich einen anderen Kniff an: Ich tue so, als hätte er Krebs. Mit Knochenmetastasen. Der arme Kerl! Noch dazu so jung! Die Idee kam mir beim Lesen eines Nachrufs voller lobender Worte, so wie die meisten Nachrufe nun mal geschrieben sind, und mir fiel nicht nur auf, wie viele fantastische Eigenschaften die Toten im Leben gehabt haben, sondern auch wie viel Erleichterung Nachrufe enthalten können, dass Teile der uneingeschränkten Huldigung, die zwischen und in den Zeilen steckt, von der Erleichterung herrühren könnten, dass dieser Mensch jetzt definitiv fort ist und nie mehr wieder unter uns wandeln wird. Der Tod kann ein reinigendes Bad sein, Endstation Krankheit lässt uns den Blick heben und alles großmütiger betrachten. Und warum sollte man diesen Kniff nicht anwenden, wenn die Leute gesund sind, warum sollte man ihn nur kurz vor und nach dem Tod anwenden, warum nicht mitten im bunten Alltag. Der heilige Glanz, der den Tod umgibt, schwarz schimmernde Särge mit Seide ausgeschlagen; bei einem Begräbnis wird alles erhöht, es käme einem nicht in den Sinn, sich auf Beerdigungen über Bagatellen wie Schimmelgeruch und Glotzaugen aufzuregen.

Nach einem zehnminütigen Vortrag über eine Welt, die es immerzu und Tag für Tag versäumt, die Erwartungen und Minimalforderungen des Pferdeschwanzes zu erfüllen, halte ich es trotzdem nicht länger aus und gebe ihm die Überweisung, und als ich ihm den Briefumschlag reiche und er ihn an sich nimmt, ohne mich anzuschauen oder sich zu bedanken, geht mir auf, dass oft genau die Patienten, die ich nicht mag, ihren Willen bekommen, einfach nur, weil ich sie aus der Praxis haben will.

4

Warum bin ich hier. Wie war das noch. Ich teste einen älteren Mann auf seine Fahrtauglichkeit. Stelle einem Mittelstufenschüler ein Attest aus. Kreuze auf Formularen für Blutuntersuchungen alles Mögliche an und aktualisiere Krankenakten, ich mache die Tür auf und rufe den Nächsten herein, und den Nächsten, aber ich antworte auf keine der Nachrichten, die unablässig auf meinem Handy eingehen.

Warum habe ich das bisher nicht getan, etwas so Einfaches wie nicht zu antworten. Keine Diskussion, kein Austausch. Seit knapp einem Tag schweige ich, und doch fühlt es sich an, als hätte ich längst die Hauptstraße mit all ihrem Lärm verlassen und befände mich jetzt allein auf einem kaum sichtbaren Pfad im Wald.

Hier in der Stille tauchen die Fragen auf.

Wann hat das alles angefangen. Wie bin ich hier gelandet.

Last, but not least: Wann hätte ich eventuell andere Entscheidungen treffen können.

Frau, Jahrgang 1989, erscheint zur gynäkologischen Untersuchung. Sie verhält sich normal. Die meisten sind ja normal. Die meisten geben ihr Bestes. Nicht wahr, Tore. Die meisten geben ihr Bestes. Das tun wir alle.

Und in der Sonne ist es wärmer als im Schatten, antwortet Tore, und dann sagt er lange nichts mehr.

Es drängt sich nahezu auf zu erzählen, dass es am Freitagabend vor genau einem Jahr begann, auch wenn vieles dafür spricht, dass es lange vorher begonnen hat und dass das, was an diesem Abend in Bewegung gesetzt wurde, nur ein Punkt in einem umfangreichen Netz mit Fäden und Verbindungslinien in alle Richtungen ist. Dennoch hat es ganz konkret damit begonnen, dass ich auf dem Sofa lag und mitten in etwas, was ich für einen normalen Alltag in einem normalen Leben hielt, auf einen Button auf dem Handydisplay getippt habe. Nach all den Jahren als Hausärztin hätte ich wissen müssen, dass es keinen normalen Alltag gibt und kein normales Leben.

Huch, dachte ich, als Bjørns Gesicht auf dem Display erschien: Lebt er noch? Ich hatte seit fast dreißig Jahren nicht mehr mit ihm gesprochen. Unter seinem Bild gab es eine Art Knopf, und mit dem Handy in der einen Hand und dem Weinglas in der anderen – einem Weinglas von der Größe eines Goldfischglases, das ich mir angeschafft hatte, um nicht unnötig lügen zu müssen, wenn ich zu den Patienten sagte, *es sei gesund, ein Glas Wein am Tag zu trinken, ich mache es selbst auch* – drückte ich auf den Knopf, denn zu dem Zeitpunkt wusste ich nicht, dass wenn dort »*People you may know*« steht und man die Stelle unter dem Foto anklickt, man denjenigen als Freund hinzufügt, man ihm also aktiv eine *Freundschaftsanfrage* schickt. Ich wusste damals so wenig über Facebook und alle anderen sozialen Medien, dass ich dachte, Bjørn hätte die Initiative ergriffen, Bjørn wollte mit mir befreundet sein. Erst als ich die Nachricht erhielt, »Bjørn hat deine Freundschaftsanfrage akzeptiert«, ging mir auf, was passiert war, aber da war es schon zu spät.

Als Nächstes erschien eine winkende Hand, begleitet von den Worten »Bjørn winkt dir zu«. Die winkende Hand bewegte sich so lebendig hin und her, dass ich, einfach nur, um sie zu stoppen, auf »zurückwinken« drückte.

Dann hast also du Kontakt zu ihm aufgenommen, sagt Tore, du hast die Initiative ergriffen, hast ihn hinzugefügt?

Tore tut so, als wüsste er das nicht schon. Seine Stimme klingt gespielt verwundert. Anfangs versuchte ich mir einzureden, Tore sei eine gütige, väterliche Figur, eine Art kluger alter Pfarrer, aber immer wieder wird mir bewusst, dass er mir nicht wohlgesinnt ist.

Es war aber keine Absicht. Es war ein Missverständnis.

Du hättest ihn ignorieren können, sagt Tore. Du hättest die winkende Hand ignorieren können.

Warum? Nachdem ich ihn schon als Freund hinzugefügt hatte, wäre es komisch gewesen, nicht zurückzuwinken.

Du hättest vorgeben können, dich mit sozialen Medien nicht auszukennen, was damals ja auch zutraf. Aber du warst neugierig. Insgeheim warst du neugierig auf Bjørn und wolltest wissen, wie es ihm ergangen war, zudem hatte dich die schnelle Reaktion, als hätte er dreißig Jahre lang parat gestanden und auf ein Zeichen von dir gewartet, misstrauisch gemacht, und du dachtest: Er hat in seinem Leben irgendwelche Probleme. Und nun wolltest du herausfinden, ob du recht hattest. Schlussfolgerung: Deine Eitelkeit hat dich zu Fall gebracht, weil du unbedingt herausfinden musstest, ob du recht hast.

Aber nicht zurückzuwinken, wäre unhöflich gewesen. Wir waren zwei Menschen mittleren Alters, die vor dreißig Jahren mal ein Jahr lang zusammen gewesen waren, mehr nicht. Diejenigen, die wir damals waren, gab es heute nicht mehr, unter anderem deshalb, weil sich alle Körperzellen innerhalb von sieben Jahren erneuern. Und woher sollte ich wissen, was passieren würde? Wir haben alle einen wunden Punkt, einen blinden Fleck, einen toten Winkel, eine ungeschützte Stelle. Eine Stelle, von der wir nichts ahnen, bis jemand sie findet, und dann ist es zu spät.

Tore antwortet nicht.

Natürlich hätte ich Bjørn von Anfang an ignorieren müssen, hätte alle Nachrichten und winkenden Hände ignorieren müssen, aber das wäre so, als würde ich, nachdem ich mit einem besoffenen Autofahrer kollidiert und nun von der Taille abwärts gelähmt wäre, sagen: Ich hätte an dem Tag nicht vor die Tür gehen sollen. Dann braucht man gar nicht erst aufzustehen. Dann muss man mit heruntergelassenen Rollos daliegen, alle Stecker ziehen und nicht aufmachen, wenn es an der Tür läutet.

Tore antwortet immer noch nicht. Das ist auch nicht nötig, denn sein Ziel, dass ich mit dem Spekulum in der einen Hand und einem Wattestäbchen in der anderen dasitze, das Gesicht dreißig Zentimeter von der Scheidenöffnung von Frau, Jahrgang 1989, entfernt, im Geiste vor mich hin brabbele und mich verteidige, verschwitzt und unpässlich mit hohem Puls, hat er längst erreicht.

Nur wenige Sekunden, nachdem ich auf »zurückwinken« gedrückt hatte, kam eine Nachricht von Bjørn:

hallo

Nicht einmal ein Punkt. Ich starrte auf das kleine Wort, das sich anfühlte wie eine schwere Tatze, die sich ohne erkennbaren Willen oder Absicht auf meine Schulter gelegt hatte.

Ich glaube nicht, dass es Zufall ist, wenn Menschen solche sinnlosen Nachrichten verschicken. Sie wollen, dass es so aussieht, als schrieben sie die Nachricht ganz nebenbei, weil sie Wichtigeres zu tun haben. Wie wir das halt so machen: Tun so, als würden wir uns für etwas interessieren, das uns nicht die Bohne interessiert, und als würden wir uns für etwas nicht interessieren, das uns brennend interessiert.

He, Bjørn, dachte ich, das geht gar nicht, und ich antwortete:

Ja, hallo, Bjørn! Wie geht es dir? Wohnst du noch in Fredrikstad?

Vollständige Sätze, Groß- und Kleinschreibung, Komma, Ausrufezeichen und Fragezeichen. So geht das.

Ich schaltete das Handy stumm und warf es auf den Wohnzimmertisch, bereute es sofort. Warum hatte ich das bloß geschrieben? Ich fragte mich selbst, wo es herkam, das ewige Gefühl, im Minus zu sein, nicht nur in Gelddingen, bei den Patienten, bei Aksel, den Mädchen, sondern auch in der sozialen Bilanz – dieses Gefühl, das mich gerade veranlasst hatte, eine lässige, fast hingerotzte Nachricht mit viel zu viel Enthusiasmus und viel zu vielen Worten zu beantworten. Ich hätte mich damit begnügen sollen, ein ebenso lässiges *hallo* zurückzuschreiben. Stattdessen waren meine Finger wie von selbst über die Tastatur geflogen.

Ich trank ein paar kräftige Schluck Wein. Wen interessierte schon, was auf Facebook passierte, diesem infantilen Universum. Es erinnerte mich an die Grundschule mit Poesiealben und Zetteln, die wir uns im Unterricht zuschickten. Ich hatte mich bei Facebook angemeldet, weil die Mädchen meinten, ich müsse das tun, wurde aber angesichts der vielen dort auftauchenden Fotos nervös, Fotos von Menschen aus alten Zeiten, von denen ich insgeheim angenommen hatte, sie wären tot, was man bei Menschen aus der Vergangenheit schnell mal glauben kann; da du sie seit Jahrzehnten nicht gesehen hast, kannst du dir nicht vorstellen, dass sie genau wie du in all den Jahren ihr Leben gelebt haben, die meisten sogar in derselben Stadt. Als manche der eher übergriffigen Patienten anfingen, mich dort für Rezepte und allgemeine Ratschläge zu kontaktieren, habe ich mich nicht mehr eingeloggt, und bald vergaß ich das Ganze. Facebook, Messengerdienste, Instagram, damals war das weit weg von mir, wie eine uninteressante künstliche, in sich geschlossene Welt.

Zwischen zwei Patienten sehe ich, dass Bjørn weitere Nachrichten geschickt hat. Ich lese nur die letzte. *Falls du das hier nicht vor halb zwölf liest, antwortest du am besten gar nicht.* Jetzt sitzt er dort in Fredrikstad in seinem IT-Job, schwitzt vor dem Bildschirm und fragt sich, warum ich nicht antworte. Bis jetzt habe ich schließlich immer geantwortet. Vielleicht denkt er, ich sei tot.

Bald wird er mit Linda zu Mittag essen, wie immer am Freitag. Das dürfte der Grund dafür sein, dass ich vor halb zwölf antworten soll, denn was soziale Medien und Smartphones angeht, ist Linda – dafür, dass Bjørn in der IT-Branche arbeitet – paradoxerweise viel fitter als er, weshalb er nicht will, dass Nachrichten von mir eingehen, während sie sich entweder in seiner oder in ihrer Kantine gegenübersitzen.

Heute Abend macht er was mit seinen Enkelkindern, wie immer freitags, und ich kann mich nicht mehr erinnern, was an Bjørns Leben so interessant gewesen war. Jetzt merke ich, wie auch das noch verschwindet, der Hunger nach Information, nach Fragen und Antworten, nach Lärm und Leben, und bevor ich Frau, Jahrgang 1999, hereinrufe, greife ich zum Handy und lese doch noch die letzten Nachrichten von Bjørn, um nicht ganz den Halt zu verlieren.

Ich mache mir allmählich Sorgen, schreibt Bjørn. *Kannst du nicht wenigstens ein Lebenszeichen von dir geben, damit ich weiß, dass alles in Ordnung ist.*

Aber nichts ist in Ordnung. Es ist lange her, dass etwas in Ordnung war. Allein diese Formulierung, wer ist dieser Mensch, für den ich alles zerstört habe und der sich so pervers ausdrückt? Wie in einer der amerikanischen Fernsehserien, die ich mir früher angeschaut habe, in der sich alle ständig gegenseitig fragten: *Are you okay?* Eine Frau stand in den Trümmern ihres abgebrannten Hauses, um sie herum ihre tote Familie, und jemand fragte sie: *Are you okay?*

Auf solche Fragen gibt es keine Antwort. Und deshalb antworte ich auch nicht.

5

An jenem Freitag vor einem Jahr wohnten nur noch Aksel und ich in unserem Haus in Grenda. Keine Kinder, keine Hunde. Zwei Jahre zuvor war Ida zu Hause ausgezogen, um in Tromsø Medizin zu studieren, zwei Jahre davor wiederum war Silje zum Medizinstudium nach Bergen gegangen.

Zu der Zeit, als Ida auszog, war Mutter eine derart große Gefahr für sich und andere geworden, dass sie ins Pflegeheim gekommen war, weshalb ich nicht mehr täglich nach der Arbeit in die Oscars Gate fahren musste, um nachzuschauen, ob sie womöglich im Nachthemd durch das Treppenhaus irrte oder vergessen hatte, den Herd auszustellen. Ich brauchte sie jetzt nur noch jeden Samstag im Pflegeheim zu besuchen, hauptsächlich, um den Schein zu wahren, da sie mich selten erkannte und sich nie daran erinnern konnte, dass ich da gewesen war.

Es gab mit anderen Worten nichts, was Aksel und mich daran hinderte, uns ganz unseren Freizeitaktivitäten hinzugeben, die in meinem Fall im Weintrinken und Fernsehen bestanden und in Aksels Fall in ausgiebigen Runden durch den Wald, je nach Jahreszeit mit oder ohne Ski.

Waren wir zufällig gleichzeitig zu Hause, konnten wir lange Gespräche führen, über die Patienten, die Kollegen, die Mädchen. Wir lachten viel, und es kam vor, dass ich mich auf dem Sofa in seine Armbeuge kuschelte, und es kam auch vor, dass er mich beim Schlafen im Arm hielt. Aber wir waren beide mehr oder weniger impotent geworden. Beischlaf war mit der Zeit zu einem Stück harter Arbeit geworden, und auch wenn es kein großer Aufwand gewesen wäre, Östrogen, Viagra oder andere Hilfsmittel zu besorgen, war es doch am einfachsten, sich die Treppe hinaufzuschleppen und ohne langes Hin und Her zu Bett zu gehen. Darin waren wir uns einig, ohne viel darüber gesprochen zu haben. Wären wir älter, hätten wir ein für alle Mal die Segel streichen können. Aber wir waren knapp über fünfzig. Aksel könnte mir außerdem jederzeit von einer Kollegin aus dem Rikshospital weggeschnappt werden. Solche Geschichten höre ich ständig, vom Rikshospital und auch von anderen Krankenhäusern und Arztpraxen in und um Oslo und aus anderen Städten, denn der Krankenhaustratsch verbreitet sich wie ein Lauffeuer über das ganze Land, und daher wusste ich, dass ich mich zusammenreißen musste, dass ich mit dem anfangen musste, was ich meinen Patienten ständig predigte, Krafttraining, ausgewogene Ernährung, Östrogen, die ganze Packung. Nicht zuletzt musste ich das Trinken herunterfahren, über das ich allmählich die Kontrolle verlor.

Jeden Morgen war ich voller Vorsätze, wollte dieses

und jenes umsetzen, vor allem mit dem Trinken aufhören oder es zumindest deutlich einschränken. Doch dann kam der Nachmittag, mein Kopf war gefüllt mit den Fragen der Patienten und mit meinen Antworten und dann noch mit den Argumenten für und gegen das, was ich gesagt hatte. Das Gegröle ging ganz von selbst los, und Wein und Fernsehserien waren das Einzige, was dem Lärm Einhalt gebieten konnte. Ich sah keine Nachrichten mehr, las auch keine Bücher mehr. Irgendwann hatte ich mehr oder weniger alle Arten von sozialem Beisammensein eingestellt mit Ausnahme einzelner Abende mit Gro, entweder oben bei ihr oder unten bei mir, in der Küche in Grenda.

Nach einem Acht- bis Zehnstundentag war der teuerste Chablis im Pappkarton, den das Vinmonopolet vorhielt, das Einzige, was mich wirklich entspannen ließ. Mit halboffenem Mund auf dem Sofa zu liegen, während eine Folge nach der anderen über den Bildschirm flimmerte, war im Grunde auch das Einzige, worauf ich Lust hatte.

Viele der Fernsehserien wirkten irgendwie vertraut, und ich hatte fast immer das vage und doch deutliche Gefühl zu wissen, was als Nächstes passieren würde. Ich wusste, was die Personen sagen würden, bevor sie es sagten. Ich hielt mich für schlau, weil es mir gelang, die Fernsehserien zu überlisten, weil ich die Drehbuchautoren und all ihre Tricks durchschaute, bis mir aufging, dass es ganz einfach daran lag, dass ich die ganze Staffel schon mal gesehen hatte, allerdings mit so viel Promille, dass ich ein Auge zukneifen musste, um nicht doppelt zu sehen.

Zwischendurch sagte ich zu Aksel:

»Jetzt höre ich mit dem Trinken auf.«

»Das hast du schon öfter gesagt«, antwortete er.

»Aber diesmal meine ich es ernst.«

»Auch das hast du schon öfter gesagt.«

»Lach nicht.«

»Ich lache nicht.«

»Ich sehe doch, dass dir nach Lachen ist.«

»Du hast es einfach schon so oft gesagt. Und du trinkst doch auch gar nicht so viel.«

Drei Tage waren das Längste, was ich schaffte. Am vierten Abend lag ich wieder auf dem Sofa, und vor mir auf dem Tisch stand ein halbvolles Goldfischglas, folglich musste ich das Glas gefüllt und mehr oder weniger im Halbschlaf daraus getrunken haben, und dann konnte ich gut und gern auch noch den Rest austrinken, und schon war ich wieder dabei.

Es ist der gleiche Mechanismus wie hinter jeder Sucht, ich wusste genau, dass wir alle, auch das medizinische Personal, ja vielleicht allen voran das medizinische Personal, die gleichen Ausflüchte in uns tragen, den gleichen Drang nach Abschalten, Belohnung, Spannung, die gleiche Faulheit und Genusssucht. Ich prägte mir die Worte ein, *Faulheit und Genusssucht, Angst vor Schmerzen*, aber es nützte nichts. Nachdem der letzte Patient gegangen und der dringendste Papierkram erledigt war, marschierten meine Beine wie von selbst zum Vinmonopolet, und bei jedem Besuch dort war ich erneut fasziniert davon, dass man völlig legal, ohne Polizei oder Verhaftung zu riskieren, sogar ohne Rezept, in ein staatlich betriebenes Geschäft gehen und ein stark abhängig machendes und durch und durch giftiges Rauschmittel erwerben und noch dazu von höflichen, freundlichen, beschlagenen und kultivierten Menschen bedient werden kann, die zusammen mit den hübschen Flaschen in Reih und Glied den Teil der Welt des Alkohols ausmachen, in dem man sich so wohlfühlen kann und der auch von staatlicher Seite wie dem Parlament, der Königsfamilie und dem Norwegischen Rundfunk gutgeheißen wird und anerkannt ist.

Ich entschied mich immer für den teuersten Wein im Pappkarton mit einer Bronzeprägung, die den Namen des Weinproduzenten wiedergab, und unter dem Namen, geschmackvoll und diskret, das Aquarellbild eines Schlosses. Das Ganze war sehr schön und appetitlich aufgemacht, und während ich den Pappkarton zur Kasse trug, dachte ich darüber nach, wie man regelrecht zur Abhängigkeit animiert und ermuntert wurde, ob bei Lebensmitteln, Alkohol, dem Internet, beim Glücksspiel oder bei Geld: Stets stehen Horden von Profis am Wegesrand, Vollzeitbeschäftigte, deren Beruf und Arbeitstag darin besteht, dich anzufeuern, dich weiter hineinzutreiben, und an dem Tag, an dem du aufhören willst, ermuntern sie dich, dranzubleiben, weiterzumachen, um der

Gemütlichkeit willen zu trinken, beim Essen zu trinken, dich beim Spielen zu amüsieren, beim Shoppen, *man lebt nur einmal, man muss auch mal abschalten können, ist das denn so schlimm.*

Daheim in Grenda, noch bevor ich den Mantel ausgezogen hatte, schenkte ich mir das erste Glas ein. Das zweite Glas trank ich beim Abendessen vor dem Fernseher, einem Essen, das an vier von fünf Tagen aus Knäckebrot mit billigem Hartkäse und Gewürzgurken bestand, und nach dem Essen schenkte ich mir das erste offizielle Glas für diesen Tag ein, weil es vorkam, dass Aksel zu diesem Zeitpunkt in der Küche saß, Hafergrütze aß und alles mitbekam. Ist das nicht eigentlich ein Rotweinglas, fragte er zum Beispiel und deutete mit dem Kopf auf das Goldfischglas, das ich mit beiden Händen umfasste, um nicht zu zittern, wenn ich es zum Mund führte.

Den restlichen Abend, während Aksel in Trainingsklamotten hin und her lief, falls er sich nicht gerade unten in seiner Werkstatt aufhielt und die Langlaufskier präparierte oder Rollskier reparierte oder unterwegs war, um neue Sportausrüstung zu kaufen, wenn die Sportgeschäfte Rabattaktionen hatten, oder im Netz nach einem bestimmten Typ Skistöcke suchte, die auf einer bahnbrechend neuen Technologie beruhten, oder etwas anderes machte, was in Verbindung mit Laufen und Skifahren stand, lag ich auf dem Sofa und starrte auf den Fernsehbildschirm, auf all die leuchtenden Pünktchen, die blinkten und strahlten und sich bewegten.

Und da Aksel von dieser Trainingsmanie erfasst war, sich als Orthopäde zugleich aber völlig darüber im Klaren war, dass er es übertrieb, ließ er mich im Großen und Ganzen beim Trinken in Ruhe. Zwar stand er mitunter vor dem Kühlschrank, nahm einen Weinkarton heraus und fragte: »Wann hast du den eigentlich gekauft, war das nicht gestern?« Dann hob er ihn hoch und tat so, als würde seine Hand automatisch nach oben schnellen, aber das war eher Spaß. Aksel wusste ganz genau, sollte er sich wirklich über meine Trinkerei beschweren, würde ich seine Skiobsession ins Spiel bringen, die für unser Familienleben und unsere Finanzen eine weitaus größere Belastung war. Ich war wenigstens zu Hause, wenn auch besoffen, und meine Weinkartons kosteten ein Zehntel dessen, was seine Ausrüstung und all seine Reisen verschlangen.

Im Keller hatte sich Aksel einen professionellen Wachs- und Präparierraum eingerichtet, und wenn er nicht gerade schlief, arbeitete oder draußen seine Runden drehte, hielt er sich in diesem Raum auf. Dort konnte er seine Skier pflegen und dabei Metallica hören, und wenn ich etwas von ihm wollte, musste ich mich die Kellertreppe hinunterbemühen, mich vor ihm aufbauen und ihm zu verstehen geben, dass er den Kopfhörer absetzen sollte. Dazu konnte ich mich selten aufraffen, daher verharrten wir in unserem jeweiligen Teil des Hauses in einer Art Kräftegleichgewicht: Ich lasse dir deine Obsession, wenn du mir meine lässt.

Im Winterhalbjahr fuhr er mindestens ein Wochenende pro Monat zu einem Skirennen. Die Saison startete Anfang Dezember mit einem Rennen in den Alpen, dessen Namen ich immer vergesse. Dann folgte der Marcialonga Ende Januar, und im März musste er sich zwischen dem Wasalauf und dem Birkebeinerrennen entscheiden, denn wir hatten lose vereinbart, dass er nur ein Rennen pro Monat mitmacht. Aksel argumentierte zwar gerne damit, dass er im Februar an keinem Rennen teilnahm und dafür im März sowohl den Wasalauf als auch das Birkebeinerrennen mitlaufen dürfen sollte, aber darauf antwortete ich regelmäßig mit dem, was ich auch zu meinen Patienten sage, wenn sie teure Untersuchungen wünschen, weil sie lange Zeit nicht da gewesen sind: *Das System basiert nicht auf Quoten.*

Ende April flog er nach Spitzbergen und nahm an einem Skimarathon teil, es sei denn, er hatte sich während der Saison Rückenschmerzen, Sehnenverletzungen, Achillesprobleme oder etwas anderes zugezogen, was seine Kollegen bereitwillig behandelten, wenn er es nicht selbst tat.

Ich hatte es satt, ihn zurückhalten zu wollen. Er war ein erwachsener Mann, und in den letzten Jahren dachte ich: Warum sollte er nicht einfach das eine und das andere Rennen im Monat mitmachen dürfen, warum sollte er nicht zum Wasalauf und zum Birkebeinerrennen und in die Alpen und nach Russland reisen dürfen, warum sollte er nicht einfach alles durchziehen dürfen, *wenn es das ist, was er will?*

Aksel und seine Lauferei erinnerten mich an eine Hündin, die wir einmal hatten, einen English Setter, mit nur einem einzigen Interesse: alles zu fressen, was ihr in den Weg kam. Den ganzen Tag war sie damit beschäftigt, etwas zu fressen aufzuspüren. Mehrmals erwog ich, heimlich fünfzig Kilo Hackfleisch zu kaufen und es offen herumstehen zu lassen. Damit sie sich zu Tode fressen konnte. Warum nicht, wenn es das war, was sie sich am meisten wünschte?

Ich hatte es satt, Aksel von etwas abzuhalten, so wie ich es seinerzeit satthatte, den Hund von etwas abzuhalten. Liefen wir auf der einen Straßenseite, wollte sie hinüber auf die andere und umgekehrt. Ihr ihren Willen zu lassen nützte nichts, dann wollte sie nur wieder zurück. Hin und zurück, hin und zurück. Schwer schnaufend und keuchend, alle Muskeln angespannt, mit langer heraushängender rosafarbener Zunge zerrte sie an der Leine, und so wie ich erwog, sie sich zu Tode fressen zu lassen, erwog ich ebenfalls, sie von der Leine zu lassen, sie davonflitzen zu lassen, hinein in den Verkehr, vor ein Auto, peng.

Hin und wieder setzte sich Aksel zu mir, wenn ich dort lag, und dann begann das ganze Sofa unter seiner Rastlosigkeit zu zittern, und ich sagte: »Geh ruhig eine Runde laufen.« Zuerst reagierte Aksel nicht, aber langsam ließ das Zittern nach. Er hielt sich noch etwas zurück und sagte dann: »Hm, das hatte ich gar nicht vor, aber keine schlechte Idee«, und schon war er aus der Tür.

Ich ließ ihn gewähren, er ließ mich gewähren. *Wir haben alle unsere Macken*, wie Mutter sagen würde. *Kein Mensch ist perfekt*, war ein anderer ihrer vielen Sprüche. »Wir sind alle nur Menschen«, sagte ich und prostete dem Fernseher zu. Nach einem langen Tag mit Patienten war mein Kiefer müde, war mein Kopf müde, meine Seele, und ich spürte nicht selten ein innerliches Jucken und Kratzen, als trüge ich jede Menge Lebewesen in mir, jedes mit seiner eigenen speziellen Persönlichkeit und seinem Willen. Und während ich bis zum Rand von diesem Stimmengewirr erfüllt war, spürte ich im ganzen Körper zwischen jedem Elektron einen heftigen Luftzug.

Ich mochte es, fernsehen zu können, ohne um einen bestimmten Film oder eine bestimmte Serie feilschen zu müssen. Ich mochte es, zwischen Sofa und Kühlschrank hin- und herzutorkeln und wiederholt mein Goldfischglas auffüllen zu können, ohne einen Kommentar fürchten zu müssen. Meine eigenen Kommentare reichten mir dicke. *Alkoholinduzierte Demenz*, dachte ich. *Schrumpfleber*. Aber es funktionierte nicht. Ich sah all die Patienten vor mir, von denen ich wusste, dass sie zu viel tranken, die aufgedunsene Haut, den Bluthochdruck, den Diabetes, das Cholesterin, die Leberwerte, aber auch das nützte nichts. Ich schaute an mir hinunter, etwas zu kompakt in der Taille, aber meine Beine waren immer noch schlank. Auf dem Weg zur Küche betrachtete ich mich im Flurspiegel: noch ganz ansehnlich, zumindest für mein Alter. Ich schenkte das Goldfischglas voll und balancierte es zurück zu Sofa und Fernseher. *Ich brauche nur eine leichte Betäubung. Den ganzen Tag habe ich anderen zugehört und mich fortwährend beherrscht. Jetzt bin ich an der Reihe.*

Dort lag ich, an jenem verhängnisvollen Freitag vor einem Jahr, döste unter meiner elektrischen Heizdecke mit einem Sofakissen unter den Knien vor mich hin, besoffen wie üblich – besonders besoffen, schließlich war Freitag –, und hatte Bjørn völlig vergessen. Vielmehr schaute ich mir eine Fernsehserie an, die mir die Mädchen empfohlen hatten, über eine Frau, die 1945 durch einen Stein geht und mehr als zweihundert Jahre in der Zeit zurückversetzt wird. 1743 trifft sie einen schottischen Adligen, es folgen Sex und Gewalt, Liebe und Folter, Krieg und mehrere Zeitreisen, und zuerst hatte ich über das Konzept gelächelt, aber schon nach einer halben Folge war ich völlig darin eingetaucht.

Das Handy lag stundenlang auf dem Wohnzimmertisch, bevor ich es wieder in die Hand nahm. Damals war das Handy nur ein mehr oder weniger großer Störfaktor in meinem Alltag, doch schon bald sollte ich mich in die Reihen derjenigen eingliedern, die durch die Straßen und Läden eilen und das dumme Teil vor sich hochhalten. Ganz zu schweigen von den Patienten, die mit runden Schultern auf ihren Stühlen sitzen, wie Geier über ihr jeweiliges Unterhaltungsspielzeug gebeugt. Oft sind sie so weit weg, dass sie nicht reagieren, wenn sie aufgerufen werden. Bald sollte ich jedoch genau so abwesend sein wie sie und an dem Smartphone hängen, das ich von Aksel zu Weihnachten bekommen hatte und das mich überforderte, von dem ich weiterhin nur einen Bruchteil der Funktionen nutzte und für das ich die Hilfe der Mädchen brauchte, wenn sie zwischendurch nach Hause kamen, und von ihm genauso abhängig sein wie von einem Bein oder einem Arm. Doch davon wusste ich noch nichts. Rein und unbefleckt, wie ich damals war, als ich auf meinem Sofa lag, inmitten meines früheren Lebens. Ich hielt mich für eine alte Säuferin. Ich wusste nicht, dass ich in einer Zeit der Unschuld lebte, so wie die Menschen des Altertums nicht wussten, dass sie im Altertum lebten.

Erst als ich die Treppe hochstieg, um zu Bett zu gehen, sah ich, dass Bjørn eine neue Nachricht geschickt hatte. Dieses Mal mit Zeichensetzung und sogar großen Anfangsbuchstaben.

Wie schön, von dir zu hören, Elin! Ich wohne immer noch in Fredrikstad, bin aber oft in Oslo und würde dich gern einmal auf einen Kaffee treffen, wenn du Zeit und Lust hast? In Erinnerungen an alte Zeiten schwelgen …

Die Nachricht war schon einige Stunden alt. Kaffee, das hättest du wohl gern, dachte ich und ging ins Bad. In Erinnerungen an alte Zeiten schwelgen. Ich hatte nicht vor, mit Bjørn einen Kaffee zu trinken. Was sollte das bringen. Und warum ausgerechnet jetzt. Warum der ganze Aufwand, nur weil ich auf einen Button auf diesem blöden Handy getippt hatte. In jenem Moment verabscheute ich das Handy, heute hasse ich es. Es ist an allem schuld, was passiert ist. Es tut so, als wäre es der Inbegriff von Modernität und Entwicklung, aber es ist ein Werk des Teufels. Satan hat sich in diesen Dingern eingenistet und lockt uns mit roten und grünen Punkten, die uns suggerieren, wir seien erwünscht, unser Dasein und unsere Meinung seien wichtig, in Wahrheit führt es uns jedoch in die Sünde und ins Verderben. Wir sehen es nur nicht. Wir wurden okkupiert, wissen es aber nicht. Wir sind von Satan okkupiert.

Jetzt mach mal halblang, sagt Tore. Du wurdest nicht von Satan okkupiert. Auch dein Handy nicht. Dein eigenes Begehren, deine eigene Gier, deine eigene Lust und Leidenschaft haben dir das Genick gebrochen, nichts anderes. Du übertreibst immer. Vor Jahren, als die Mädchen selbstständiger wurden, drehte sich alles ums Renovieren. Ihr habt den Keller ausgebaut, ihr habt den Dachboden ausgebaut, habt im Eiltempo die neuen Kredite zurückgezahlt, und als es nichts mehr zu tun gab, hast du angefangen zu trinken und fernzusehen. Und wir reden hier nicht davon, dass du mal an einem Glas trockenem Weißwein genippt hast, während du dir eine, höchstens zwei Folgen einer Fernsehserie angeschaut hast, nein, es ging sofort um ganze Weinkartons und Serienstaffeln, die du dir mit demselben Ernst und derselben Arbeitsdisziplin reingezogen hast, mit der du die Kinder erzogen, die Praxis auf- und das Haus ausgebaut hast.

Während ich mit mir selbst und mit Tore rede und

mich immer mehr aufrege, gebe ich Sätze von mir, die ich schon so oft vom Stapel gelassen habe, dass ich sie auswendig kann.

Wie die Feststellung, dass Mann, Jahrgang 1987, mit Rückenschmerzen kein MRT braucht. Als er vor fünf Minuten durch die Tür kam, war das Erste, was er sagte, dass er ein MRT haben will, denn zurzeit wollen alle ein MRT, genauer gesagt eine Magnetresonanztomografie, ein fortschrittliches radiologisches Bildgebungsverfahren der Gewebestruktur und der inneren Organe. Vor nicht langer Zeit glaubten alle, Diabetes zu haben, weshalb sie kamen, um sich ihren Langzeitblutzuckerwert bestimmen zu lassen. Als wäre diese Praxis eine Art Freizeitklub für Leute, deren Hobby darin besteht, *den Signalen des Körpers zu lauschen*, was heute so modern ist, was aber vor allem, und das wissen alle im Gesundheitssektor Tätigen, der kürzeste Weg in den Wahnsinn und in menschliches Leid ist und in letzter Instanz zum Zusammenbruch des Wohlfahrtsstaats führt.

Nein, Mann, Jahrgang 1987, dir hilft kein MRT. Dir hilft vor allem eins: Hör auf, zuerst in der Arbeit acht Stunden am Stück zu sitzen, um dann daheim auf dem Sofa zu liegen und die verbleibenden wachen Stunden des Tages mit Computerspielen zu verbringen. Stattdessen solltest du, Mann, Jahrgang 1987, lange Spaziergänge auf unebenem Untergrund zurücklegen.

»Ich glaube aber, ich habe einen Bandscheibenvorfall«, sagt Mann, Jahrgang 1987.

»Und außerdem kann ich mich bei Computerspielen entspannen, in der Zeitung stand, Computerspiele seien nicht so schädlich wie behauptet, dort stand sogar, dass ...«

Und so weiter und so fort.

Und während ich eine Röntgenaufnahme für das Knie von Mann, Jahrgang 1987, anordne – seine letzte Forderung war ein MRT fürs Knie, *wenigstens das*, wie er sich ausdrückte, als wäre er ein Kind, das um Süßigkeiten bettelt, woraufhin ich sein Knie abtastete und sagte, okay, aber zuerst röntgen wir es hier im Haus –, während das alles passiert, kabbele ich mich mit Tore in der Zimmerecke.

Na ja, sage ich zu Tore. Zumindest habe ich mit dem Trinken aufgehört.

Das hast du nur geschafft, weil du dir eine neue Obsession zugelegt hast. Du hast einfach nur die Weinkartons gegen Bjørn eingetauscht.

Menschen können ihren Leidenschaften nur widerstehen, solange die Leidenschaften nicht sehr stark sind, antworte ich. Sind die Leidenschaften stark genug, hat man keine Wahl mehr.

Das klingt für mich nach totaler Verantwortungsverweigerung, sagt Tore mit lauter, anklagender Stimme, und ich stutze, denn sowohl der Ton als auch die Wortwahl sind untypisch für ihn. Aber dann wird mir klar, dass nicht Tore gesprochen hat. Der Satz ist eine alte Erinnerung aus unseren ersten Jahren in Grenda, als ich einmal sagte, ich wüsste nicht, ob ich für oder gegen den EU-Beitritt stimmen sollte, und jemand sagte: *Das klingt für mich nach totaler Verantwortungsverweigerung.*

Verantwortungsverweigerung, fehlende Haltung, normativ, konventionell, ethnozentrisch, kulturrelativ, Tore hätte niemals einen dieser Begriffe verwendet, aber in Grenda warfen wir uns ständig solche Begriffe an den Kopf. Ich machte dabei auch mit, denn in Grenda war es, zumindest früher, wichtig, eine Haltung zu haben, zu den großen wie zu den kleinen Dingen. Ob es um Stoffwindeln versus Wegwerfwindeln ging, um ein Ja oder Nein zur EU, den Nahen Osten oder Umweltschutz; Jahr für Jahr saßen wir da und gackerten wie eine riesige Hühnerschar, die nur die Zeit totschlug.

Heute wissen die meisten, wo Grenda liegt, und nicht zuletzt, wer dort lebt, aber Anfang der Neunzigerjahre war Grenda noch ein anonymes Sträßchen im Nordwesten Oslos mit insgesamt vierzig Reihenhäusern, kurz nach dem Krieg im sogenannten Bauhausstil für Arme erbaut. Die damals niedrigen Immobilienpreise sowie der Umstand, dass die ursprünglichen Eigentümer allmählich wegstarben, hatten zur Folge, dass sich Grenda innerhalb weniger Jahre mit einer neuen Generation junger Familien füllte, darunter uns.

Auf der anderen Straßenseite stand eine Reihe prächtiger Gründerzeitvillen. Mit ihren beheizten Einfahrten, ihren Au-pairs, Autos und Garagen waren sie Teil eines anderen Sonnensystems. Wir waren die Armen, sie die

Reichen. In Grenda wäre es niemandem in den Sinn gekommen, seine Kinder in riesigen SUVs zur Schule zu fahren, so wie es die nicht arbeitenden Mütter aus den Villen machten, um anschließend trotz eines entsprechenden Verbots vollkommen ungeniert direkt vor der Schule zu halten. In Grenda kutschierten wir unsere Kinder im Fahrradanhänger durch die Gegend, und im Sommerhalbjahr wurden spontane Gartenfeste veranstaltet. Während unsere Kinder durch die Gärten liefen, in denen Löwenzahn und Moos ungehindert wachsen durften, saßen wir um qualmende Grills herum, die wir selbst aus alten rostigen Tonnen gebaut hatten, die jemand auf einer Baustelle gefunden hatte, und tranken Wein und Bier. Doch trotz der ungepflegten Gärten, trotz der entspannten Haltung zu Renovierungen und Ordnung generell, und obwohl wir Kleidung in Secondhandläden kauften und Möbel auf dem Flohmarkt oder beim Sperrmüll fanden, obwohl zwei der meistbenutzten Schimpfwörter in Grenda »spießig« und »kleinbürgerlich« lauteten, war es natürlich ein ausgesprochen spießiges, kleinbürgerliches Milieu. In Grenda gab es eine mindestens ebenso lange Liste wie in den Kaufmannsvillen auf der anderen Straßenseite bezüglich dessen, was akzeptiert war und was nicht, und doch hieß es, in Grenda gebe es keine Regeln oder Konventionen. Alle seien gleich, insbesondere die Geschlechter, aber in Grenda gab es – wie überall sonst auch, wo sich mehr als zwei Leute versammeln – stets welche, auf die mehr gehört wurde als auf andere, welche, denen Redezeit zugestanden wurde, ohne dass sie dafür kämpfen mussten, während andere ignoriert wurden. Hier galt die gleiche Hierarchie wie überall sonst, sie hatte sich nur besser versteckt und trug abgerissenere Klamotten.

Ich habe es immer gern aufgeräumt und sauber um mich herum gehabt. Sogar im Abstellkeller wusste ich, was sich wo befand, und als die Mädchen klein waren, räumte ich ihre Zimmer auf, sobald sie eingeschlafen waren. Ich ordnete die winzigen Plastikschühchen ihrer Barbiepuppen nach Farben, legte Kleider zusammen, warf kaputte Spielsachen weg und sortierte die Bilderbücher nach Größe. Aber wenn Nachbarn zu Besuch kamen, verteilte ich im Wohnzimmer Kleidungsstücke, denn in Grenda galt es, tolerant zu sein, nachsichtig, spontan und flexibel. In Grenda war es wichtig, zu allem eine entspannte Haltung zu haben, außer zu der Regel, eine entspannte Haltung zu haben, diese war haarklein zu befolgen, ausnahmslos. In der Realität hieß das, wenn irgendwelche Teenager um vier Uhr morgens auf einer Veranda in der Nachbarschaft saßen und in voller Lautstärke Techno hörten, sollte man mit einem Schulterzucken darüber hinwegsehen. Das Gleiche galt, wie es in einem Sommer passierte, wenn eine Gruppe Sinti und Roma am Waldrand am Ende der Straße ihr Lager aufschlug und der Wind so stand, dass er ihr benutztes Toilettenpapier in die Gärten von Grenda blies. An manchen Tagen sammelte ich allein in unserem Garten eine ganze Plastiktüte mit Toilettenpapier ein.

»Für viele ist es anscheinend ein Problem, wenn ihre persönlichen Grenzen herausgefordert werden«, sagte ein Mann auf einem der spontanen Gartenfeste dieses Sommers. Er war ein bekannter Journalist, und wenig später schrieb er in einem Artikel über Fremdenfeindlichkeit. »Aber wir dürfen nicht vergessen, dass es sich um eine andere Kultur handelt mit einer anderen Einstellung zu Hygiene. Ihnen erscheint diese Lebensweise vernünftig und vollkommen angemessen. Selbstverständlich mag es Einzelnen schwerfallen, sich damit zu arrangieren, aber im fraglichen Moment gilt es, den Blick zu heben. Kein Mensch hat je an etwas Toilettenpapier Schaden genommen.«

»Immerhin benutzen sie Toilettenpapier«, sagte Aksel. »Das ist zumindest ein Lichtblick.«

Nach Mann, Jahrgang 1987, kommt Frau, Jahrgang 1998. Sie erzählt von Kopfschmerzen, Angst und allgemeiner Unruhe, und während ich ihren Blutdruck messe, der hervorragend ist, und aufstehe, um Nacken und Schultern abzutasten, da fünfundneunzig Prozent aller Kopfschmerzen auf Nackenverspannungen zurückzuführen sind, frage ich aus irgendeinem Grund, was sie im Sommer vorhat.

Hin und wieder rede ich mir ein, dass ich mehr Small Talk machen muss, vor allem, seitdem ich mir wider besseres Wissen in einem Ärzteportal im Internet die Bewertungen meiner Arbeit als Hausärztin angesehen habe und mir die zugegebenermaßen wenigen negativen Kritiken ins Gedächtnis gemeißelt sind: *Ich fühlte mich nicht gut aufgehoben. Ich fühlte mich nicht wahrgenommen. Ich bin mit einem schalen Geschmack im Mund von dort weggegangen. Die Ärztin wirkte gestresst. Die Ärztin war unhöflich. Die Hände der Ärztin haben gezittert, als sie mir den Blutdruck gemessen hat. Die Ärztin hat nicht zugehört. Die Ärztin hatte wenig Zeit. Die Ärztin hat auf den Bildschirm gestarrt. Wenn man Traumatisches erlebt hat, erwartet man, dass einem nicht auf moralisierende oder herablassende Art zugehört wird.*

»Ich fliege mit Mama und Papa nach Frankreich«, sagt Frau, Jahrgang 1998. Ihr Mund zittert, dann fängt sie an zu weinen.

Ich warte, bis sich die schlimmsten Schluchzer gegeben haben.

»Stimmt was nicht? Ist dort in Frankreich was Bestimmtes vorgefallen?«

Vielleicht ist sie ein Inzestopfer, vielleicht ist sie suizidal, das weiß man nie, und hinterher ist es immer zu spät, und keiner will der Hausarzt sein, der ein Missbrauchsopfer oder einen Selbstmörder aufgrund von Zeitmangel aus der Praxis geworfen hat.

»Wir fahren *immer* in dieselbe Wohnung in Nizza! Wie würde es *Ihnen* gefallen, Jahr für Jahr das Gleiche zu machen? Warum können wir nicht stattdessen mal nach Thailand fliegen oder nach Bali, sie haben doch Geld, warum müssen wir dann ständig in die gleiche Scheißstadt mit ihren Scheißrentnern?«

Ich hätte lieber eine Praxis im Ostteil der Stadt. Dort bliebe mir so etwas erspart.

Tore: Im Osten hättest du dafür andere Fälle.

In ihren Wimpern glitzern Tränen, der Mund ist passend geschwollen, denn wenn junge Menschen weinen, macht sie das nur noch hübscher. In den seltenen Fällen, wenn ich weine, sieht es so aus, als hätte jemand mit meinem Gesicht einen rauen Betonboden geschrubbt. Ich sehe sie an und denke: Ihr habt Glück, dass ihr so hübsch seid. Sonst würden wir euch zum Tierarzt schleppen und euch eine Spritze verabreichen.

»Wir waren sogar Ostern da. Ostern wäre ich viel lieber in Hemsedal gewesen, zum Skilaufen, das ist für mich der eigentliche Zweck von Ostern, aber Fehlanzeige, wieder Frankreich. Ich halte es nicht aus, noch ein weiteres Mal mit all den Alten im Flieger nach Nizza zu sitzen! Das halte ich einfach nicht aus!«

Erneut beginnt sie zu schluchzen, und ich sitze da und schaue sie an und weiß, dass der Schmerz, den sie gerade empfindet, absolut real ist. In dem Sinne, dass sie ihn sich nicht einbildet oder ihn vortäuscht. Ihr Weinen ist echt, die Tränen laufen über ihre runden Bäckchen, und würde man ihre Reaktionen mit der Präzision heutiger Geräte messen, würde das, was sie gerade erschüttert, der von der jungen Frau subjektiv empfundene Schmerz, ganz sicher stärker ausschlagen als, sagen wir, die messbaren Reaktionen einer Krebspatientin, die soeben erfahren hat, dass ihr noch fünf Monate zum Leben bleiben.

»Haben Sie mit Ihren Eltern darüber gesprochen?«

»Ja, schon, aber die sagen nur, dass ich nicht mitkommen muss, dass ich …«

Eine Weile wird sie wieder von Schluchzern geschüttelt. Ich sage nichts, sehe sie nur mit hoffentlich neutralem Gesichtsausdruck an.

»Die sa-hagen, dass ich daheim bleiben ka-hann. Dann fa-haren sie einfach ohne mich, sa-hagen sie.«

Während sie spricht, schnappt sie nach Luft, so wie kleine Kinder bei einem Heulanfall nach Luft schnappen.

»Ich habe Angst. Ich schla-hafe fast gar nicht mehr. Seit ich die Schule abgeschlossen habe, bin ich mindestens zweimal mitten in der Nacht aufgewacht und konnte nicht mehr einschla-hafen.«

Weitere Schluchzer.

Dann beruhigt sie sich, und ich rate ihr, das Handy nicht mit ins Schlafzimmer zu nehmen, den Raum kühl und dunkel zu halten, nach drei Uhr nachmittags keinen Kaffee mehr zu trinken, bei Tageslicht spazieren zu gehen, Sport zu treiben, das Übliche. Außerdem schlage ich ihr vor, zum Optiker zu gehen und ihre Sehkraft überprüfen zu lassen.

Nachdem sie gegangen ist, bleibe ich eine Weile sitzen und starre aus dem Fenster.

Aber sie ist nicht repräsentativ, kommt es von Tore aus der Ecke. Denk an deine eigenen Töchter, die würden sich nie so benehmen. Und denk dran, dass du immer noch dieses Sprechzimmer hast und die Uniform und alles, was damit zusammenhängt, und hier gefällt es dir doch. Dir gefällt es hier. Du bist gern hier. Schwierig war nur alles andere.

Wüsste ich es nicht besser, würde ich denken, dies sei Tores Versuch, mich zu trösten. Aber Tore will mich fit und kämpferisch haben, es macht ihn nervös, wenn es so aussieht, als würde ich aufgeben. So wie es einer Katze keinen Spaß macht, mit etwas zu spielen, das sich nicht bewegt, nicht kämpft und sich nicht wehrt, macht es Tore keinen Spaß, dort in der Ecke zu stehen und Selbstgespräche zu führen.

In Grenda war es zum Beispiel ganz oft schwierig, sagt Tore. Vergiss das nicht.

Kann schon sein, aber obwohl ich anfangs nicht verstehen konnte, wie ich hier gelandet war, und heute nicht mehr verstehen kann, wie ich es dort oben in Grenda so lange aushalten konnte, habe ich mich nie nach einem Ort gesehnt, der nicht Grenda war. Im Gegenteil, jedes Mal, wenn ich durch die Toreinfahrt unseres Reihenhauses trat, dachte ich: Was habe ich doch für ein Glück, genau hier zu wohnen. In Grenda waren alle fit und gesund, keiner war kriminell oder hatte Drogenprobleme, und niemand schlug seine Kinder. Alle waren in Lohn und Brot, alle waren auf ihrem Gebiet führend oder kurz davor, es zu werden. Als wir einzogen, standen die allermeisten am Anfang ihres Berufslebens, doch nach gut einem Jahrzehnt wimmelte es nur so von bekannten Journalisten, Autorinnen, Lektoren, Politikerinnen und

Professoren, Menschen, die im Parlament wie auch in Verlagen, in Zeitungsspalten und in Radio- und Fernsehstudios Geltung erlangt hatten, und wenn ein seltenes Mal eins der zugigen kleinen Reihenhäuser zum Verkauf stand, war der Quadratmeterpreis, jedenfalls nach 2000, stets so hoch, dass in den Zeitungen darüber geschrieben wurde, oft sogar höher als bei den Kaufmannsvillen auf der anderen Straßenseite.

Trotzdem lebte die Vorstellung fort, Grenda sei eine mittellose Enklave in einer reichen, versnobten Gegend, Grenda sei ein freier, unkonventioneller Ort. Bekam man aus Versehen eine christlich-konservative Zeitung zugestellt, konnte man sie gut und gern zu einem der spontanen Grillfeste mitnehmen, sich an den Gartentisch setzen, eine x-beliebige Stelle daraus vorlesen und sich zu hundert Prozent sicher sein, von allen am Tisch enthusiastisches und übereinstimmendes Hohngelächter zu ernten.

Würde jemand am Tisch hingegen Skepsis gegenüber Homosexuellen, Migranten, Transvestiten oder anderen Minoritäten als Gruppe oder Individuum äußern, egal, wie verhalten und egal, in welcher Form, würde er sich quasi für alle Zeit aus der Gemeinschaft verabschieden. Das einzige Freiwild in Grenda waren in einer Großstadt lebende, ethnisch norwegische Heterosexuelle. Mit anderen Worten, wir selbst. Und doch wohnten in Grenda keine Migranten oder Homosexuelle.

Auf einem der letzten Gartenfeste, das ist jetzt mehrere Jahre her, denn mit der Zeit war das Sozialleben in Grenda abgeebbt, ließ uns besagter Journalist wissen, dass er sich gern im Osloer Hauptbahnhof aufhielt.

»Ich schlendere für mein Leben gern dort herum, um einfach nur die Energie zu spüren«, sagte er, und die Leute lauschten mit gespitzten Ohren, denn dieser Mann war in Grenda eine Art Häuptling, obwohl kein Mensch, schon gar nicht er selbst, auch nur im Traum daran gedacht hätte, dieses Wort laut auszusprechen. Sobald in den Medien eine Debatte aufkam und man sich fragte, welche Meinung man als Bewohner von Grenda vertreten sollte, wartete man tunlichst ab, bis dieser Mann sich geäußert hatte, bevor man sich auf eine Seite schlug. Oft verstand sich seine Position von selbst, aber hin und wieder vertrat er eine unerwartete Ansicht, weshalb er von allen gefürchtet war. Nicht zuletzt, weil es vorkam, dass er auf Grenda-Festen gefallene Äußerungen in seinen Kolumnen wiedergab, als Beweis für Vorurteile, versteckten Rassismus oder allgemeine Unbedachtheit, denn nicht einmal in Grenda war man ganz davor gefeit, schon gar nicht, wenn Alkohol im Spiel war.

»Wisst ihr, warum«, fragte er mit glänzenden Augen. Als niemand antwortete, beugte er sich über den Tisch und rief: »Wegen der Vielfalt! Wegen der fantastischen Vielfalt am Bahnhof! Davon kann ich nie genug kriegen!«

Und alle am Tisch nickten eifrig, denn in Grenda war *Vielfalt* ein ehrwürdiges Wort, so wie *makellos weiß* ein schambehaftetes Wort war, und all die Jahre über sorgte man sich nicht wenig darum, ob es in Grenda nicht zu *makellos weiß* zuging. Das Problem war nur, dass die einzigen nicht ethnischen Norweger, die sich dort Eigentum leisten konnten, ein indisches Paar waren, beide in der IT-Branche tätig, die nur ein halbes Jahr in Grenda wohnen blieben, bevor sie auf den Holmenkollen zogen, anscheinend verwirrt darüber, dass eine so teure Gegend wie Grenda nicht mit gepflegteren Gärten und Menschen aufwarten konnte. Das Reihenhaus des indischen Paares grenzte an unseres, und als die Inder auszogen, ging es an ein homosexuelles Paar mittleren Alters, das genau wie die Inder herzlich willkommen geheißen und zu allen Gartenfesten und Abendessen eingeladen wurde. Eins der ersten Dinge, die das homosexuelle Paar in Angriff nahm, war, eine Hecke zwischen unsere beiden Gartengrundstücke zu pflanzen. Hätte jemand anderes in Grenda das getan, hätte es einen Aufstand gegeben, denn eines der vielen ungeschriebenen Gesetze lautete, dass sich alle überall frei bewegen können sollten, ohne derart kleinliche und unnötige Grenzmarkierungen. Einer der beiden Männer betätigte sich häufig im Garten, und einmal fragte er, ob wir unseren Rasen nicht öfter mähen und etwas mehr Unkraut jäten könnten, denn unser Unkraut würde zu ihnen hinüberwehen, wie er sagte, und außerdem sei das viele Moos in unserem Rasen ansteckend. Ein andermal riet er uns, unsere Gartenmöbel im Winter mit einer Plane abzudecken. Ihre Einrichtung war altmodisch, die Möbel waren schwer und klobig, sie standen in keinem Verhältnis zu den kleinen Zimmern mit der niedrigen Deckenhöhe, das weiß ich, weil sie in der ersten – und letzten – Adventszeit, die die beiden dort wohnten, ganz Grenda zu Glühwein und Plätzchen einluden. Grendas Bewohner mit ihren lauten langhaarigen Kindern platzten in das gepflegte Zuhause, in dem es aussah, als wohnten dort zwei alte Damen, der Tisch war mit einer Häkeltischdecke, bestickten Stoffservietten, einem silbernen Tortenheber und einem Kuchenservice ohne jegliche angeschlagene Stelle eingedeckt. Als einer der Gäste versuchte, eine mitgebrachte Bierflasche mit einem Silbermesser zu öffnen, eilte der Mann, der gern im Garten arbeitete, mit einem Flaschenöffner herbei. Beide Männer trugen Anzughosen, weißes Hemd und Schlips mit Weihnachtsmannmotiv. Der Ehemann desjenigen, der gern im Garten arbeitete, hatte eine Schürze über der Anzughose, er hatte sieben Plätzchensorten gebacken und erklärte ausführlichst den Backprozess. Alle lauschten den Plätzchenbeschreibungen des Schürzenmanns, und während er die Zutaten aufzählte, standen wir da und warteten auf mehr, wir hatten etwas mehr Farbe erwartet, die beiden waren schließlich homosexuell, aber das Exzentrischste, was passierte, war, dass der Schürzenmann eine Videokassette einlegte, die er vom norwegischen Fernsehen bekommen hatte, mit alten Schwarzweißaufnahmen eines Adventsprogramms aus den Sechzigerjahren, bei dem eine ältere Frau in Tracht mit Blumenkohldauerwelle eine Adventskerze anzündete und von Jesus, Maria und König Herodes erzählte und davon, warum wir Weihnachten feierten.

»Ach! Astrid Sommer«, stieß der Schürzenmann aus. »Nichts versetzt mich mehr in Weihnachtsstimmung. Ich liebe diese Sendung.« Mit einem Zipfel seiner Schürze trocknete er sich die Augen und lehnte sich an den Gartenmann.

Ich sah die anderen, die alteingesessenen Bewohner von Grenda, an, die genau wie wir all die Jahre dort gewohnt hatten. Ein Paar hatte sich beim letzten Elternabend in der Schule mit einer Frage bezüglich der Weihnachtsfeier gemeldet, die von der Schule organisiert werden sollte, es ging um ein Weihnachtslied, in dem die Worte Gott oder Jesus oder Paradies vorkamen, und die beiden, Professorin und Chefredakteur von Beruf, hatten gefragt, ob man das Singen dieses Lieds nicht als *christliche Verkündigung* bezeichnen könne? Und ob es dann gemäß Lehrplan nicht eigentlich verboten sei?

Genau die beiden starrten jetzt auf den Fernseher, wo das in Tracht gekleidete Wesen aus den 1960ern in altmodisch langsamem Tempo von Jesus, Maria und Herodes erzählte. Da alles zusammen aber, die ganze Situation, von zwei Homosexuellen präsentiert und eingerahmt wurde, waren ihnen die Hände gebunden.

Mit der Zeit begannen sich die Leute unauffällig umzuschauen, als hielten sie nach versteckten Kameras Ausschau für den Fall, dies wäre ein Test, vielleicht waren wir Teil eincs soziologischen Experiments, eines Experiments, dessen Ziel es war zu zeigen, wie rassistisch, voreingenommen und massengesteuert wir sind, und dann würden solche wie wir, die wir in Grenda wohnten, alles daransetzen, diesen Versuch zu überlisten, denn wir fühlten uns selbst nicht nur über derlei Kategorien, sondern auch über alle anderen Kategorien erhaben.

»Wo ich Sie gerade dahabe«, sagte der Gartenmann, als die Sendung vorbei war, »möchte ich die Gelegenheit nutzen und vorschlagen, dass wir in unseren Gärten aufräumen. Das hier ist ja eine gehobene Gegend, und ich finde es sehr traurig, wie ungepflegt es bei uns aussieht, wo die Gärten auf der anderen Straßenseite so ordentlich sind. Was halten Sie davon, wenn wir nach Ostern einen Container bestellen? Und dann sollten wir überlegen, eventuell ein paar Bäume zu fällen. Hier ist alles ziemlich zugewachsen. Und die Bäume nehmen schrecklich viel Licht weg.«

Alle sahen ihn an, keiner wagte einen Blick in die Runde, während das Echo der Worte *gehobene Gegend* und *ein paar Bäume fällen* noch in der Luft hing. Eine weitere Regel in Grenda lautete, bloß keine Bäume fällen, auf keinen Fall – vor allem, da man in den Villen auf der anderen Straßenseite fast alles, was an Bäumen auf dem eigenen Grundstück stand, abgeholzt hatte –, und doch sagte niemand ein Wort. Das Gleiche war passiert, als das indische Paar seine Kinder die dreihundert Meter zur Schule kutschiert und direkt vor dem Gebäude gehalten hatte. Jedes Halbjahr kamen diesbezüglich Schreiben und Mails vom Rektor und der Elternvertretung an der Schule, und doch sprach keiner das indische Paar darauf an, so wie wir auch mit keinem Wort erwähnten, dass an der Kühlschranktür des homosexuellen Paars ein Magnet mit der Aufschrift »Meine Stimme für die Konservativen« hing.

Im Frühjahr bestellte der Gartenmann einen Container, und obwohl sich alle an den Kosten für den Container beteiligten, engagierte sich niemand in dem Projekt, und noch vor dem Herbst war das homosexuelle Paar ausgezogen.

Als wir jung waren, glaubten *wir,* die Bewohner von Grenda, wir stünden zwanzig Jahre später, also jetzt, immer noch um die selbst gebauten Tonnengrills herum, grauhaarig, älter, aber wie in der Reklame für Rentneraktivreisen: sonnengebräunt und durchtrainiert, denn alles sollte genauso strubbelig und charmant weitergehen, vor allem jedoch im selben Takt und in derselben Richtung. Wir wussten noch nicht, dass nichts für immer weiterging; denn niemand entgeht der konstanten Veränderung, die die Grundlage allen Lebens ist, inklusive unseres eigenen, und heute sind die Gemeinschaft und die spontanen Feste in Grenda längst Geschichte. Heute sind die Gärten in Grenda genauso gestylt wie auf der anderen Straßenseite, und die Tonnengrills wurden gegen große, glänzende Gasgrills ausgetauscht. In allen Reihenhäusern in Grenda wurden Dachboden und Keller ausgebaut, und parallel zu dieser Erweiterung zogen die Kinder nacheinander aus, heute besteht Grenda aus mehr oder weniger leeren Palästen. Die alten Gartenmöbel wurden zur Müllhalde gebracht und durch gediegene Polyrattanmöbel ersetzt, die kein Mensch benutzt. Auf den marmornen Arbeitsplatten stehen die teuersten Küchenmaschinen, und anstelle von mit Reißzwecken befestigten Postern hat man gerahmte Originalkunst an den Wänden. Und obwohl die meisten Ehen in Grenda intakt sind, in den Villen hingegen fast alle zerbrochen, und obwohl die Kinder aus Grenda sich gut entwickelt und solide akademische Karrieren eingeschlagen haben, während viele der Kinder aus den Villen noch zu Hause wohnen, herrscht in Grenda nach wie vor die Auffassung, die Villen seien das Establishment und Grenda bedeute Opposition und Aufruhr.

6

Es ist zehn Uhr, noch zwei Stunden bis Mittag, und herein kommt Frau, Jahrgang 1965, und will sich ein Muttermal entfernen lassen. Es wird mir guttun, aus dem Sprechzimmer herauszukommen, anderswo zu sein, das Skalpell einzusetzen und ein paar Stiche zu nähen, und nachdem ich mich vergewissert habe, dass unser OP-Zimmer frei ist, gehe ich mit ihr dorthin. Während sie sich auszieht und ich die benötigten Instrumente auspacke, versuche ich, mich zu erinnern, was ich gedacht habe, als ich an jenem Samstag vor einem Jahr in Grenda aufgewacht bin, nachdem ich mich am Abend vorher mit Bjørn auf Facebook befreundet hatte. Eins ist sicher, an Bjørn dachte ich nicht. Höchstwahrscheinlich war mein erster Gedanke, ich sollte mit dem Trinken aufhören. *Und diesmal meine ich es ernst.* Anschließend putzte ich wie jeden Samstag das Haus.

Und während ich Frau, Jahrgang 1965, lokal betäube, sehe ich ganz klar vor mir, wie ich auch an diesem Samstagnachmittag so zufrieden mit mir war, dass ich mir *ein Glas* genehmigte, als ich mit dem Kochen anfing, und schon war ich wieder dabei, und ich erwachte am Sonntag mit einem Kater, woraufhin ich einen Waldspaziergang unternahm. Ab und zu versuchte ich, mit Aksel zu joggen, aber seine Kondition war damals so viel besser als meine, dass es keinen Zweck hatte. Aksel hielt es nur wenige Minuten aus, sein Tempo an meins anzupassen, bald schon flitzte er durch die Heide davon.

Nach dem Waldspaziergang kam ich mit geröteten Wangen zurück und fühlte mich gesund und stark, dachte, ein Glas zum Essen könne nicht schaden, denn morgen ist Montag, und da trinke ich bekanntlich nichts mehr. Und so verstrichen die Tage, Sünde und Sühne, Sünde und Sühne, abwechselnd in einem ziemlich gleichmäßigen Takt, und jedes Mal, wenn ich mich selbst in diesem zu hundert Prozent vorhersagbaren Auf und Ab und Vor und Zurück befand, kam es mir vor, als wäre es das erste Mal.

Und so glänzte das Haus auch an diesem Samstagnachmittag, der Korb für die Schmutzwäsche war leer, und alle Kleidungsstücke waren zusammengelegt und weggeräumt. Im Gang standen die Schuhe ordentlich aufgereiht nebeneinander, im Bad waren Toilette und Waschbecken sauber, die Spiegel geputzt, und das ganze Haus roch angenehm frisch, ich stand an der Küchenzeile und schenkte mir mein wohlverdientes Glas ein. Während ich trank, fiel mir ein, dass ich einen Blick auf das Handy werfen könnte, um zu sehen, ob die Mädchen sich gemeldet hatten, dort war eine neue Nachricht von Bjørn eingegangen.

Wir brauchen uns nicht zu treffen. Das war nur so eine Idee. Ich werde dich nicht weiter belästigen :-)

Die Nachricht war kurz nach Mitternacht abgeschickt worden. Mit zunehmendem Alkoholpegel, nachdem ich das Haus geputzt hatte, schrieb ich: *Hallo Bjørn! Schön von dir zu hören. Trinke gern mal einen Kaffee mit dir :-)*

Während ich dort an der Küchenzeile stand, war ich in einer anderen, sozialeren und menschenfreundlicheren Stimmung als noch vor wenigen Stunden. Mitunter kann es einem so vorkommen, als wäre man zu unterschiedlichen Tageszeiten ein jeweils anderer Mensch und die jeweiligen Personen würden sich mit der Dimension Zeit als Arena gegenseitig bekämpfen, und so kam es, dass die Samstagnachmittag-Ausgabe meiner Person der Nacht-auf-Samstag-Ausgabe meiner Person in den Rücken fiel. Ich stand da und war wie so oft im Begriff, mich in etwas hineinzumanövrieren, ich spürte es in jedem einzelnen Buchstaben. Dennoch war alles, was ich tat, in dem Moment so logisch und normal, Satz für Satz, Wort für Wort: schön, einen Kaffee trinken und über alte Zeiten reden, ja, warum nicht, und nach ein paar weiteren Nachrichten hin und her verabredeten wir uns schon für Montag nach der Arbeit, weil Bjørn zufällig einen Termin in Oslo hatte. Was erledigt ist, ist erledigt, dachte ich.

Aber zu schreiben, *ich werde dich nicht weiter belästigen*, ist das nicht reichlich aggressiv in all seiner vorgeblichen Bescheidenheit, fragt Tore, als ich wieder ins Sprechzimmer komme. Und das Wort *brauchen* im Satz *wir brauchen uns nicht zu treffen*, was soll das heißen? Darauf hättest du schon nicht zu antworten *brauchen.*

Freue mich!, schrieb Bjørn.

Ich mich auch!, schrieb ich.

Nicht weil ich mich freute, denn ich bereute es schon, und im Hinterkopf summte nur: Nach der Arbeit bist du viel zu müde, um Leute zu treffen, das Geplauder wird völlig unkontrolliert in deinem Kopf weitergehen, zusätzlich zum Geblubber der Patienten. Aber wie üblich waren die Finger wie von selbst über das Handydisplay gehuscht, wie üblich wollte ich es einfach nur hinter mich bringen, den ganzen Austausch überstehen, hör auf, geh weg, belästige mich nicht.

Ich fass es nicht, schnaubt Tore.

Aber was hätte ich denn schreiben sollen? Nachdem wir schon so weit gekommen waren?

So lange ich denken kann, lebe ich mit dem Gefühl, der Welt etwas zu schulden, entweder Aufmerksamkeit, Geld oder Dinge, ich kann mich nicht von der Vorstellung freimachen, dass irgendwo Buch darüber geführt wird und ich permanent im Minus bin.

Früher, als ich noch ein ziemlich aktives Sozialleben hatte, kam mir manchmal der Gedanke, ich müsse mich mal wieder bei dem einen oder anderen melden, dann nahm ich das Smartphone in die Hand und stellte fest, dass ich es war, die zuletzt Kontakt aufgenommen hatte, und nicht nur das, oft hatte der Betreffende auf meine letzte Nachricht nicht einmal geantwortet. Was ich getan zu haben glaubte – Bekannte vernachlässigt und ignoriert zu haben –, hatten in Wahrheit die anderen getan. Vergiss das nicht, dachte ich jedes Mal, doch bald kam mir wieder der Gedanke, dass ich dies oder jenes tun sollte, obwohl ich nicht den Wunsch verspürte, diesen oder jenen zu treffen, sondern lediglich eins wollte: alle Kontakte und Termine inklusive des dazugehörigen SMS-Austauschs so schnell wie möglich hinter mich bringen.

Derjenige, dem ich dabei gegenüberstand oder mit dem ich Kontakt hatte, konnte meine Unternehmungslust schnell mal mit Begeisterung verwechseln, da ich jegliche Unlust mit einem besonderen Eifer kompensierte, der seine Kraft aus ebenjener Unlust bezog, dem Wunsch abzuhauen, alles hinter mich zu bringen, und darum stürzte ich mich in Pläne und Verabredungen, die ich lediglich einging, um alles ein für alle Mal abhaken zu können. Das bedeutete aber natürlich nur, die Qual zu verschieben, denn die Pläne und Verabredungen musste ich später entweder umsetzen oder absagen, und beides war gleichermaßen anstrengend.

Kaum hatte ich die Nachricht, der zufolge ich mich freute, an Bjørn geschickt, kam Aksel vom Laufen nach Hause. Er ging in die Küche und ließ Wasser in den Messbecher laufen, der einen ganzen Liter fasste und aus dem er immer trank, um sicherzustellen, dass er ausreichend Flüssigkeit zu sich nahm.

»Rate mal, mit wem ich am Montag verabredet bin«, sagte ich.

Aksel schüttelte beim Schlucken den Kopf. Sein Adamsapfel bewegte sich so deutlich unter der dünnen Haut, dass ich wegschauen musste.

»Mit Bjørn.«

Aksel machte beim Trinken eine Pause.

»Welchem Bjørn?«

»Dem Bjørn, mit dem ich vor dir zusammen war.«

Aksel stellte den leeren Messbecher auf die Küchenzeile und fuhr sich mit dem Handrücken über den Mund.

»Ach der. Der Psycho. Warum denn das?«

»Er hat mich gestern bei Facebook als Freundin hinzugefügt, und jetzt wollen wir zusammen einen Kaffee trinken. Irre, oder? Ich habe ihn seit fast dreißig Jahren nicht gesehen.«

»Aha«, sagte Aksel, der mit meinen Neurosen bestens vertraut war, mit all den Verabredungen, die ich traf, weil ich glaubte, wenn ich dies und das endlich hinter mich brächte, blieben mir anschließend weitere Treffen erspart. Als wäre Leute treffen eine Pflicht, etwas, das man über sich ergehen lassen musste, bevor man das machen konnte, was man eigentlich machen wollte. Nämlich vor dem Fernseher liegen und Weißwein trinken.

Aksel lächelte kopfschüttelnd und ging duschen. Er würde sich niemals darauf einlassen, sich mit einer Ex von vor Urzeiten zum Kaffee zu verabreden.

Aksel war auf Bjørn nie eifersüchtig gewesen. Aksel war niemals eifersüchtig. Dazu hatte er auch niemals einen Grund gehabt. Bjørn hingegen war oft eifersüchtig gewesen.

»Wer ist der Typ«, fragte Bjørn, als ich es wagte, ihn zum ersten und letzten Mal mit auf eine Medizinstudentenparty zu nehmen. Ihm war Aksel sofort aufgefallen. Besser gesagt, ihm war mein Verhalten in Aksels Gegenwart aufgefallen.

»Was soll das«, antwortete ich. »Das ist Aksel, ein Kommilitone, sonst nichts.«

»So lachst du mit mir nie«, sagte Bjørn, und erneut tat ich so, als verstünde ich nicht, was er damit sagen wollte. Ich nannte ihn eifersüchtig und hysterisch, aber nur wenige Wochen später hatte ich Bjørn verlassen und war mit Aksel zusammengekommen, so wie Bjørn es an jenem Abend, der in einen heftigen Streit bei mir zu Hause in der Oscars Gate gemündet war, bereits vorhergesehen hatte.

»So lachst du mit mir nie«, schrie er immer wieder. »So wie du dagestanden und gelächelt und ihn regelrecht angebaggert hast, so habe ich dich noch nie gesehen! So bist du mit mir nie!«

Mit Aksel zusammenzukommen war wie an die frische Luft zu kommen, nachdem man in einem viel zu heißen und feuchten Raum eingesperrt gewesen war. Aksel war nicht eifersüchtig, Aksel benutzte keine Fremdwörter, deren Bedeutung er nicht kannte und die er darüber hinaus noch falsch aussprach, Aksel fuhr gern Fahrrad und joggte gern, so wie ich damals auch, wir wollten beide Arzt werden, ich wurde sofort in seinen Freundeskreis aufgenommen, genau wie er in meinen aufgenommen wurde.

»Gleich und gleich gesellt sich gern«, sagte meine Mutter, die gern behauptete, man bräuchte eigentlich nicht zur Schule zu gehen, sondern bloß Sprichwörter zu pauken. Denn alle Sprichwörter würden stimmen, meinte Mutter, und wer das nicht glaube, lebe einfach noch nicht lange genug. Ihre Sprichwörter gehören zu den wenigen Dingen, die die Demenz noch nicht weggespült hat, und wenn sie sie anbringt, passen sie nicht selten zur Situation, so als gäbe es noch eine Intelligenz in ihr, die in den Knochen festsitzt. Als ich ihr erzählt habe, dass ich hierhergezogen sei und Aksel und ich uns vermutlich scheiden lassen würden, sagte sie nur: »Glück kommt, Glück geht.«

Drei Tage, nachdem ich Bjørn auf Facebook hinzugefügt hatte, lief ich den Frognerveien entlang. Es war Montag, der erste warme Tag im Mai, und ich war ziemlich verkatert, denn wie üblich hatte ich auch am Sonntagabend getrunken. Aber heute wollte ich nichts trinken. Nur einen Kaffee mit Bjørn, und dann nach Hause zur schottischen Zeitreisenserie.

Den ganzen Tag über, während die Patienten unerbittlich kamen und gingen, hatte ich nicht sehr viel von meinem Kater gemerkt, aber jetzt spürte ich den Kopfschmerz, das Frösteln, die Unruhe, *so kann es nicht weitergehen. Ständig Verabredungen eingehen und Menschen treffen, wo kommt das her, was soll das.*

Andererseits, dachte ich in dem Versuch, mich selbst aufzumuntern, kann es interessant sein, Bjørn wiederzusehen, was hat er in der ganzen Zeit gemacht? Bjørn, den ich wegen Aksel verlassen habe. Wie sieht sein heutiges Leben aus?

Am Abend zuvor hatte ich auf dem Sofa gelegen und mich durch Bjørns Leben geklickt. Linda, seine Frau, gehört zu den Menschen, die täglich Bilder posten, und sei es nur das Foto einer Blumenvase und einer Kaffeetasse, versehen mit dem Text *Endlich eine ruhige Minute für mich*. Eins der Fotos zeigte zwei ineinander verschränkte Hände und die Worte *28. Hochzeitstag* in rosafarbener Schreibschrift mit roten Herzen drum herum. Ich lag da, starrte auf die Fotos und dachte, es ist schon irre, dass man heutzutage einfach ins Netz gehen und sich die Leute anschauen kann, so intim, gleichzeitig verspürte ich den Wunsch, nüchtern und fit zu werden und in das Leben hineinzuspazieren, das sich vor meinen Augen entfaltete. Irgendwie war es so, als hätte Bjørn gewonnen, da sich sein Leben in viel größerem Maße als meines zum Vorzeigen eignete. Linda und Bjørn sahen jünger aus, als sie waren, sie hatten ihre Kinder früher bekommen als wir, und alle wirkten harmonisch und gut gelaunt, wie eine große glückliche Clique, eine Art Mustervorlage, wie alle Menschen leben sollten. Auf einem der Fotos, zu dem ich immer wieder zurückblättern musste, standen Bjørn, Linda und die vier erwachsenen Kinder zusammen am Strand. Linda hing auf dem Rücken eines ihrer Söhne, der Sohn war ein Abbild von Bjørn, so wie ich ihn von früher in Erinnerung hatte, alle lachten.

Der Kontrast zwischen diesen Fotos und mir, die ich dort lag, war groß. Wo war unser Familienleben geblieben, unsere Freunde, unsere Reisen, unsere gemeinsamen Abendessen, wir hatten auch einmal ein solches Leben geführt, hier in Grenda, mit unseren spontanen Festen und den Kindern, die überall herumwuselten, und jetzt saßen wir jeder für sich in unserem Haus. Die Fotos erweckten ein altes Gefühl zum Leben, nämlich draußen zu stehen und nach drinnen zu schauen. In all den Jahren habe ich mich als eine Art Migrantin gefühlt, eine Konvertitin, nicht nur, was das Leben in Grenda betraf, sondern auch das norwegische Kernfamilienleben. Steif und ohne die Selbstverständlichkeit der Einheimischen hatte ich mir die Regeln angeeignet, mit dem permanenten Gefühl, draußen zu stehen und nach drinnen zu schauen.

»Ich glaube nicht, dass ich mich für ein Familienleben eigne«, sagte ich einmal zu Aksel. Ich saß in unserer Küche in Grenda und stillte eins der Mädchen.

»Was?«

Ich wiederholte, dass ich nicht glaubte, mich für ein Familienleben zu eignen, und Aksel fing an zu lachen.

»Ich auch nicht.«

Und selbst nach all den Jahren mit meinen Patienten –

die nahezu alle auf ihre jeweilige Art zum Ausdruck bringen, dass sie sich außen vor fühlen, wonach das Gefühl, außen vor zu sein, anscheinend das Einzige ist, was wir alle gemeinsam haben – habe ich immer noch den Verdacht, alle außer mir hätten ein Handbuch ausgehändigt bekommen, in dem alle Regeln für alles, was man in allen Situationen zu tun hat, geschrieben stünden.

Als ich die *Kaffebrenneriet* betrat, saß er schon da. Er erhob sich und kam lächelnd auf mich zu, streckte die Arme aus und zog mich an sich heran. Ich hatte vergessen, wie groß er war. Die Umarmung dauerte zu lange, ich wollte mich daraus befreien, von dem warmen Brustkasten wegkommen, aber er hielt mich fest, ich lehnte mich wieder an ihn, doch nun ließ er mich los. Die Umarmung hatte nur drei, vier Sekunden angehalten.

»Lang, lang ist's her.«

»Ja, lang, lang ist's her.«

Zusammen gingen wir zu seinem Tisch. Dort stand eine halb volle Kaffeetasse. Als ich sie anschaute, lachte er.

»Ich sitze schon eine Weile hier. Mein Termin war früher zu Ende als geplant.«

»Ich hole mir nur schnell einen Kaffee.«

»Tu das.«

Ich ging zur Theke und stellte mich in die Schlange. Aus den Augenwinkeln konnte ich sehen, wie er dort saß und mich betrachtete. Mit all den Fotos von Linda am Strand noch in frischer Erinnerung, zog ich den Bauch ein und versuchte, mich gerade zu halten. Worum ging es hier eigentlich. Was war der Sinn dieses Treffens. Worüber sollten wir uns bloß unterhalten.

Vielleicht konnte ich vorgeben, aufs Klo zu müssen, und einfach verduften. Aber die Toilette lag, wie ich wusste, ganz hinten im Lokal, und es gab keine Fenster.

»Du bist also Ärztin geworden«, sagte Bjørn, nachdem ich meinen Kaffee bekommen hatte und mich endlich setzen konnte. »Du bist wahrhaftig Ärztin geworden.«

»Äh … ja. Aber nur Allgemeinmedizinerin.«

»Was meinst du mit ›nur Allgemeinmedizinerin‹? Ist das etwa kein Arztberuf?«

»Meine Mutter hat oft behauptet, wer keinerlei Talent in irgendeine Richtung hat, kann immer noch Allgemeinarzt werden.«

Bjørn lachte, und mir schoss durch den Kopf: Red nicht so viel. Lass ihn reden, sonst dauert es zu lang.

»Es ist einfach nur beeindruckend, dass du *Ärztin* bist. Das kriege ich irgendwie nicht in meinen Kopf. Du hast dich auch gar nicht verändert. Du siehst noch so aus wie früher.«

»Du auch.«

Neben Bjørn wirkt alles klein. Der Ehering an seinen langen dünnen Fingern. Die langen Beine passen fast nicht unter den Tisch, die Kaffeetasse verschwindet in seinen Händen. Den Klavierhänden. Er spielte gern auf dem nicht gestimmten, alten Klavier in der Oscars Gate, gerade mal hundert Meter von hier entfernt. Es ist auch nicht wahr, dass er sich nicht verändert hat. Wäre er einer meiner Patienten, wie würde ich ihn dann wahrnehmen? Was wäre mein erster Gedanke gewesen, wenn er mein Behandlungszimmer betreten hätte? Tja, hätte ich gedacht und ein weiteres Mal bestätigt bekommen, dass, während die meisten Frauen in ihren Zwanzigern den Partner frei wählen konnten, ein paar Jahrzehnte später die Männer an der Reihe waren und die freie Auswahl hatten, jedenfalls einige von ihnen, und ganz sicher Bjørn. Das typisch Ungelenke und Hagere von Jungen, die zu schnell wachsen, ist komplett verschwunden, und die große Nase, die blauen Augen, die kräftige Kinnpartie, die Tendenz zum Unterbiss – was ihn früher leicht einfältig aussehen ließ, ihn jetzt aber nur noch maskuliner erscheinen lässt –, das alles notiere ich, während wir miteinander plaudern, und gleichzeitig denke ich, das Wort maskulin würde ich in Grenda nie in den Mund nehmen, denn in Grenda ist das Geschlecht eine kulturelle Konstruktion, und doch taucht genau dieses Wort in mir auf und legt sich über seine Schultern, Oberarme, Bartstoppeln und die grauen Haare auf der Brust, die aus dem Hemd herauslugen.

Ich betrachte seinen Mund, er ist immer noch derselbe, und Bjørn lächelt auf die gleiche Weise wie ich: mit heruntergezogenen Mundwinkeln. Damals haben wir darüber gesprochen, über unser identisches Lächeln und wie unsere Kinder wohl aussehen würden. Bjørn sagte: Wenn wir heiraten, wenn wir Kinder kriegen. Falls, sagte ich. Falls.

Obwohl Bjørn immer noch derselbe ist, dasselbe Lächeln und dieselbe explosive, leicht gackernde Lache hat, und obwohl ich ihn überall erkennen würde, fällt es mir schwer, den Mann, der jetzt hiersitzt und mehrfacher Großvater ist, mit dem eifersüchtigen, hysterischen jungen Typen zusammenzubringen, den ich aus den späten Achtzigerjahren in Erinnerung habe.

Wir erzählen uns, wie viele Kinder wir haben und was sie machen. Wir erzählen uns, wo wir wohnen und wann wir dorthingezogen sind. Bjørn berichtet von seiner Arbeit, irgendwas mit IT, er arbeitet in einer großen Firma in Fredrikstad. Die Firma liegt gleich neben der Sozialbehörde, wo seine Frau Linda als Sachbearbeiterin tätig ist. Sie können zu Fuß zur Arbeit gehen, das ist der Vorteil, wenn man in einer Kleinstadt wohnt, und da sie so dicht beieinander arbeiten, essen sie jeden Freitag zusammen zu Mittag. Ich erzähle von meinem Alltag mit den Patienten, von den Mädchen, die Medizin studieren, Bjørn erzählt von den vier Kindern und den bislang fünf Enkeln, die allesamt in Fredrikstad wohnen geblieben sind, was ja praktisch sei, und davon, wie gern er Zeit mit den Enkelkindern verbringe, aber es könne auch anstrengend sein, wir sind ja keine vierzig mehr, haha, und ich sage, dass die Patienten im Grunde schon interessant seien, dass es erfüllend sei, mit Menschen zu arbeiten, dass sie aber auch anstrengend sein könnten und dass die Leute zu oft zum Arzt gingen und den Wohlfahrtsstaat an seine Grenzen brächten, und diese ganze Aufzählerei hat etwas

Ermüdendes an sich, das leere Geschwätz, für das ich mit dem Alter immer weniger Toleranz aufbringe und das mich noch müder und verkaterter macht, als ich es ohnehin schon bin.

Es ist erfüllend, mit Menschen zu arbeiten. Das mag zu Anfang gegolten haben, aber mittlerweile habe ich die Menschen und ihr Auftreten, ihre Gerüche und ihr dummes Geschwätz so satt, dass ich, wäre es möglich, freiwillig die Spezies wechseln würde. Ich könnte mich zur Schimpansin umoperieren lassen, sodass man von mir keine anderen Laute erwarten dürfte als uh-uh-uh-uh, dann würde es mir für alle Zeit erspart bleiben, an einem Cafétisch zu sitzen und zu was auch immer Stellung zu nehmen.

Bjørn erzählt, dass Linda ursprünglich Schwesternhelferin war, dass sie aber so viele Fortbildungen gemacht hat, dass sie sich am Ende für die Stelle auf der Sozialbehörde qualifizieren konnte, die sie tatsächlich zum Teil aufgrund ihrer Erfahrungen im Gesundheitssektor erhalten hat, und obwohl es Linda in der Behörde gefalle, vermisse sie die körperliche Arbeit mit Menschen. Linda sei viele Jahre wegen der Kinder zu Hause geblieben, was sie gern gemacht habe, aber sie habe sich danach gesehnt, wieder unter Leute zu kommen, und da Linda sehr zielstrebig sei, habe sie nicht viele Jahre an der Hochschule gebraucht …

Mein Kopf schmerzt, irgendwann entschuldige ich mich kurz und gehe aufs Klo, und als ich sehe, dass erst eine halbe Stunde vergangen ist, kann ich es nicht fassen, denn es kommt mir vor, als säße ich schon seit einer Woche dort an dem kleinen Tisch.

Ich betrachte mich im Spiegel, die welke Gesichtshaut nach dem Alkohol am gestrigen Abend und einem langen Tag mit Patienten, ich weiß noch sehr genau, wie ich vor mich hin geflüstert habe: Bald ist es vorbei. Wenn du nach Hause kommst, darfst du trotzdem was trinken, obwohl du gestern erst getrunken hast und obwohl Montag ist, und vergiss nicht, dass noch drei Folgen der schottischen Zeitreisenserie ausstehen.

Noch war Bjørn genau wie das Handy lediglich ein Störfaktor, und hätte mir jemand zu diesem Zeitpunkt erzählt, dass mich allein der Anblick seines Namens auf einem Display bald erzittern lassen würde, mich völlig außer Gefecht setzen und meinen mittelalten Körper zum Beben und Überlaufen von Flüssigkeiten bringen würde, von denen ich geglaubt hatte, sie wären längst versiegt, hätte ich es für ebenso unwahrscheinlich gehalten wie, dass man durch einen Stein gehen und zwei Jahrhunderte in der Zeit zurückversetzt werden kann.

Als ich mich wieder an den Tisch setze, die Unterhaltung weitergeht und Bjørn nach Aksel fragt und ich mich sagen höre, dass Aksel als Orthopäde am Rikshospital arbeitet, wo es ihm gut gefällt, dass er aber am allerliebsten Ski läuft, Langlauf im Winter und Rollski im Sommer, brauche ich nicht viele Sätze, um zu begreifen, dass ich das in nüchternem Zustand nicht durchhalte.

Es hilft nicht, an den Chablis-Karton zu denken, der daheim in Grenda im Kühlschrank steht, bis dahin dauert es noch viel zu lange, und ich unterbreche mich selbst: »Weißt du was? Mir fällt plötzlich ein, dass ich seit dem Mittagessen nichts mehr gegessen habe, und ich habe keine Lust auf die trockenen Kuchen und Sandwiches hier. Ist es in Ordnung, wenn wir uns irgendwo hinbewegen, wo es was Warmes zu essen gibt?«

»Na klar, aber hast du dafür denn die Zeit, musst du nicht zum Essen nach Hause?«

»Musst *du* nicht nach Hause?«

»Nein, muss ich nicht. Ich habe Linda gesagt, dass ich bei einem Geschäftsessen mit einem Kunden bin und spät heimkomme.«

»Weiß sie nicht, dass du in Oslo bist und dich mit mir triffst?«

»O nein. Bist du verrückt. Aber ich bin oft zu Sitzungen und Abendessen in Oslo, das ist also kein Problem.«

An diesem Punkt schwant mir Übles, aber ich bin zu kaputt und zu durstig, um weiter darüber nachzudenken.

Tore: Der Alkohol hat dir also das Genick gebrochen. Wärst du nicht so durstig gewesen, hättest du den Small Talk im Café lange genug ausgehalten, um guten Gewissens aufbrechen zu können und deine Haut zu retten. Denn erst in dem indischen Restaurant ging alles los.

Das wissen wir nicht. Vielleicht hätte Bjørn sich mir schon im Café anvertraut, wenn er gewusst hätte, dass es seine einzige Chance ist.

Tore: Ja, aber dann wärst du nüchtern gewesen.

Ja, und hätte die Königin einen Schwanz, wäre sie König.

Tore: Wolltest du nicht herausfinden, wo du falsch abgebogen bist? Ich versuche nur, dir dabei zu helfen.

Nein. Du zielst lediglich darauf ab, mich in Fallen zu locken, die du aufgestellt hast, damit du über mich lachen kannst, wenn ich zappelnd am Boden liege.

Mindestens zwei halbe Liter Bier genehmige ich mir jetzt, die habe ich mir verdient, dachte ich, als ich zusammen mit Bjørn zu dem indischen Restaurant in der Nähe ging.

Die Aussicht auf ein baldiges Bier beflügelte meine Schritte und hob meine Stimmung. Unter meinen Patienten befindet sich ein Junkie, der einmal erzählt hat, dass er schon in der U-Bahn auf dem Weg zu seinem Dealer high werde. Und er ist nicht der Einzige. Ich habe Untersuchungen gelesen, die das Phänomen bestätigen: Wenn der Organismus weiß, was er gleich bekommt, reagiert er im Voraus, das erlebe ich gerade ebenfalls, denn schon auf den wenigen Metern zum Restaurant werde ich redselig und erzähle ausführlich von den Skirennen, an denen Aksel teilnimmt, und von seinem ausufernden Training. Bjørn ist fast einen Kopf größer als ich, und ich kann nicht umhin, ihn mit Aksel zu vergleichen, der genauso groß ist wie ich und fast kein Unterhautfettgewebe hat.

Zufällig liegt das indische Restaurant an der Ecke zur

Oscars Gate, und gerade als wir hineingehen wollen, bleibt Bjørn stehen, schaut sich um und sagt: »Das ist doch die Oscars Gate! Wohnt deine Mutter noch hier?«

Ich erzähle ihm, dass die Wohnung leer steht, dass meine Mutter dement ist und im Pflegeheim lebt. Während wir hineingehen und uns einen Tisch suchen, sage ich, dass ich vorhabe, die Wohnung zu vermieten, da aber ein Teil von mir immer noch glaubt, Mutter könne jederzeit wieder zu sich kommen, bringe ich es nicht über mich, die Wohnung zur Vermietung herzurichten, denn was ist, wenn Mutter plötzlich dasteht und wieder sie selbst ist, sage ich lachend, erfüllt von der Aussicht auf ein baldiges Bier, und Bjørn lächelt und nickt, wirkt jedoch etwas abwesend. Wir setzen uns, der Kellner bringt die Speisekarten, und in der Minute, bevor das Bier vor mir steht, schaffe ich es zu sagen, dass wir, wenn wir Überstunden machen, uns hier etwas zu essen holen und dass ich gern ein bestimmtes Lammgericht esse, das ich empfehlen kann, und auf der Suche danach blättere ich die Speisekarte durch. »Da ist es«, sage ich, »willst du es auch haben, dann bestelle ich es für uns beide?« Bjørn nickt nur, und ich frage mich, wie ich das Lammfleisch hinunterbekommen soll, denn ich habe überhaupt keinen Hunger, nur Durst.

Das Bier kommt, und wir prosten uns zu und trinken, und jetzt finde ich die Verabredung mit Bjørn richtig nett, so was sollte man öfter machen, aus den eigenen vier Wänden rauskommen und Leute treffen, wieder Kontakt zu alten Freunden aufnehmen, denn wo sind sie alle geblieben, denke ich jetzt, ich treffe ja niemanden mehr. Diese gute Stimmung plötzlich lässt mich dann auch sagen: »Du, weißt du noch, wie du in der Oscars Gate für mich Klavier gespielt hast, und weißt du noch …«, doch bevor ich noch mehr sagen kann, legt Bjørn die Hände auf den Tisch und schaut mir in die Augen.

»Also, jetzt sage ich es einfach, wie es ist. Ich hatte gar keinen Termin. Das war nur vorgeschoben. Ich habe mich so gefreut, als du Kontakt aufgenommen hast, dass ich dachte, jetzt muss ich das Eisen schmieden, solange es heiß ist.«

»Was?«

Ich halte das Bierglas in den Händen und frage mich, wann ich den Rest in mich hineinkippen kann.

»Ich bin nur nach Oslo gekommen, um dich zu treffen.«

»Du hattest gar keinen Termin?«

Bjørn starrt auf den Tisch.

»Nein, und ich war so ungeduldig, dass ich schon nach dem Mittagessen losgefahren bin. In der Arbeit habe ich behauptet, es gehe mir nicht gut, und Linda habe ich, wie gesagt, erzählt, dass ich diesen Termin in Oslo hätte und es spät werden könne. Ich war schon um halb zwei in Oslo, seitdem bin ich durch die Stadt gelaufen und habe nur darauf gewartet, dass es endlich fünf ist.«

»Oh.«

Ich trinke den Rest aus, Bjørn legt den Kopf schief und

sieht mich an, wartet ganz offensichtlich auf eine Reaktion, daher sage ich, nachdem ich das Glas geleert habe: »Aber warum hast du nicht gesagt, dass du mit mir verabredet bist? Weiß sie überhaupt, wer ich bin?«

»Ob sie weiß, wer du bist? In den ersten Jahren durfte ich deinen Namen nicht in den Mund nehmen.«

»Kenne ich sie? Gehörte sie zu deiner damaligen Clique? War sie auf den Partys dabei?«

»Ja, sagen wir mal so: An *dich* kann sie sich gut erinnern.«

»Ist sie genauso eifersüchtig, wie du es warst?«

»Zu Linda bin ich nicht so wie zu dir. So war ich auch nie zu anderen vor dir. Ich schäme mich, wenn ich daran denke, wie ich mich damals benommen habe, ich habe alles zerstört. Wenn ich die drei Dinge aufzählen sollte, die ich in meinem Leben am meisten bereue, dann ist eins davon, dass ich damals so dumm war.«

Ich sitze da und starre ihn an. Mehr denn je frage ich mich, was ich hier mache und wie ich hier gelandet bin. An einem stinknormalen Montag. Dann winke ich dem Kellner und bestelle mir noch ein Bier. Ich frage Bjørn nicht, ob er auch was haben will, er hat erst wenige Schlucke getrunken. Für einen kurzen Moment vermisse ich Gro, die immer mindestens genauso schnell trinkt wie ich.

»Und dann muss ich dir noch etwas erzählen, an das ich gedacht habe, seit du am Freitag Kontakt aufgenommen hast. Eigentlich hatte ich nicht vor, es zu sagen, aber jetzt sage ich es trotzdem. Also ... Ende der Neunziger war ich vom Job aus auf einem Seminar, einem dieser Teambuilding-Seminare, die damals so üblich waren, und eine unserer Aufgaben bestand darin, uns unser Leben in zehn Jahren vorzustellen. Wo bist du dann, was machst du dann, was ist dein innigster, dein größter Wunsch. Es gab keinerlei Einschränkungen. Es sollte nur um Wünsche und Sehnsüchte gehen, nicht um Talent oder was realistisch wäre. Wollten wir Rockstar, Filmstar, Astronaut sein, sollten wir es aufschreiben.«

Mein Bier kommt, und ich hebe das Glas.

»Prost!«

Bjørn nickt und hebt ebenfalls sein Glas, setzt es aber, ohne zu trinken, wieder ab.

»Und ich habe geschrieben: *Zusammen mit Elin in der Oscars Gate wohnen*«, fährt Bjørn fort. »Ich brauchte nicht eine Sekunde lang nachzudenken, habe es sofort hingeschrieben. Zusammen mit Elin in der Oscars Gate wohnen. Damals war ich seit acht, neun Jahren mit Linda verheiratet, und wir hatten gerade unser viertes Kind bekommen. Daraufhin habe ich den Zettel zerrissen und weggeworfen.«

»Das hast du tatsächlich getan«, sage ich bloß. Ich weiß nicht, was ich sonst sagen soll. Ich kann nichts Entsprechendes beisteuern, wonach ich all die Jahre an Bjørn gedacht hätte, denn das habe ich nicht, aber in diesem Moment würde ich mir wünschen, es wäre so gewesen, zum Ausgleich, denn das ist das Schlimme daran, im Minus zu sein, allein beim Gedanken daran möchte ich trinken und trinken und niemals aufhören. Das Essen kommt, aber wir stochern nur darin herum, und während Bjørn erzählt, dass er mein Leben verfolgt hat, dass er weiß, wann ich geheiratet habe, wann die Kinder auf die Welt gekommen sind, wann wir nach Grenda gezogen sind, wann ich meine Approbation erhalten habe, wann ich in der Praxisgemeinschaft angefangen habe, spüre ich, wie das Lammfleisch in meinem Mund aufquillt. Er weiß sogar, welchen Platz Aksel dieses Jahr beim Birkebeinerrennen belegt hat und beim Marcialonga und bei all den anderen Rennen, an denen er teilnimmt.

»Aber ich habe nur Sachen herausgefunden, die alle finden können, die im Internet öffentlich zugänglich sind.«

Ich bin beim dritten Bier angelangt, während sich Bjørn noch an seinem ersten festhält, und ich weiß nach wie vor nicht, was ich sagen soll. Aber Bjørn erzählt einfach weiter, dass er eine kleine Schachtel hat, in der er alle Kinokarten und Quittungen aus unserer gemeinsamen Zeit aufbewahrt, und hin und wieder holt er die Schachtel hervor und schaut sich den Inhalt an. Er redet von der Interrailtour, die wir gemacht haben, zu den griechischen Inseln. »Als wir mit dem Rucksack unterwegs waren und in Athen draußen vor dem Bahnhof geschlafen haben, alle Interrailer nebeneinander, erinnerst du dich? Das hätte Linda niemals mitgemacht, für nichts auf der Welt.«

Unsere Hände liegen nebeneinander auf dem Tisch.

Meine sind kleiner als seine, aber davon abgesehen sind sie fast identisch, groß mit langen, dünnen Fingern.

Bjørns Schilderungen vermitteln mir ein Gefühl von Unwirklichkeit, ich komme mir vor, als wäre ich in der Zeit vor und zurück gereist, wie in dieser Fernsehserie, die ich jetzt völlig vergessen habe, denn hier nimmt alles seinen Anfang, hier in dem dunklen Restaurant. Genau hier gibt der Boden nach, und das, was ich bis dahin für Beton und Asphalt gehalten habe, entpuppt sich jetzt als nasser Sand, bestehend aus Milliarden kleinen Sandkörnern, von denen kein einzelnes Verantwortung für die schwere und zielgerichtete Bewegung trägt, die in Gang gesetzt wurde.

Doch noch sitze ich da und glaube, dass ich nur mit einem Exfreund zu Abend esse, der anscheinend in einer Midlifecrisis oder Ehekrise steckt, und dass wir in Erinnerungen an alte Zeiten schwelgen, wie er in seiner Nachricht geschrieben hatte. Ich habe meinem Ehepartner nichts verheimlicht, anders als Bjørn, und bald kehre ich nach Hause zurück und lache mit Aksel darüber. Wir werden in der Küche stehen und lachen, während Aksel aus seinem Messbecher trinkt und ich aus dem Goldfischglas.

»Ich weiß nicht recht, was ich sagen soll.«

»Das verstehe ich gut. Ich will dich auch gar nicht mit all dem hier überfallen. Aber … als du am Freitag Kontakt zu mir aufgenommen hast, habe ich mich unglaublich gefreut. Was ist los, hat Linda gefragt, Elin hat mich auf Facebook als Freund hinzugefügt, habe ich gesagt, und Linda hat gefragt, warum ich unbedingt jetzt mit dir Kontakt haben wollte, und falls wir uns treffen würden, wäre Schluss. Aber sie will sich ja schon scheiden lassen, wenn ich bloß vergesse, den Müll rauszubringen.«

»Echt?«

»Ja klar. Gestern wollte sie sich scheiden lassen, weil sie festgestellt hat, dass ich ein Bier getrunken habe, obwohl Sonntag war. Ja, vielleicht sollten wir das tun, habe ich geantwortet, vielleicht sollten wir uns scheiden lassen. Es scheint, als hätte mich allein die Aussicht auf ein Treffen mit dir irgendwie stärker gemacht, ich habe ja seit Freitag nonstop an dich gedacht, und da bekam sie Angst, so was hatte ich nämlich noch nie gesagt. Bisher war es immer so, dass sie schreit, sie will sich scheiden lassen, und ich sie dann beruhige. Wie meinst du das, hat sie gefragt, und ich habe gesagt: Vielleicht *sollten* wir uns scheiden lassen. Scheidung ist ja wohl nicht die Lösung, meinte sie. Es war dein Vorschlag, sagte ich, und es geht uns ja nicht gut. Seltsamerweise war ich ganz ruhig. *Dir* geht es nicht gut, hat sie geantwortet. Geht es *dir* denn gut, fragte ich, bist du glücklich? Glücklich, wie meinst du das, man kann doch nicht ständig nur glücklich sein, sagte sie. Geht es dir denn gut mit mir, fragte ich, du siehst mich gar nicht mehr an. Man kann sich doch nach dreißig Jahren nicht ständig anschauen, antwortete sie. Aber sie sieht mich überhaupt nicht an. Nur wenn ich sie wütend mache, dann sieht sie mich an. Wenn sie genervt ist oder ich etwas falsch mache, dann sieht sie mich an. Was soll das heißen, dass du dich scheiden lassen willst, fragte sie erneut, und so ging es immer weiter, immer im Kreis, und schließlich gingen wir zu Bett. Wenn wir mit Kindern, Enkeln, Verwandten oder Freunden zusammen sind oder mit dem Gourmetklub oder wenn wir im Garten sitzen und Kaffee trinken und mit den Nachbarn plaudern, in allen öffentlichen Kontexten sozusagen, würdest du niemals denken, dass etwas mit uns nicht stimmt. Wenn sie mit anderen zusammen ist, ist Linda ein völlig anderer Mensch. Sind wir allein, wirkt es so, als würde sie sich rächen. Sie kann den ganzen Tag über schweigen, um mich dann plötzlich wegen irgendeiner Bagatelle anzufahren.«

Bjørn nimmt das Besteck in die Hand, stochert im Essen herum, legt es dann aber wieder ab.

»Mit Linda konnte ich nie so reden wie mit dir. Das habe ich sofort gemerkt, als du vorhin das Café betreten hast, dass ich dir alles erzählen will, so wie früher. Weißt du noch, wie wir bis tief in die Nacht miteinander geredet haben? Du hältst mich bestimmt für total verrückt, dass ich dir das alles erzähle. Ich bin aber nicht verrückt. So wie mit dir war es mit niemand anderem. Dein Leben mitzuverfolgen, zu wissen, dass es dich gibt, war mir immer ein Trost.«

Ich schlucke und nicke. Und schlucke noch einmal. Dann trinke ich das restliche Bier.

»Ich bestelle mir noch ein Bier. Willst du auch?«

»Ja, gern«, sagt Bjørn, und endlich leert er sein Glas. Der Kellner bringt noch zwei Bier, und wir prosten uns zu. Es ist Bjørns zweites und mein viertes. Bjørn stellt sein Glas schwungvoll auf den Tisch.

»Und wo ich schon dabei bin: Sex haben wir auch nicht. Also, ich meine, nicht mehr. Wir haben seit über fünf Jahren nicht mehr miteinander geschlafen. Ich weiß noch genau, wann es das letzte Mal war, das war an Heiligabend vor fünf Jahren.«

»Gar keinen Körperkontakt?«

»Nein. Nur hin und wieder einen Kuss auf die Wange. Sie hat keine Lust mehr, sie denkt, dass wir mit diesem Teil des Lebens durch sind. Aber in Handynachrichten heißt es dann Liebling und Küsschen und Herzchen. Und dann all die Fotos, die sie postet. Manchmal schaue ich mir die Fotos und ihre Kommentare an und schöpfe wieder etwas Hoffnung, wer ist diese Frau, die draußen in der Welt, im Netz, diese Geschichte von uns erzählt, bin ich mit dieser Frau verheiratet, ist das unser Leben, was für ein fantastisches Leben, aber wenn wir uns dann wieder begegnen, ist alles wie immer. Ich bin ein sehr körperlicher Mann, ich brauche Körperkontakt, um überhaupt zu funktionieren, aber Abend für Abend liegt sie mit dem Handy in der Hand neben mir im Bett und ist auf Instagram unterwegs oder kommuniziert mit den Kindern. Instagram und die Kinder, alles andere zählt nicht.«

»Hast du schon mit anderen darüber gesprochen?«

»Nein.«

»Nicht mit Freunden, nicht mit Kollegen, mit niemandem sonst?«

»Nein, ich habe noch nie mit jemandem darüber gesprochen.«

Er braucht mich, dachte ich in dem Moment, zum ersten, aber nicht zum letzten Mal. *Nur ich kann ihm helfen.*

Heute denke ich, man sollte sich vor der Art von Eitelkeit hüten, die sich im Bedürfnis zu helfen versteckt. Man sollte sich überhaupt vor Eitelkeiten hüten. Will man, dass es einem selbst gut geht, ist Eitelkeit das Erste, was man ablegen sollte. Ist man frei von Eitelkeit, ist man frei von allem. Aber die Eitelkeit ist sehr geschickt darin, sich zu verstecken, sich noch mehr zu verstecken und noch mehr. Doch oft versteckt sie sich auch gar nicht.

Bjørn sitzt da mit gesenktem Kopf und starrt auf sein Bier, wippt mit dem Glas hin und her.

»Aber war das immer so bei euch?«, frage ich. »Irgendwann muss es doch mal besser gewesen sein.«

»Anfangs ging es uns sehr gut, bevor die Kinder kamen, und in den Jahren danach war es ganz okay. Aber irgendwann konnte ich ihr nichts mehr recht machen. Das hat sich etwas beruhigt, als die Kinder ausgezogen sind, doch als wir Enkel bekamen, ging es wieder von vorn los.«

Er seufzt.

»Neulich wollten wir ins Kino. Aber dann rief unser Ältester an und sagte, sie seien krank geworden. Was mir wehtut, ist nicht so sehr, dass sie alles stehen und liegen lässt, um ihnen zu helfen. Ich will ihnen auch helfen. Was mir wehtut, ist, mit welchem Eifer und Engagement sie reagiert, wenn sie sieht, dass eins der Kinder schreibt oder anruft, wie sie zum Leben erwacht, beim Reden fast außer Atem kommt, sie ist dann wie verwandelt. Sekunden zuvor habe ich versucht, ein Gespräch mit ihr in Gang zu bringen, sie hat dagesessen und gegähnt und mich nicht einmal angeschaut, nicht zugehört. Wo wollen wir im Urlaub hinfahren, wollen wir essen gehen, wollen wir am Sonntag eine Fahrradtour machen. Kein Interesse. Sie interessiert sich nur für die Kinder und alles, was mit ihnen zu tun hat. Und für Instagram. Aber jetzt sitze ich da und labere dich voll. Es quillt einfach so aus mir heraus. Du musst sagen, wenn du gehen musst.«

»Nein, kein Problem«, sage ich und spüre das gleiche, quasi zufriedene Gefühl im Hals, das ich auch empfinde, wenn ich tief in eine meiner Fernsehserien eingetaucht bin. Ein wohliges Gefühl, das im Körper hochsteigt, eine Art tiefe Zufriedenheit. Vielleicht bin ich aber auch nur besoffen.

»Wie hast du das bloß ausgehalten? Und warum hast du in all den Jahren mit niemandem darüber gesprochen?«

»Ich wusste nicht, wo anfangen. Alle glauben ja, bei uns liefe es gut. Vielleicht mit Ausnahme der Kinder, denn die haben im Laufe der Jahre doch so einiges mitbekommen. Und dann habe ich all die Jahre geglaubt, wenn ich noch etwas warte, renkt es sich wieder ein. Wenn wir erst noch ein Kind bekämen, wenn die Kinder erst größer wären, wenn wir erst den Anbau fertig hätten, wenn wir nur erst das große Haus hätten, von dem Linda all die Jahre geträumt hat und das endlich zum Kauf angeboten wurde, wenn wir erst das Haus gekauft und anschließend renoviert hätten, wenn erst die Kinder ausgezogen wären, wenn nur dies, wenn nur jenes. Mittlerweile habe ich natürlich eingesehen, dass sich erstens nichts ändern wird, egal, was wir machen, wohin wir ziehen und wie viel wir renovieren, ob wir hierhin oder dorthin reisen oder ein neues Auto kaufen. Zum anderen habe ich eingesehen, dass ich, indem ich sie all die Jahre gewähren ließ, alles nur noch schlimmer gemacht habe. Dass ich vor langer Zeit ein Machtwort hätte sprechen sollen. Jetzt ist es zu spät. Wenn ich ein seltenes Mal dagegenhalte und zurückbrülle, fängt sie einfach an zu lachen. Mein Gott, wie bescheuert du aussiehst, wenn du so schreist, sagt sie, und dann schüttelt sie den Kopf und geht. Sie hat keinen Respekt vor mir. Sie hat mehr Respekt vor unserer alten Katze als vor mir. Dass sie den Kindern und Enkelkindern mit mehr Zuwendung und Liebe begegnet als mir, damit kann ich leben, aber die räudige alte Katze … Manchmal sitzt sie auf Lindas Schoß und starrt mich mit ihren gelben Augen an.«

Wir lachen, und Bjørn sagt: »Ja, ich weiß. Oft kommt es mir vor, als würde ich allmählich verrückt werden.«

Ich brachte ihn zum Zug. Schweigend gingen wir zum Nationaltheater, dann die Karl Johans Gate hinauf, am Parlament vorbei und hinunter zum Bahnhofsvorplatz. Ich brachte ihn bis zum Bahnsteig, dort nahm er mein Gesicht für ein paar Sekunden in seine warmen Hände, dann war er weg.

In der U-Bahn nach Hause lehnte ich mich an die Scheibe. Ach ja, dachte ich nur. Ach ja. Die drei Liter Bier, die ich insgesamt in mich hineingekippt hatte, schwappten und gärten in meinem Bauch, und es ärgerte mich, dass ich mich an einem Montag betrunken hatte. Die kalte Fensterscheibe an der heißen Wange war angenehm, und erneut erinnerte ich mich an das Gefühl von früher, dass es sich wie eine Erleichterung anfühlen konnte, von Bjørn wegzukommen. Als würde man nach einem viel zu heißen Sommertag die Fenster öffnen und durchlüften. Ich rechnete aus, dass mir noch genug Zeit bliebe, um vor dem Zubettgehen mindestens eine Folge der Zeitreisenserie zu sehen.

Noch glaubte ich, alles wäre wie immer. Noch betrachtete ich das, was gerade passiert war, als Teil des Alltags, als Teil des Flows. In Wahrheit hatte ich mich verbrannt, so wie man in heißes Wasser greift und zuerst gar nichts spürt. Es sieht so harmlos aus, nur ein roter Fleck auf dem Handrücken, und man fährt einfach fort mit dem, was man angefangen hat, und denkt nicht weiter darüber nach. Aber wenn man die Hand nicht unter lauwarmes Wasser hält, arbeitet die Wunde insgeheim weiter, und am nächsten Tag hat sich der rote Fleck schon in gelbe, mit Flüssigkeit gefüllte Blasen verwandelt.

»Wie war es mit Bjørn«, fragte Aksel, als ich wieder zu Hause war. Mit nassen Haaren, ein Handtuch um die Taille, kam er aus dem Bad im Keller. Die hellrosafarbene Haut spannte über den Rippen. Als würde er von Tag zu Tag dünner werden.

»Er und seine Frau sind in einem Gourmetklub.«

Wir lachten darüber, dass Bjørn und Linda in einem Gourmetklub waren, aber als ich den Rest erzählen wollte, war er schon die Treppe hinaufgegangen.

Siehst du, sage ich zu Tore. Ich wollte Aksel alles erzählen. Aber er ist einfach schlafen gegangen.

Glaubst du wirklich, es wäre anders gewesen, wenn du ihm alles hättest erzählen können, gibt Tore zurück.

Ja, denn noch am selben Abend habe ich Bjørn eine Nachricht geschickt. *Danke für das Wiedersehen*, und dazu eine kleine lächelnde Sonne, die eine Kusshand in die Luft wirft, und ich habe ganz stark das Gefühl, das hätte ich nicht getan, wenn Aksel sich zu mir gesetzt und zugehört hätte.

O doch, das hättest du getan. Die Nachricht, die du verschickt hast, war lediglich die Brandwunde, die sich nach innen fraß. Damals hast du es für reine Höflichkeit gehalten, eine Danke-für-das-Wiedersehen-Nachricht zu versenden. Außerdem wolltest du nicht, dass Bjørn sich damit unwohl fühlt, dir so viel anvertraut zu haben. Es war das alte Gefühl, jemandem etwas zu schulden, im

Minus zu sein, das dich die Nachricht abschicken ließ. Nicht der Umstand, dass du dich in deinem eigenen Zuhause einsam gefühlt haben könntest, oder was auch immer du dir im Verlauf des vergangenen Jahres zurechtgelegt hast.

Als Bjørn nicht sofort antwortete, stieg meine Unruhe. Ich lag auf dem Sofa, hatte es noch nicht einmal geschafft, den Fernseher einzuschalten, und die Erleichterung, die ich in der U-Bahn verspürt hatte, war bereits verschwunden. Bjørn saß immer noch im Zug, warum antwortete er nicht. Er hatte doch nichts anderes zu tun.

Mach den Fernseher an, sagte ich zu mir, vergiss nicht, dass du noch ein paar Folgen der schottischen Serie vor dir hast. Aber ich blieb einfach liegen und wischte auf dem Smartphone herum, denn im Verlauf des Tages hatte Linda neue Fotos gepostet, zuerst eine Szenerie auf dem Weg zur Arbeit, eine tief stehende Sonne über einem Acker, anschließend einen Teller mit Salat und ein Glas Weißwein. *Strohwitwe an einem Montag.*

Schon Wahnsinn, dass die Frau ihr Leben so darstellen kann, dass man es gern selbst leben würde, dachte ich trotz all der Dinge, die ich mittlerweile darüber wusste.

Nach einer halben Stunde kam endlich eine Antwort. *Ich habe zu danken, ich wollte dich nicht mit meinen ganzen Problemen nerven.* Und dann ein Herz. Und dann eine neue Nachricht: *Es hat so gutgetan, mit dir zu reden. Würde dich gern wiedersehen.*

Er braucht mich. Es geht ihm schlecht, und ich kann ihm helfen. Jetzt konnte ich einen Teil meiner allgemeinen Schulden an die Menschheit und meiner speziellen Schulden an Bjørn – da ich ihn seinerzeit verlassen hatte und es ihm in seiner Ehe nicht gutging – abbezahlen, indem ich ihm half, ihnen half, dachte ich, besoffen und sentimental.

Ich bin besoffen und sentimental, sagte ich zu mir. Das hatten wir im Studium für den Umgang mit Patienten gelernt: Gefühle zu benennen, während man sie durchlebt. Einen Schritt zur Seite zu treten und zu sich zu sagen: Jetzt bin ich wütend, anstatt sich von Wut und Ärger oder was auch immer auffressen zu lassen. Du bist besoffen und sentimental. Mach den Fernseher an. Komm wieder in die Spur. Aber stattdessen hing ich weiter am Handy.

Ich auch, hatte ich geschrieben, und jetzt wartete ich auf Antwort. Was war das? Warum hatte ich das geschrieben?

Wir können uns in einem Café treffen, um über alte Zeiten zu reden, über seine Ehe, das ist harmlos, sagte ich zu mir.

Am nächsten Tag erzählte ich es Aksel. Ich tat so, als fiele es mir gerade ein.

»Ach ja. Erinnerst du dich an Bjørn? Er hat gesagt, es täte ihm so gut, mit mir zu reden, und jetzt will er mich wiedersehen. Er hat Probleme in seiner Ehe.«

Aksel antwortete nicht, und ich hielt den Blick auf den Fernseher gerichtet, als ich weitersprach:

»Weiß nicht, ob ich Lust habe, in meiner Freizeit die Therapeutin zu spielen. Vielleicht sollte ich ihn als Patienten aufnehmen.«

Aksel sagte immer noch nichts, und als ich zu ihm hinüberschaute, schlief er. Er lag in seinem Sessel, dem Sessel, den er von mir zum Fünfzigsten bekommen hatte, mit einer Fußstütze, die ausfährt, wenn man sich nach hinten lehnt, und in den er sich nach seinen Trainingseinheiten legt, um sein Schälchen mit Hafergrütze zu essen. Jetzt lag er da mit offenem Mund und sah aus wie tot, während das Echo meiner Stimme, von Lügen nur so klingelnd, noch in der Luft hing.

7

Noch eine Stunde bis zur Mittagspause, und herein kommen sie mit einem Ekzem am Ohr, Rückenproblemen und Kopfschmerzen. Strahlt es bis in die Beine aus, schaffen Sie es, mit den Händen den Boden zu berühren, zu welcher Tageszeit ist es am schlimmsten, trinken Sie genug Wasser, lassen Sie mich Ihren Nacken abtasten, geht Ihnen gerade vieles durch den Kopf und wie gut schlafen Sie. Häufig ist es, als würde man im Nebel tappen. Häufig herrscht wenig Übereinstimmung zwischen den subjektiven Beschwerden meiner Patienten und meinen objektiven Befunden. Und was macht man dann? Zeigt man Empathie und Verständnis? Wofür? Für die konkreten Beschwerden oder für die Seelenzustände, von denen sie möglicherweise ausgelöst wurden? Ist es körperlich, ist es psychisch, als wären das zwei verschiedene Größen. Mir ist schwindelig, sagt einer, und dann beginnt das Ratespiel, und während ich zuhöre und bohre und den Patienten abklopfe, als wären wir immer noch zwei Menschenaffen auf einem Felsen in Afrika vor dreißigtausend Jahren, träume ich von einem Gerät, das auf einen Schlag alle inneren Organe überprüfen und beurteilen kann. Eine Maschine, die Blut, Spucke, Urin, Tränen, Stuhl, Ohrenschmalz interpretieren kann, die in Ohren, Augen, Nase, Hals, Vagina, Harnwege, Skrotum, Rektum hineinschauen kann, um auf der Grundlage von Millionen Epikrisen eine Diagnose zu stellen, für die man sonst Jahre bräuchte.

Stattdessen ähnelt der Körper einem Säugling, der schreit, und kein Mensch weiß, warum. Die Windel ist trocken, das Kind hat zu essen bekommen, die Mama ist da, und doch schreit das Kind. So verhält sich der Körper, vor allem, wenn wir altern: Er schreit, und wir wissen nicht, warum. Wir haben Kopfschmerzen ohne erkennbaren Grund, wir wälzen uns im Bett und finden keinen Schlaf, wir essen fast nichts und sind trotzdem um die Taille zu dick, wir treiben Sport, und doch hängt die Haut an den Beinen schlaff herunter, wir haben positive Gedanken, lächeln Fremden zu und wirken doch mürrisch.

Oft muss ich mir in Erinnerung rufen, warum ich Allgemeinmedizinerin und Hausärztin geworden bin. Warum ich nicht im Krankenhaus arbeite wie Aksel, wo das Gros der Basisarbeiten, mit denen ich hier jeden Tag zu tun habe, bereits herausgefiltert ist.

Dann denke ich immer zurück an den praktischen Teil meiner Ausbildung, als ich durch die verschiedenen Krankenhausabteilungen geschickt wurde. Die Hierarchie, die Positionierungsbestrebungen, die Intrigen, die männlichen Oberärzte, die jüngere Männer als Schützlinge wählten, die fehlende Tradition und der Mangel an Vorbildern für Ärztinnen, die Ambivalenz der Krankenschwestern gegenüber weiblichen Ärzten, ihre Unsicherheit, die der Unsicherheit von Migranten ähnelt, wenn einer der Ihren zu Macht gekommen ist. Anstelle von durchschnittlichem und alltäglichem Respekt waren Ärztinnen, seinerzeit zumindest, von einer speziellen Hysterie umgeben, weshalb es nicht reichte, normal zu sein, man musste etwas ganz Besonderes sein, denn es gab den Hang, dich auf einen Sockel zu heben, und wenn du des Sockels nicht würdig warst, was für die meisten gilt, unabhängig vom Geschlecht, war der Hang, dich in den Abgrund zu stoßen, ebenso groß. So ergeht es sogenannten Minoritäten: Die Blicke sind auf sie gerichtet, es gibt den sentimentalen Hang, sie herauszupicken und zu fördern, und wenn sie sich dieser Art der Förderung unwürdig erweisen, dient das als Beweis und Erklärung dafür, dass es nicht mehr von ihnen an die Spitze schaffen: Seht ihr, sie kriegen es eben nicht hin.

Einige der älteren Patientinnen hatten, nachdem ich mich vorgestellt und die weitere Behandlung erläutert hatte, nur eine Frage, und die lautete stets: »Wann kommt der Arzt?«

Ich lächelte, um sie nicht bloßzustellen, und sagte: »Der Arzt bin ich.«

Ihre Antwort: »Ja, ja, aber wann kommt der Arzt?«

Hier in der Praxis wissen die Patienten, dass ich der Arzt bin. Hier habe ich mein eigenes Sprechzimmer mit einer Tür, die man zumachen und absperren kann. Die

Patienten repräsentieren einen Querschnitt der Bevölkerung, sie wechseln ständig, und je nach Wetter- und Straßenverhältnissen ist der Umgang mit ihnen leicht oder schwierig. Vor allem sind sie viele, und sie sind verschieden, und für sich genommen hat keiner von ihnen Macht über mich.

Als Hausärztin bleibt mir außerdem der direkte Umgang mit Kollegen erspart. Ich brauche nicht einmal mit ihnen zu Mittag zu essen. Ich kann gut und gerne im Sprechzimmer bleiben und meinen Erdbeershake trinken, aktuell mein Hauptnahrungsmittel, zusätzlich zu einer Orange pro Tag und einem Fruchtsaftgetränk vollgepackt mit künstlichen Süßstoffen und anderen Chemikalien. Essen Sie frische, unbehandelte Lebensmittel, sage ich zu meinen Patienten. Es tut gut, so etwas zu sagen. Entspannen Sie sich und seien Sie zufrieden – an solchen Ausdrücken und Sätzen kann man sich wärmen. In meiner Fantasie befolge ich meine eigenen Ratschläge und Tipps, aber in der Realität sitze ich da und trinke Milchshakes und Fruchtsaftgetränke voller Chemie. Wir vertragen mehr, als wir denken. Unter meinen Patienten gibt es Menschen, die ihren täglichen Kalorienbedarf ausschließlich mit der Zufuhr unterschiedlicher Kombinationen aus Fett, Salz und Alkohol decken. Vor diesem Hintergrund dürften sie überhaupt nicht mehr aufrecht gehen können, und doch tun sie es.

Wie der Nächste auf der Liste.

Der Dicke, wie er sich selbst nennt, watschelt in zerschlissenen, abgelaufenen Schuhen durch die Tür. Er ist ein alter Bekannter, und heute klagt er über Knieschmerzen. Am liebsten würde ich antworten, dass es wenig verwunderlich ist, wenn er Knieschmerzen hat, verwunderlich ist vielmehr, dass er überhaupt noch lebt, denn der Dicke ist sechzig und wiegt 160 Kilo, und kaum dass er durch die Tür gekommen ist, riecht es im ganzen Sprechzimmer nach Nikotin und Alkohol, von einem menschlichen Körper gefiltert. Er kann fast nicht ohne fremde Hilfe gehen und lässt sich geräuschvoll auf den Stuhl sinken. Er will Schmerzmittel, Blutuntersuchungen, MRT, EKG, Röntgen, eine Operation, er hat hundert Beschwerden, für die er tausend Medikamente nimmt, die ihm wiederum eine Million Nebenwirkungen bescheren, für die er anschließend eine Milliarde weiterer Medikamente braucht.

Angeblich will er, dass ihm geholfen wird, aber er will gar keine Hilfe. Er will einfach nur mit dem ganzen Wahnsinn weitermachen, und mit einer merkwürdig intensiven Lust oder vielleicht auch Rachsucht will er noch tiefer ins Elend sinken, ein noch speziellerer Fall werden, über den sich noch mehr Menschen den Kopf zerbrechen können.

In all den Jahren, die er zu mir kommt, habe ich ihm gesagt, er müsse aufhören zu rauchen, zu trinken und zu viel zu essen, er müsse sich bewegen, und so weiter und so fort, und jedes Mal nickt er mit ernster Miene, als hörte er es zum ersten Mal. Was er aber eigentlich will, ist, dass ich mich anstrenge, keuchend und schwitzend versuche, seinen massigen Körper zu bewegen, und dann tut er so, als würde er mitgehen, macht sich aber ganz schlaff und genießt meine Plackerei, labt sich daran, als wäre es Liebe, die Art von Liebe und Aufmerksamkeit, die ihm im Leben vielleicht fehlt, oder auch nicht. Inmitten des Ganzen wirkt der Dicke ziemlich zufrieden mit seinem Leben. In einem Körper, der immer mehr abbaut, steckt ein überraschend fröhlicher Kerl. Weder kaputte Knie noch eine Schrumpfleber, COPD, Asthma, Arthrose, ein Bandscheibenvorfall, Blutgerinnsel, ein Herzinfarkt oder eine riesige bösartige Geschwulst im Dickdarm haben ihm die Laune verdorben, und zwischendurch lacht er so laut über seine eigenen Formulierungen, dass er den Asthma-Inhalator herausholen muss.

So sitzen wir da und absolvieren unser Programm. Ich gebe vor, nicht zu wissen, was für ein Spiel er treibt, und er gibt vor, auf mich zu hören, doch in den letzten Minuten war ich weit weg. Und weil ich so weit weg war, weil ich hier gesessen und an Bjørn gedacht habe und an alles, was im letzten Jahr passiert ist, habe ich nicht aufgepasst, und mein Mund muss ganz von selbst geredet haben, denn die Stimmung hat sich verändert, der Dicke hat sich auf dem Stuhl aufgerichtet und starrt mich mit offenem Mund an.

Ich versuche zurückzuspulen, horche auf das Echo im Raum, um mir in Erinnerung zu rufen, was ich erwidert habe, als er mit einer seiner üblichen Bemerkungen kam, von wegen, dass er jetzt mit Rauchen aufhören würde – wie üblich sagte er es so, als hätte er es noch nie gesagt, als würde er es nicht jedes Mal, wenn er hier ist, sagen, wie um mich aufzumuntern, mir ein paar Fleischbrocken hinzuwerfen, damit ich mitspiele – und jetzt fällt mir wieder ein, dass ich, anstatt meine Standardantwort vorzubringen, *Ja, ich finde, das sollten Sie tun, ich kann Ihnen ein gutes Entwöhnungsprogramm empfehlen, usw. usw.*, gesagt habe: »Man muss im Leben ja auch ein bisschen Spaß haben. Der Spaß sollte auf keinen Fall zu kurz kommen.«

Der Glaube an Fortschritt und die Nützlichkeit meiner Ratschläge lässt sich hier drinnen manchmal nur schwer aufrechterhalten, und an besonders trüben Tagen sehe ich in mir eine Art Reinigungskraft, die es bestenfalls schafft, in einer winzigen Ecke sauber zu machen, um am nächsten Morgen festzustellen, dass die Ecke wieder zugemüllt ist.

Allein in diesem Jahr hat sich der Dicke schon rund fünfzehn bis zwanzig verschiedenen Prozeduren, Untersuchungen und Operationen unterzogen. Ich kann gar nicht sagen, wie viele Überweisungen ich für diesen Mann ausgestellt und was ich nicht alles unterschrieben habe, und insgeheim habe ich oft gedacht, er sollte einfach so weitermachen. Das macht er ja sowieso.

Dann sauf dich doch zu Tode, Dicker, friss dich zu Tode, kack dich zu Tode, sitz auf dem Klo und drück dich zu Tode, so wie Elvis es angeblich getan hat. Erweise deinem gemarterten Körper und der ganzen Gesellschaft einen Dienst und bring es zu Ende. Andererseits lebst du ja immer noch. Das an sich ist schon ein Wunder. Das beweist, dass du es völlig richtig machst. Geh heim, hab deinen Spaß und entspann dich.

Wie oft habe ich nicht in Grenda in der Küche gestanden und Aksel genau das zugerufen, aber natürlich habe ich dem Dicken nie etwas davon ins Gesicht gesagt, bis jetzt. Doch da ich es Aksel so oft zugerufen hatte, lagen die Sätze bereit, poliert, gestutzt, zum sofortigen Gebrauch.

Ich habe gerade gelesen, dass Schnaps gut gegen Alzheimer ist, wenn ich Sie wäre, würde ich mehr Schnaps trinken. Vergessen Sie aber nicht, gleichzeitig genug Bier zu sich zu nehmen, denn Bier enthält bekanntlich viel Vitamin B, das gilt besonders für Fassbier.

Was habe ich sonst noch gesagt? Ich horche auf das Echo im Raum.

Gehen Sie auf dem Heimweg bei McDonald's vorbei und gönnen Sie sich ein Triple-extra-plus-go-large-go-bananas-Menü, das sollten Sie unbedingt tun. Das haben Sie sich verdient.

Ich stehe auf und strecke ihm die Hand hin. Irgendetwas in mir bringt es nicht länger über sich, das Ganze in die richtigen Bahnen lenken zu wollen.

»Abgemacht? Tja, dann alles Gute und viel Glück!«

Ich schiebe ihn aus dem Behandlungszimmer. Er gibt dabei ein gackerndes Geräusch von sich, doch abgesehen davon hat dieser sonst so redselige Mann in der letzten Minute kein Wort mehr gesagt.

Was ist mit dem hippokratischen Eid, fragt Tore, nachdem die Tür wieder geschlossen ist. Er klingt ganz munter. Jetzt geht hier alles den Bach runter. Jetzt geht hier alles den Bach runter.

Früher dachte ich, ich könnte Leuten helfen. Ich setzte alles daran, den Schwerkranken, den chronisch Kranken, den Schmerzpatienten zu helfen. Es kam sogar vor, dass ich ihnen meine private Telefonnummer überließ. Als ich aber aufhören musste, ans Telefon zu gehen, weil sie rund um die Uhr anriefen, tauchten manche von ihnen bei uns zu Hause auf, klopften an die Tür und riefen nach mir. Warum tun sie das, fragte ich Aksel, wo ich schon so viel Zeit auf sie verwendet habe, und Aksel sagte, Menschen zu helfen sei oft komplizierter, als es den Anschein habe. Dass diejenigen, die am dringendsten Hilfe bräuchten, sie oft nicht annehmen könnten, vielleicht suchten sie auch etwas anderes, nicht Hilfe, sondern etwas anderes. Was denn, fragte ich, und Aksel sagte, das wisse er nicht, es sei nur am besten, sich von ihnen fernzuhalten. Bei Einzelnen, meinte Aksel, würde man einen Brand auslösen, wenn man ihnen besonders viel Hilfe und Anteilnahme angedeihen ließ. Vielleicht weil Hilfe und Anteilnahme sie an all die Hilfe und Anteilnahme erinnerten, die sie *nicht* bekommen hatten, und so blies man in die Glut und ließ ihre ganze Lebensgeschichte aufflammen.

Ich fragte, wie man im Vorhinein wissen konnte, von wem man sich fernhalten müsse, das konnte er aber nicht beantworten.

Ich brauchte lange, um einzusehen, dass Einzelne wie zum Beispiel der Dicke keine Hilfe haben wollen, nicht weiterkommen, gesund werden, die Schmerzen loswerden wollen. Nein, was sie wollen, ist, andere Menschen – darunter mich – dazu zu bringen, dass sie Hilfe leisten, und anschließend wollen sie, dass die Situation fortbesteht, dass sie weiterhin krank sind, und ich soll mir dann weiterhin über Untersuchungsergebnisse den Kopf zerbrechen und sie zu weiteren Untersuchungen schicken und zu neuen Patientengesprächen einbestellen, denn diese Situation mit all der Sorge, der Hoffnung, der Anteilnahme und dem Zukunftsglauben ist für sich genommen ein angenehmer Zustand, den man nicht notwendigerweise zu verlassen wünscht.

Dieser Typ Patient benutzt mich als Wärmestube, einen Ort zum Auftanken. Er unternimmt nichts, um seine Situation zu verbessern. Im Gegenteil wirkt es so, als würden ihn die Gespräche mit mir in die Lage versetzen, in der gleichen Spur zu bleiben. Er kommt hierher zum Abladen und Auftanken, um mit frischem Mut und neuer Kraft weiterzumachen wie bisher.

Oft kann ich anhand meiner Verfassung im Anschluss an das Patientengespräch sagen, welche Art Patient gerade da war, und nach einem Gespräch mit dem Dicken fühle ich mich immer ausgelaugt und fix und fertig.

Heute nicht. Heute fühle ich mich ruhig und heiter. Heute ist es an dem Dicken, sich ausgelaugt zu fühlen. Ich sitze hier und frage mich, wie lange es dauern wird, bis der Empfang anruft, wo der Dicke jetzt steht und sich beschwert, das weiß ich, ich sehe ihn vor mir. Sie werden dir aber nicht glauben, Dicker, denn deine Aussage steht gegen meine, und bisher habe ich mich nie so gehen lassen, und ich weiß, dass die Frau am Empfang ihre Stirn in genau die Falten legen wird, in die man seine Stirn legt, wenn man mit Verrückten spricht: geduldig, bemüht.

Das Handy brummt, dieses Mal ist es Gro.

Wie geht es dir? Ich habe gestern kurz mit Aksel gesprochen, er sieht nicht so aus, als ginge es ihm gut.

Außerdem ist noch eine weitere Nachricht von Bjørn eingegangen.

Was ist los? Bist du da? Ich muss unbedingt mit dir reden. Können wir heute Nachmittag sprechen? Ich bin zwischen 18 und 19 Uhr allein.

Aber nicht nur der Dicke, auch du, Bjørn, hast mich als Wärmestube benutzt. Auch du hast die fast täglichen Telefongespräche mit mir im letzten Jahr als Ventil benutzt, um das Leben zu ertragen, zu dem du allem Anschein nach jetzt zurückgekehrt bist.

Ich antworte weder Bjørn noch Gro.

Die Freundschaft mit Gro begann vor ein paar Jahren, als sie eines Abends bei mir an die Tür klopfte und ein Rezept haben wollte. Dass die Leute an unsere Tür kamen und ärztliche Hilfe wollten, war nichts Neues. Früher verging nicht ein Tag, an dem nicht irgendjemand in Grenda an der Tür läutete, um ein Rezept oder eine schnelle Diagnose zu erhalten. Ich bekam am meisten ab, nicht unbedingt, weil ich Allgemeinmedizinerin bin, sondern weil Aksel eine besondere Gabe hat, die Leute abzuweisen, er verströmt wohl einen bestimmten Geruch. Ich nahm die Batterie aus der Klingel, aber dann liefen sie ums Haus herum und klopften an die Verandatür. Ich fragte, ob sie nicht lieber am nächsten Tag ihren eigenen Hausarzt anrufen könnten, aber dann sagten sie, sie hätten eine wichtige Deadline und nicht die Zeit, mit ihrem Kind zum Arzt zu gehen. Nach einer Weile klingelten die Kinder von sich aus an der Tür. Sie sprachen von gesellschaftlicher Verantwortung und Solidarität und machten Andeutungen über die Höhe unseres Einkommens, denn in Grenda konnten schon Zehnjährige wie Politiker argumentieren.

Doch Gro wohnte nicht in Grenda, sie war eine Bewohnerin der Kaufmannsvillen, und dass jemand von dort kam und anklopfte, war neu. Über Gro wusste ich nur, dass sich ihr Mann, der Rechtsanwalt war, einmal bei einem Elternabend gemeldet und gesagt hatte, die Kinder bekämen viel zu wenig Hausaufgaben auf, und alle Grenda-Eltern hatten sich angeschaut und die Augen verdreht, und jetzt stand sie da mit ihren langen Nägeln und den platinblonden Haaren und schluchzte so sehr, dass sie fast nicht sprechen konnte. Fast kam es mir vor, als bekäme ich ein seltenes Tier aus nächster Nähe zu sehen.

»Mein Mann hat seit Monaten ein Verhältnis mit einer anderen. Und jetzt hat er mich verlassen, und ich wei-heiß nicht, was ich machen soll. Ich laufe die ga-hanze Zeit im Kreis herum. Ich brauche etwas zur Beru-hu-igung. Helfen Sie mir. Bitte helfen Sie mir.«

Ich war einen Kopf größer als sie und wog bestimmt das Doppelte, und als ich auf sie zuging und sie vorsichtig an den Schultern packte, fühlte ich mich nicht nur wie ein Mann, sondern noch dazu wie ein besonders kräftiger. Ich stand da in meiner grauen Herrenpyjamahose aus Flanell, die ich zu Hause immer anhatte, und in einem karierten Herrenhemd – in den letzten Jahren hatte ich mehr oder weniger alle Klamotten in der Herrenabteilung von H&M gekauft – und darunter trug ich einen Sport-BH, der meine Brüste so plattdrückte, dass sie es mit Gros Bauch aufnehmen konnten, wohingegen mein Bauch fast genauso vorstand wie ihr Busen.

»In Ihrem aktuellen Zustand kann ich Ihnen kein Rezept ausstellen«, sagte ich. »Aber ich habe etwas im Haus, das ich Ihnen geben kann, und ich denke, Sie sollten heute Nacht lieber hier schlafen.«

Ich führte sie in die Küche. Der kleine Po, der vor mir herwackelte, dieser kleine Körper mit dem ganzen Geklimper und der engsitzenden Hose. Wie viel Arbeit, Geld und Zeit sie da hineingesteckt hatte, und doch hatte sich ihr Mann davongemacht. Während meiner immer noch da war, obwohl ich in Herrenklamotten herumlief.

»Setzen Sie sich«, sagte ich, holte eine Schlaftablette, füllte ein Glas mit Leitungswasser und reichte es ihr.

»Ich weiß nicht, was ich machen soll«, wiederholte sie. Ihre Hände, mit denen sie das Glas hielt, zitterten. »Ich weiß nicht, was ich machen soll.«

Ich setzte mich ihr gegenüber und nahm ihre Hand in meine, so blieben wir eine Weile sitzen. Ihr Parfüm erfüllte die ganze Küche.

»Wie schön Sie es hier haben«, sagte sie. »Ich war noch nie in einem dieser Häuser. Wie lange dauert es, bis die Tablette wirkt?«

»Etwa fünfzehn bis zwanzig Minuten.«

»Aber ich habe oft dagestanden und herübergeschaut, wenn Sie Gartenfeste hatten. Hier wirkt alles so frei und entspannt.«

»Das mit den Gartenfesten ist vorbei.«

»Warum?«

»Keine Ahnung.«

»Ich verstehe es nicht, Weihnachten hatten wir es so schön. Jetzt behauptet er, es hätte daran gelegen, dass er verliebt gewesen sei. Die Verliebtheit hätte ihn nachsichtig gemacht. Deshalb hat er sich weniger über mich aufgeregt.«

Ich fragte mich selbst, ob ich jemals enge Freunde gehabt hatte. Jemanden, bei dem ich anklopfen könnte, falls Aksel mich plötzlich verlassen würde. Mir fiel niemand ein. Das heißt, ich könnte schon anklopfen, und sie würden ganz sicher versuchen, mir zu helfen. Ich würde es bloß nicht tun. Ich würde mich an niemanden wenden. Eher würde ich mich zurückziehen wie ein Tier.

»Ich hole mir nur ein Glas Wasser«, sagte ich und stand auf, endlich konnte ich meine Hände wieder zu mir heranziehen.

»Worüber regt er sich denn auf«, fragte ich von der Küchenzeile aus.

»Über alles Mögliche. Ich gebe zu viel Geld aus, ich mache zu viel Sport, ich rede zu viel, wenn wir Gäste haben, auf Partys flirte und tanze ich mit anderen, was auch immer. Aber dann irgendwann im Herbst wurde er so gelassen und freundlich, nichts war mehr ein Problem, ich habe gelacht und getanzt wie immer, auf allen Weihnachtsfeiern und an Silvester, und er hat nur gelacht, und ich dachte, vielleicht haben wir das Schlimmste überstanden, vielleicht arbeitet die Zeit für uns … aber dann kam er heute und … Ich verstehe nur nicht, dass ich es nicht früher gemerkt habe.«

Gro schüttelte den Kopf, während die Tränen strömten.

»Sie ist noch keine dreißig. Haben Sie etwas Wein da?«

»Ich glaube nicht, dass das eine gute Idee ist zusammen mit der Tablette.«

Ich dachte an den Weinkarton, der im Kühlschrank wartete. Ich wollte nur noch, dass die Tablette wirkte, damit ich mich wieder aufs Sofa legen konnte.

Als Gro endlich die Augen zuzufallen begannen, richtete ich in Idas Zimmer das Bett her, und am nächsten

Morgen schlief sie noch, als ich ging. Aksel befand sich im Ausland zu irgendeinem Skirennen, und als ich von der Arbeit nach Hause kam, war sie weg.

Am nächsten Abend stand eine Geschenktüte auf der Treppe mit drei Flaschen Wein und einer Karte, auf der stand: *Vielen Dank für die Hilfe! Ganz liebe Grüße von Gro.*

In Grenda hatte uns in all den Jahren niemals jemand etwas zum Dank für unsere ärztlichen Dienste geschenkt. Aksel behauptete immer, wir würden als eine Art bessere Handwerker angesehen, doch darauf antwortete ich stets, dass das nicht stimmte, denn niemand in Grenda würde sich trauen, einen Klempner oder einen Elektriker um einen Gratisjob zu bitten.

Ich wollte mich gern für den Wein bedanken. Außerdem wollte ich hören, wie es ihr ging, schließlich war sie in gewisser Weise zu einer Patientin von mir geworden. Daher ging ich noch am selben Abend zu ihr hinüber, und obwohl ich mir vorgenommen hatte, draußen auf der Treppe stehen zu bleiben und nur kurz mit ihr zu reden, um es hinter mich zu bringen, stand ich bald in der Küche einer dieser Villen, deren Türschwellen ich bei so wenigen Gelegenheiten übertreten hatte, dass ich sie an einer Hand abzählen konnte, und zwar ausnahmslos anlässlich von Kindergeburtstagen, und schwuppdiwupp saß ich an einem fünf Meter langen Küchentisch, auf den Gro zwei Gläser und eine Flasche stellte, und schon war ich in einer Freundschaft gelandet, die anfing wie so vieles, indem das eine das andere ergibt. Jeder Schritt, jedes Wort und jede Handlung bis zu diesem Punkt wirken für sich genommen logisch und unausweichlich, und doch gerate ich oft in Situationen, in denen ich mich frage: Wie bin ich hier eigentlich hingekommen?

Einmal habe ich im Zug einer älteren Frau mit ihrem Gepäck geholfen, woraufhin ich mir acht Stunden lang Geschichten von ihr und ihrer Familie anhören durfte, dazu gab es lauwarmen Kaffee und eine Unmenge von Waffelgebäck.

»Hätte ich ihr denn nicht mit dem Gepäck helfen sollen?«, fragte ich, als Aksel hinterher darüber lachte. »Sie war eine gebrechliche alte Frau, die mit drei großen Koffern reiste, hätte ich sitzen bleiben und sie sich abmühen lassen sollen, ohne einen Finger zu rühren? Was hättest du denn getan?«

»Ich hätte ihr natürlich auch mit dem Gepäck geholfen, aber dann hätte ich ein Buch und meinen Kopfhörer herausgeholt, und wenn sie etwas gesagt hätte, hätte ich so getan, als würde ich es nicht hören. Und den Kaffee und die Kekse hättest du ja einfach ablehnen können.«

»Ich habe Nein gesagt, aber sie hielt mir einfach weiterhin ungerührt den verdammten Thermobecher mit dem Kaffee hin, und die Kekspackung warf sie mir in den Schoß. Hätte ich gewusst, wie aggressiv sie ist, wäre ich deutlich abweisender aufgetreten, aber nachdem ich den Kaffee und die Kekse erst einmal angenommen hatte, schien etwas aufgebrochen, so als würde der Umstand, dass ich dort saß und von ihrem Reiseproviant aß und trank, ihr das Recht geben, ausführlich über ihre Kinder, deren Ehepartner, Berufe, Krankheiten, Häuser, Autos, Urlaube und Hunde zu reden, während die anderen Fahrgäste peinlich berührt zusahen. Ihr Gesichtsausdruck glich dem von Zuschauern einer Vergewaltigung, wenn man sich überhaupt vorstellen kann, dass jemand still dasitzt und einer Vergewaltigung zuschaut, so sahen ihre Gesichter aus, neugierig, quasi mitfühlend, aber auch mit einer leichten Verachtung mir gegenüber, da ich mich so vereinnahmen ließ.«

»Denk nur an Lanzarote«, sagte Aksel, als er zu Ende gelacht hatte. »Vergiss Lanzarote nicht.«

Lanzarote war das Stichwort für all die Situationen, in die ich so hineinschlitterte, und geht zurück auf einen Vorfall im Flieger nach Lanzarote, als über Lautsprecher gefragt wurde, ob ein Arzt an Bord sei, woraufhin wir uns anschauten und Aksel sagte: »Du bist dran«, und ich stand auf und lief durch den Mittelgang und genoss die andächtigen Gesichter, denn jetzt wurde es ernst, und hier kam der Arzt. Aber es war nichts Ernstes, nur eine Frau, die ohnmächtig geworden war, weil sie vor lauter Flugangst hyperventiliert hatte, und nachdem ihr die Stewardess auf meine Bitte hin Wasser und eine Decke gebracht hatte, setzte ich mich neben sie, wo ich bis zur Landung sitzen blieb. Sobald ich aufstehen wollte, um zu Aksel und den Mädchen zurückzukehren, klammerte sie sich an mich und begann zu wimmern. Ihre ganze

Familie war dabei, der Mann und die Kinder, und doch beharrte sie darauf, dass ich neben ihr sitzen blieb.

»Gehen Sie nicht weg«, sagte sie. »Wenn Sie weggehen, bekomme ich wieder Angst.«

Nach der Landung bestand sie darauf, uns zum Dank für die Hilfe zum Essen einzuladen. Das Restaurant, das sie ausgeguckt hatte, lag in einer Seitenstraße, es war eine dreckige, kleine Spelunke, und beim Essen dort zogen wir uns eine Lebensmittelvergiftung zu, die ganze Familie, zwei Tage lagen wir flach und übergaben uns in einer Tour.

Jetzt war es an der Flugangstfrau, uns zu pflegen, sie brachte Cola vorbei und holte Medikamente aus der Apotheke, und wenn es vorher schon schwierig gewesen war, sie abzuweisen, war es jetzt schlichtweg unmöglich.

»Was hätte ich denn tun sollen?«, fragte ich Aksel hinterher. »Sie fing ja schon an zu winseln, wenn ich mich im Flugzeug nur bewegt habe. Was hättest du denn getan?«

»Ich hätte auf jeden Fall die Essenseinladung abgelehnt.«

»Aber sie wollten sich doch nur für die Hilfe bedanken. Außerdem wohnten wir im selben Hotel, es wäre schwer gewesen, ihnen auszuweichen. Ich dachte nur, bringen wir das Essen hinter uns, dann sind wir quitt.«

»So funktioniert es nicht.«

»Es war doch nicht allein meine Schuld.«

»*Du* hast es nicht geschafft, Nein zu sagen. *Du* hast

auch für uns andere zugesagt. Und was hat die Frau beim Essen dann gesagt? Sie hat gesagt: Was wollen wir morgen machen? *Wir.* Als wären wir eine eingeschworene Gemeinschaft, als wären wir zusammen in Oslo losgeflogen, als würden wir uns kennen. Am Ende musste ich deutlich werden und sagen, dass wir für uns sein wollten, und da hast du sogar noch *protestiert*, sodass ich dagegenhalten musste und der Böse war. Wie blöd kann man nur sein.«

»Aber sie hat uns geholfen, als wir krank waren.«

»Es war ja auch ihre Schuld, dass wir krank geworden sind. Und außerdem, warum sind sie nicht selbst krank geworden?«

Nach diesem Urlaub habe ich versucht herauszufinden, wie Aksel es anstellt, dass die Leute instinktiv Abstand von ihm nehmen und sich an mich halten. Was sagte er, was tat er, und ich verfolgte meine eigene Spur zurück und versuchte, den alles entscheidenden Moment zu finden, wo ich einen anderen Weg hätte einschlagen und Grenzen setzen können, all das, was Aksel so leichtfiel wie atmen.

Bestimmt strömten meine Poren etwas aus, denn bei jeder Konfirmation, bei jeder Taufe, bei jedem fünfzigsten Geburtstag, jeder Hochzeit und sogar bei jedem Begräbnis kam ich neben jemandem zu sitzen, der seinen Pullover hochzog und mir eine Narbe zeigte, um sich dann zwei Stunden lang über seinen Hausarzt, das Krankenhaus, die Sozialbehörde und die Fehlbehandlung auszulassen, und ich saß da, wie hypnotisiert, wie eine Geisel, und wagte nicht einmal aufzustehen, um zur Toilette zu gehen.

Jedes Mal, wenn das passierte, hatte ich den Eindruck, meine Gedärme riechen zu können, als schickten sie einen modrigen kleinen Gruß aus den Tiefen meiner Eingeweide. Wie bin ich hier gelandet, wie ist das passiert? Ich fand allerdings nie eine Antwort. Stattdessen versuchte ich, logische und rationale Gründe zu finden für das, was ich am Ende sowieso immer tat.

Was Gro betraf, war es praktisch, über die Straße gehen zu können und zu wissen, dass es bei ihr jederzeit Wein und Bier gab. Das war besonders wichtig an den Tagen, an denen ich mir vorgenommen hatte, mit dem Trinken aufzuhören, um es so gegen acht Uhr abends schon zu bereuen, also lange nachdem das Vinmonopolet geschlossen hatte und auch die Geschäfte kein Bier mehr verkauften. Doch nachdem ich Gro kennengelernt hatte, brauchte ich bloß die kleine Schotterstraße zu überqueren und bei ihr anzuklopfen.

So wie Trinken und Fernsehserien *meine* Leidenschaft waren und Skilaufen Aksels, galt Gros Hauptinteresse ihrem Exmann und allem, was er und seine neue Frau unternahmen. Zwischen Gro und mir kam es bald zu einem stillschweigenden Übereinkommen, wonach sie, wenn ich in ihrer Küche saß und von ihrem Wein trank, ungestört über ihren Exmann reden durfte. Sie holte dann gern ihr Handy heraus und zeigte mir die letzten Bewegungen der beiden in den sozialen Medien. »Sieh mal, wie alt und dünn er geworden ist«, sagte Gro. »Ich mache mir Sorgen um ihn. Ich glaube, es geht ihm wirklich nicht gut.«

Saß Gro in *meiner* Küche und trank von *meinem* Pappkartonwein, sagte ich, das sei nicht länger ihr Problem, es sei an der Zeit, im Leben weiterzugehen. Befand ich mich jedoch in *ihrer* Küche und trank von *ihrem* Wein, eingeschenkt aus richtigen Flaschen, die in einem eigenen Weinschrank gelagert wurden, den ihr Mann seinerzeit hatte bauen lassen, nickte ich und sagte, ja, er ist wirklich sehr dünn geworden. Es sieht überhaupt nicht so aus, als ginge es ihm gut.

Hätte ich selbst entscheiden dürfen, hätte ich weiterhin allein getrunken, ich trank nämlich am liebsten allein, aber Gro hatte nun mal garantiert Wein im Haus, und außerdem war das erste Anzeichen für einen Alkoholiker oder eine Alkoholikerin, dass er oder sie allein trank, und ich redete mir ein, damit, dass ich weiterhin zu ihr ging und ihr die Tür öffnete, wenn sie zu mir kam, könne ich beweisen, dass ich keine Alkoholikerin war. Aber der eigentliche Grund für den Fortbestand dieser Freundschaft war, dass ich mal wieder in etwas hineingeschlittert war und nicht wusste, wie ich es beenden sollte.

8

Drei Tage nach dem ersten Treffen verabredeten Bjørn und ich uns in einem Café im Zentrum. Es befand sich am Bahnhofsvorplatz und war einem alten Wiener Kaffeehaus nachempfunden, mit Kronleuchtern und dunklen Holztischen.

Im Verlauf der drei Tage hatten wir uns gegenseitig je rund hundert Nachrichten geschickt. Was passiert hier eigentlich gerade, dachte ich. Noch vor wenigen Tagen hatte nichts davon existiert, und jetzt war es da und nahm einen solchen Platz in meinem Leben ein, dass ich mich fragte, was ich eigentlich vorher gemacht hatte, als ich noch nicht dauernd aufs Handy starren und all die Nachrichten lesen und verschicken musste.

An besagtem Tag war ich sehr effektiv in der Behandlung meiner Patienten und verschob alles, was sich verschieben ließ, sodass es mir gelang, mich bereits um halb fünf in dem Wiener Kaffeehaus einzufinden. Als ich durch die Schwingtüren trat, hatte ich einen trockenen Mund und Herzklopfen. Wie beim letzten Mal war Bjørn schon da. Er drückte mich an sich, und diesmal versuchte ich nicht, mich zu entziehen. »Schön, dich zu sehen«, flüsterte er mir ins Ohr. »Es ist so schön, dich zu sehen.« Ich spürte seine warme Hand am Hinterkopf und brachte kein Wort heraus, nickte nur.

»Jetzt bist du dran«, sagte Bjørn, nachdem wir uns gesetzt hatten. »Das letzte Mal habe ja nur ich geredet. Jetzt will ich etwas über dich erfahren. Wie geht es euch, Aksel und dir?«

»Da gibt's nicht so viel zu erzählen. Aksel und ich verstehen uns gut. Wir streiten uns fast nie.«

»Aber läuft er nicht sehr oft Ski?«

»Ja, aber das macht er nun mal am liebsten.«

Ich wollte mich nicht zu laut darüber beschweren, denn dann müsste ich zum Ausgleich früher oder später meine übertriebene Trinkerei und Serienabhängigkeit erwähnen.

»Ich mache den größten Teil der Hausarbeit. Das heißt, ich mache die ganze Hausarbeit. Und bin auch fürs Kochen zuständig.«

»Warum denn? Ihr arbeitet doch beide Vollzeit?«

»Keine Ahnung. Es hat sich einfach so ergeben. Ich mache die ganze Planung rund um die Familie. Er kommt nie mit einem Vorschlag, aber er ist immer gern dabei, wenn ich etwas vorschlage. In letzter Zeit habe ich allerdings nicht mehr viel geplant. Die Kinder sind ja auch schon lange ausgezogen.«

Das klang langweilig. Die Unterhaltung war langweilig, sie verlief so, dass man im Voraus wusste, was der andere sagen würde und was man selbst darauf erwidern würde. Ich konnte die ganze Unterhaltung vorhersehen, hin und her, von Anfang bis Ende, und ich blickte sehnsüchtig zu den Flaschen, die auf Regalbrettern hinter dem Tresen ausgestellt waren. Ich wollte nichts trinken, nicht schon wieder, aber wenn ich das durchstehen wollte, musste Bjørn mehr von Linda und ihrem Leben in Fredrikstad erzählen.

»Und bei euch, wer macht da die Hausarbeit? Oft ist es ja so, dass einer der Boss ist und der andere hilft. Und vielleicht ist es auch völlig in Ordnung, dass einer den Überblick hat«, sagte ich, denn ich wollte nicht darüber reden, wie satt ich es hatte, die Kapellmeisterin, Chefköchin, Hauswirtschafterin und Toastmasterin in unserem Leben zu sein, die verfluchte Lokomotive mit ihm als vor sich hin dösendem Fahrgast im letzten Wagen. Was würde passieren, wenn ich einfach aufhören würde, Kleider, Bettzeug und Handtücher zu waschen, aufzuräumen, einzukaufen und zu kochen, die Reste einzufrieren oder sie wieder herauszuholen und aufzutauen. All das, womit ich in der Küche beschäftigt war und was Aksel, wenn er mich dort herumwuseln sah, mit den Worten kommentierte: »Du bist ja nicht zu bremsen!«

Natürlich könnte ich das alles sein lassen, aber ich ertrug es nicht, in Bettlaken mit drei Wochen alten Spermaflecken zu liegen, morgens aufzustehen und keine frischen Unterhosen mehr zu haben, ertrug es nicht, dass es unter meinen Füßen knirschte, wenn ich durch die Küche lief, ertrug es nicht, von der Arbeit nach Hause zu kommen und den Gestank von Lebensmittelabfällen zu riechen oder den muffigen Geruch von Wäsche, die zu lange in der Waschmaschine gelegen hatte, das hatte ich schon als Kind nicht ertragen.

Wenn ich mich beschwerte, sagte Aksel, er dürfe ja nichts machen. Aber immer wenn ich ihn für unsere Urlaube die Koffer für die Mädchen packen ließ, vergaß er ganz elementare Dinge wie Badesachen, Handtücher, Unterhosen oder einen warmen Pulli. Fuhren wir irgendwohin, wo es Geschäfte gab, war das kein Problem, wollten wir aber auf eine Hütte, sah es schon anders aus, und mit der Zeit gab ich derlei Experimente auf und packte die Sachen der Mädchen selbst, und so geschah es der Reihe nach mit allem anderen auch.

Wie so viele andere hatte ich resigniert. Dann übernahm ich halt fast den gesamten Einkauf oder fragte höflich an, ob er Brot, Eier und Klopapier kaufen könne. *Kannst du Brot, Eier und Klopapier besorgen? Lieben Gruß*, schrieb ich in einer Nachricht, und er schrieb *Okay*, und ich schrieb, *Danke dir*.

Aksel schnallte die Skier an, kam in verschwitzten Klamotten nach Hause, stopfte sie in den Wäschekorb und ging duschen. Ich lief hinter ihm her, füllte die Waschmaschine und stellte sie an. Ich musste sowieso eine Maschine mit Buntwäsche waschen, dachte ich, wie um es auch vor mir selbst zu rechtfertigen. Nachdem Aksel geduscht hatte, zog ich den Boden ab, wischte die Marmorfliesen trocken, damit sie keine Wasserflecke bekamen. Wie oft hatte ich ihn nicht gefragt, ob er nach dem Duschen die Fliesen trockenwischen könne, und doch tat er es nie. Du hast gewonnen, Aksel, dachte ich, als ich die Fliesen trockenrieb, die ich ausgesucht hatte. Ich bin also selbst schuld, ich hätte mich ja für andere Fliesen entscheiden können.

Ich habe Untersuchungen gelesen, in denen es hieß, Männer würden heute genauso viel Hausarbeit übernehmen wie Frauen, da die Untersuchungen jedoch auf Selbstauskünften beruhen, gebe ich nicht viel auf sie. Wenn Aksel ein seltenes Mal auf eigene Initiative Lebensmittel einkaufte, nahm das so viel Raum in seinem Gehirn ein, dass er anfing zu glauben, er wäre einer von denen, die von sich aus Lebensmittel einkauften, auf eigene Initiative, ständig, und deshalb würde er als Antwort auf die Frage »Wie oft kaufen Sie für Ihren eigenen Haushalt ein?« »mindestens einmal pro Woche« ankreuzen, obwohl es etwas war, das er höchstens alle vierzehn Tage machte, genau wie dieselbe Frage mich, die ich einkaufte, ohne darüber nachzudenken, zur selben Antwort veranlassen würde, also einmal pro Woche, obwohl ich in Wahrheit mindestens drei-, viermal pro Woche einkaufte, denn der Einkauf von Lebensmitteln war so in meinen Alltag integriert, dass ich ihn buchstäblich im Schlaf erledigte. Tatsächlich fand ich mich manchmal mit Tüten vor der Küchenzeile wieder und konnte mich nicht daran erinnern, eingekauft zu haben.

Bei allem, was mit Skilanglauf zu tun hatte, zeigte

Aksel hingegen eine Seite von sich, die ansonsten im Verborgenen blieb. Hatte ein Sportgeschäft Rabattaktionen, konnte er direkt nach der Arbeit zu dem Laden fahren und Stunden darin verbringen, auch wenn er es ansonsten hasste, in Geschäfte zu gehen, und zum Kleiderkauf gezwungen werden musste, es sei denn, es handelte sich um Sportklamotten. Über seine Ski- und Wachsausrüstung wachte er wie eine Mutter über ihr Baby, das zu früh auf die Welt gekommen war.

Aksel war mit anderen Worten in der Lage, sich zu kümmern, sich zu erinnern, einzukaufen und Dinge auszuführen, solange es sich um etwas handelte, das ihn interessierte. Die Fähigkeit war da, nur der Wille nicht. Das waren die Bedingungen. Aksel machte das, wofür er sich interessierte, ich machte alles andere. Ich interessierte mich nicht sonderlich für Toilettenpapier, saubere Fensterscheiben, warmes Essen, geputzte Böden und so weiter, aber ich interessierte mich dafür, das Gegenteil zu vermeiden, Dreck, einen leeren Kühlschrank, durchgebrannte Birnen und stinkende Mülleimer, weshalb ich mir von Anbeginn an diese Arbeit aufgehalst habe, und schon war das Muster etabliert, so wie ich es damals in meiner Kindheit etabliert hatte. Und so wie ich als Kind die Verantwortung für den Haushalt übernommen hatte, übernahm ich auch weiterhin die Verantwortung für den Haushalt, als ich mit Aksel zusammenzog. Letztendlich war es so am einfachsten, weshalb von Anfang an zwischen Aksel und mir festgelegt worden war, dass die Wäsche, der Hausputz, der Essenseinkauf und alles an Hausarbeit, was nicht mit dem Auto, möglicherweise dem Dach und selten auch mal mit dem Rasen zusammenhing, meine Hobbys waren, etwas, wofür ich mich besonders interessierte, so wie Aksel sich fürs Skilaufen interessierte.

Doch nichts davon erzählte ich Bjørn an diesem Nachmittag. Ich ertrug meine eigenen Gedanken dazu kaum, so langweilig waren sie, und außerdem bekam ich Lust auf Alkohol, sobald ich darüber nachdachte, und heute wollte ich mich nicht betrinken, das hatte ich mir fest vorgenommen.

»Eigentlich gibt es über uns nicht viel zu erzählen. Wir streiten uns, wie gesagt, fast nie, aber wir leben quasi beide unser eigenes Leben. Er ist im Wachsraum zugange, und ich … schaue mir gern Fernsehserien an.«

Ich lachte entschuldigend.

»Kannst du nicht stattdessen von euch erzählen? Von dir und Linda?«

»Hast du wirklich Lust, noch mehr darüber zu hören?«

»O ja.«

»Was willst du denn hören?«

»Erzähl mir von eurem allerletzten Krach.«

»Okay. Also. Neulich habe ich mir an einer Tankstelle ein Baguette gekauft. Ich hatte Hunger, ich war den ganzen Tag in Meetings gewesen und hatte keine Zeit gehabt, etwas zu Mittag zu essen, und als ich auf dem Nachhauseweg getankt habe, bekam ich eine akute Hungerattacke, also verschlang ich dieses Baguette, obwohl ich wusste, dass es gegen die Regeln verstieß.«

»Welche Regeln?«

»Linda hat entschieden, dass wir außer Haus kein Essen kaufen, das wir uns zu Hause selbst machen können. Sie hat eine App auf unseren Handys installiert, in die wir absolut alle Ausgaben eintragen sollen. Aber oft vergesse ich es, Sachen einzutragen, und als ich nach Hause kam, stellte sich heraus, dass ich sowohl vergessen hatte, das Baguette einzutragen, als auch, mir die Mayonnaisereste von der Oberlippe zu wischen, und als Linda klar wurde, dass ich nicht nur ein Baguette gekauft und gegessen hatte – eine andere Regel lautet nämlich, unsere Kohlenhydrataufnahme zu reduzieren –, sondern dass ich noch dazu vergessen hatte, das Baguette in die App einzutragen, da hatte ich mit dieser einen Aktion ganze drei Regeln gebrochen, daraufhin erlitt sie einen Wutanfall, der bis zum nächsten Tag anhielt. Da wollte sie sich mal wieder scheiden lassen. Und diesmal meine sie es ernst, sagte sie.«

»Hä?«

»Ja, du hast richtig gehört.«

»Aber warum sollte die Tatsache, dass du dir ein Baguette gekauft hast, Anlass für eine Scheidung sein?«

»Ihrer Meinung nach stand das Baguette stellvertretend für ein viel größeres Problem, nämlich dass ich lüge und Dinge vor ihr geheim halte.«

»Es ist ja auch kein Wunder, dass du lügst und Dinge

vor ihr geheim hältst, wenn sie derart absurde Regeln aufstellt.«

»Da hast du absolut recht. Und außerdem ist das der Grund, weshalb ich anderen nie davon erzählt habe. Ich schäme mich, dass ich das all die Jahre zugelassen habe. Jeden Tag denke ich, heute widersetze ich mich ihr, heute lasse ich sie nicht so mit mir umspringen. Aber dann geht es irgendwie millimeterweise voran, und plötzlich ist man in einer Situation … und gleich darauf benimmt sie sich so, als wäre nichts gewesen.«

Linda finde ihn zu dick, erzählte Bjørn weiter, er würde zu viel trinken, hätte keinen Ehrgeiz. Ein Klempner, der bei ihnen gearbeitet hatte, hatte weder gefegt noch aufgeräumt, nachdem er fertig war, und Linda, dieses Geschöpf, über das ich nicht genug hören konnte, zwang Bjørn, den Klempner anzurufen und ihm einen Rüffel zu erteilen, und hinterher beschwerte sie sich, dass er nicht ungehaltener aufgetreten war, nicht noch mehr geschimpft hatte. Du bist so ein Hasenfuß, du bist so ein verdammter *Schwächling*.

Darf man so etwas sagen, dachte ich. Ist das erlaubt? Führen sich die Leute so auf, wenn niemand sie sieht? Hätte ich mich Aksel gegenüber all die Jahre so aufführen können?

»Warum hat sie nicht selbst den Klempner angerufen und ihn zusammengestaucht?«

»Gute Frage. Sie ist ja viel angsteinflößender als ich. Menschen haben viel mehr Angst vor ihr, wenn sie sich aufplustert. Hunde auch. Sie kann die heftigsten Wutanfälle bekommen. Dann will ich nur noch eins, sie beruhigen. Sie kriegt es hin, dass ich mich in ihrer Gegenwart sicher fühle, aber nur, wenn wir einer Meinung sind. Wenn sie einen Wutanfall hat, kommt es mir vor, als fiele ich in ein schwarzes Loch.«

»Du lebst unter einem Terrorregime.«

»Ja.«

»Du klingst wie ein Mann, der misshandelt wird.«

»Ich *bin* ein Mann, der misshandelt wird.«

»Wie kannst du dann so leben?«

»Ich kann es nicht. Aber dann kommt eins der Kinder, oder es kommen Freunde zu Besuch, und schon ist sie wieder die, die ich von früher kenne, die charmante, freundliche Frau, in die ich mich seinerzeit verliebt habe, und hübsch ist sie, das darf man nicht vergessen, sie ist ja unglaublich hübsch. Das merke ich, wenn wir essen gehen, die Männer starren sie an, sogar weitaus jüngere Männer, und das erfüllt mich immer mit Stolz. Sie gehört mir, denke ich dann.«

Unsere Hände lagen nebeneinander auf dem Tisch. Das Wiener Kaffeehaus hatte sich fast geleert, außer uns waren nur noch ein paar japanische Touristen da. Ich wusste nicht, wie spät es war oder wie lange wir schon da saßen.

»Sieh nur, wie sich unsere Hände ähneln«, sagte Bjørn.

»Wenn ich mir die Nägel lackiere, sehe ich aus wie

ein Transvestit«, sagte ich, und Bjørn lachte. Und wie er lachte. Bjørn ließ meine alten Witze wie neu erscheinen.

»Darf ich deine Hand halten?«

Als Antwort nahm ich seine Hand in meine, und so blieben wir eine Weile sitzen, ohne etwas zu sagen. Bjørns Hand war groß und warm. Ich dachte: Händchen zu halten ist nicht schlimm. Es ist ganz unschuldig.

Wann hatten Aksel und ich zuletzt Händchen gehalten, ich konnte mich nicht erinnern, dass wir es jemals getan hatten.

»Mensch, dass wir jetzt hier sitzen«, sagte Bjørn. »Dass wir wieder Kontakt haben. Ich kann es gar nicht glauben. All die Jahre habe ich gedacht: Was würde Elin dazu sagen. Was würde Elin jetzt sagen oder denken. Wie hätten unsere Kinder ausgesehen. Ich habe nie einen Menschen wie dich getroffen, vorher nicht und nachher auch nicht. Wie du in der Wohnung in der Oscars Gate zurechtkamst und immer zurechtgekommen warst. Und dann wolltest du Ärztin werden. Nachdem du Schluss gemacht hattest, habe ich ein ganzes Jahr lang gehofft, du kämst zurück. Dann wurden Linda und ich ein Paar, und mit der Zeit wurde es erträglicher. Aber in all den Jahren, an allen Weggabelungen, bei jedem neuen Kind, bei jedem Umzug stellte ich mir wieder die Frage, wie es mit dir gewesen wäre. Als wir vor ein paar Jahren unser erstes Enkelkind bekamen und Linda im Krankenhaus saß und die Kleine auf dem Schoß hielt, da stellte ich mir vor, du würdest dort sitzen. Es kam ohne jede Vorwarnung, ich hatte lange nicht an dich gedacht, aber dann warst du wieder da, als wärst du nie weg gewesen. Und jetzt sitzt du hier. Mir kommt es so vor, als wäre ich zurück auf dem Hauptweg, auf dem ich die ganze Zeit hätte unterwegs sein sollen. Alles andere war lediglich ein Irrweg, eine Sackgasse.«

»Hältst du eine dreißigjährige Ehe, vier Kinder und ich weiß nicht wie viele Enkel für eine Sackgasse«, fragte ich und merkte, dass die Lust auf Alkohol verflogen war.

»Ja, das tue ich tatsächlich. Was natürlich nicht heißt, dass ich meine Kinder nicht liebe. Oder meine Enkel.«

Nach drei Stunden standen wir vor dem Eingang zum Osloer Hauptbahnhof, wie beim letzten Mal. Ich wollte Bjørn auf die Wange küssen, aber er drehte seinen Kopf so, dass ich stattdessen seinen Mund traf, und als ich wieder in der U-Bahn saß, schrieb ich: *Wir sind schon viel zu weit gegangen. Wir sollten das Ganze etwas abkühlen lassen und uns eine Weile nicht sehen.*

Seine Antwort: *Du hast völlig recht. Aber mir hilft es schon zu wissen, dass es dich gibt. Ich liebe dich.*

Ich liebe dich auch, schrieben meine Finger, bevor ich ihnen Einhalt gebieten konnte.

Tore in seiner Ecke wiehert los. Und dann sitzt du hier und tust so, als wüsstest du nicht, wo du falsch abgebogen bist, sagt er, tust so, als hätten sich deine Finger vom Gehirn abgekoppelt, tust so, als hättest du keine Kontrolle gehabt. Selbstverständlich hattest du die Kontrolle, du hättest es jederzeit beenden können.

Aber in dem Moment hielt ich es für schiere Höflichkeit. Ich meine, wenn jemand schreibt, er liebt dich, musst du doch *Ich liebe dich* zurückschreiben, das ist, wie wenn jemand *Fröhliche Weihnachten* sagt, dann antwortet man schließlich auch mit: *Fröhliche Weihnachten*. Oder: *Schönes Wochenende*.

Tore: Was du nicht sagst.

Ich tue ja nichts Unrechtes, dachte ich in der Zeit danach und schaute jede Minute aufs Handy. Wir haben uns kaum berührt. Das ist nur eine vorübergehende Obsession, sagte ich mir und verlor an Gewicht, meine Haut bekam einen besonderen Schimmer, was die Leute kommentierten, auch Aksel, und ich wurde effektiver im Umgang mit den Patienten, nahm sie nicht mehr so wichtig, während ich ihnen zugleich mit größerer Ruhe zuhörte, vielleicht, weil ich sie im Grunde meines Herzens nicht mehr so wichtig nahm.

Im Gegensatz zu mir verlor Bjørn nicht den Appetit, nach nur wenigen Wochen musste ich auf den Dachboden steigen und meine alten Klamotten von vor der Geburt der Mädchen herunterholen. Bjørn sagte, ihm würde leider nichts den Appetit rauben. Zwischendurch fragte er mich, ob ich genug essen würde, als wäre er besorgt, und das rührte mich, so wie mich alles, was er tat und sagte, rührte.

Ich interessierte mich für alles in Bjørns Leben, im Großen wie im Kleinen. Was aßen sie zum Frühstück, wie deckten sie den Esstisch, wann aßen sie, wer kochte.

Schick mir Fotos, schrieb ich. Was machst du gerade, warum, wie lange, wie oft, wann, was, wo, wer. Sie hatten weiterhin die Lokalzeitung abonniert und blätterten sie morgens gerne durch, wie sie es immer getan hatten, obwohl sie die wichtigsten Nachrichten schon auf dem Smartphone gelesen hatten. Welche Zeitung, fragte ich. *Fredrikstad Blad*, antwortete Bjørn, und schon brannten sich neue Bilder auf meiner Netzhaut ein von den beiden, wie sie dort am Frühstückstisch saßen, in ihrem jeweiligen Teil der Zeitung blätterten und Kaffee aus einer Presskanne der Marke Bodum tranken, wie ich wusste, weil ich Bjørn einmal dazu überredet hatte, mit dem Smartphone durch das ganze Haus zu laufen und zu filmen, den Film hatte ich mir zehn-, fünfzehnmal angeschaut, ich kannte ihn bald auswendig.

Ich fragte und bohrte und sog alles auf, was Bjørn von seinem Leben erzählte. Bjørn und Bjørns Leben, Bjørns Ehe, Bjørns Job in einer IT-Firma, wo sie freitags zusammen ein Feierabendbier tranken und Weinlotterien veranstalteten. Was macht ihr am Wochenende, was kocht ihr heute. Ich hörte mir die Antworten an, dürstete jedoch nach mehr, fast so wie damals unsere Hündin, die überall im Haus nach etwas Essbarem schnüffelte. Und so wie ich die Hündin gefragt hatte, wonach sie eigentlich suchte, wenn sie von einer Straßenseite auf die andere hetzte, so fragte ich mich jetzt selbst. Und ebenso wenig wie der Hund konnte ich darauf eine Antwort geben.

Bald wurde ich auch abhängig von dem Kick, den es mir gab, wenn ich Bjørns Geschichten von Tagen mit Gekeife und Drohungen mit Lindas Darstellungen derselben Tage auf Instagram verglich. Die schwindelerregende Diskrepanz zwischen diesen beiden vollkommen gegensätzlichen Versionen und das dadurch ausgelöste Unbehagen – denn es ließ mich an all das andere denken, das nicht das ist, wofür es sich ausgibt – machten mich bald ebenso abhängig, wie ich es vorher von Weißwein und Fernsehserien gewesen war.

Heute fällt mir auf, wie viel diese Ehe dort in Fredrikstad verkraftet und überlebt hat, während meine eigene Ehe bereits in der ersten Runde in die Knie ging.

An einem Nachmittag vier, fünf Wochen nach Beginn des Verhältnisses mit Bjørn, als ich wie üblich vor dem Kühlschrank stand und mein Goldfischglas vollschenken wollte, spürte ich nichts mehr von der guten alten Vorfreude. Ich versuchte, sie heraufzubeschwören, aber sie war verschwunden. Der Gedanke an eiskalten Chablis war nicht verlockend, im Gegenteil. Dieser saure Wein, dachte ich, warum sollte ich den trinken?

Ich schaute auf mein Glas und die alten verbrauchten Hände, die es festhielten. Dann füllte ich das Glas mit Wasser.

Ich erzählte Aksel, dass ich mit Trinken aufhören wollte, und wie üblich antwortete er: »Das sagst du ständig. Und du trinkst doch auch gar nicht so viel.«

»Ich trinke mehr als viermal so viel, wie von der Gesundheitsbehörde empfohlen wird. Im letzten Jahr habe ich es bis auf anderthalb Kartons pro Woche geschafft. Das sind sechs Flaschen, also fast eine Flasche pro Tag.«

»So viel? Wie hast du es geschafft, das zu verbergen?«

»Ich habe es nicht verborgen. Ich bin ins Vinmonopolet gegangen, sogar immer in dasselbe. Ich habe einen Pappkarton Wein gekauft, ihn nach Hause getragen und in den Kühlschrank gestellt, dann habe ich mich aufs Sofa gelegt, getrunken und ferngesehen. Ich habe nichts verborgen. Aber jetzt ist Schluss damit. Ich merke, dass ich es nicht mehr so gut vertrage.«

Du Lügnerin, dachte ich. Du hast nichts anderes getan, als eine Abhängigkeit durch eine andere zu ersetzen.

Etwas bereuen, das man noch nicht getan hat. Von dem man aber weiß, dass man es tun wird, warum nicht gleich jetzt, dachte ich, als ich an einem Montag, gerade mal zehn Tage nach dem Wiener Kaffeehaus, vor Bjørn die Treppe in der Oscars Gate hinaufstieg.

Der offizielle Grund dafür, dass wir an diesem Tag die Treppe hinaufstiegen, war, dass Bjørn sehen wollte, ob das, was ich gerade gesagt hatte, stimmte, nämlich dass alles in der Wohnung noch so war wie vor dreißig Jahren, exakt dieselben Möbel, dieselbe orangefarbene Siebzigerjahre-Küche, dieselben Bilder an den Wänden.

»Auch das gelbe Cordsofa?«

»Ja«, sagte ich.

»Und die braune Waschmaschine, die mit diesen gefakten Siebzigerjahre-Holzpaneelen?«

Erneut saßen wir in der *Kaffebrenneriet*, erneut war Montag.

»Ja, die auch. Sie ist all die Jahre einwandfrei gelaufen. Die ganze Wohnung ist wie eine Zeitkapsel aus dem Jahr 1975.«

»Das glaube ich nicht.«

»Aber es stimmt! Als wir eingezogen sind, hat meine Mutter das teuerste Möbelgeschäft in ganz Oslo aufgesucht und, sobald sie das Geld dafür zusammenhatte, ein Möbelstück nach dem anderen gekauft. Ebenso verfuhr sie mit der Waschmaschine und auch mit allem anderen, sie kaufte immer das Teuerste und Robusteste, damit sie nie wieder etwas neu kaufen musste, darum sind alle Lampen, Decken, Stühle, Bestecke, Teller in der Wohnung bis zum heutigen Tag noch dieselben wie 1975.«

Bjørn lachte.

»Das ist nicht wahr. Auch das Klavier?«

»Na klar. Es steht immer noch am selben Platz.«

»Genauso verstimmt?«

»Ja, willst du vielleicht mal mitkommen und dich selbst davon überzeugen«, fragte ich, und schon war es passiert.

Auf dem Weg die Treppe hinauf starrte ich auf die gesprungenen alten Fliesen aus der Zeit der letzten Jahrhundertwende, roch den feuchten Mauergeruch, der in all diesen Treppenhäusern im Stadtteil Frogner hängt, hörte Bjørn hinter mir schwer atmen, ich selbst atmete ebenfalls schwer, und als wir zu dem Bleiglasfenster auf dem Treppenabsatz kamen, wo ich früher immer stehen geblieben war, um in den Hinterhof zu schauen, der rot oder grün oder blau war, je nachdem durch welche Scheibe ich schaute, fragte ich mich, wann ich aufgehört hatte, an diesem Fenster innezuhalten, wie alt war ich damals gewesen? Ich versank in diesen Erinnerungen, um mich vor der Gewissheit zu drücken, dass eine Kehrtwende noch möglich war, und lief weiter diese Treppenstufen hinauf, die ich schon so viele Male hochgestiegen war. Es war nicht schwer. Schwer wäre es zu diesem Zeitpunkt gewesen, umzukehren und zurückzugehen. Jetzt wollte ich nur noch eins: dass alles weiterging, denn ich hatte etwas Blinkendes und Leuchtendes gefunden, das alles erhellte und vergoldete.

»O Gott«, sagte Bjørn, als ich die Tür aufschloss und wir in die Diele traten. »Es riecht ja noch genau wie damals.«

Ich drehte mich um, um meine Jacke aufzuhängen, aber noch bevor sie hing, hatte er die Arme um mich gelegt. Ich stand ganz still da, spürte ihn hinter mir, spürte seinen Atem an meinem Ohr.

»Auch du duftest noch genau wie damals«, sagte er. Dann hob er meine Haare hoch und küsste mich auf den Nacken.

»Ich meine mich zu erinnern, dass du das mochtest«, sagte er leise.

»Ja«, sagte ich und beugte den Nacken, damit er besser

rankam. Ich schloss die Augen und schluckte. Ich spürte ein Prickeln auf der Kopfhaut. Warum hatte ich Aksel nie erzählt, dass ich es liebte, auf den Nacken geküsst zu werden, dass mich das ganz wahnsinnig machte? Und warum hatte er es nicht selbst herausgefunden? Warum musste ich alles selber machen? Doch bald dachte ich nicht mehr an Aksel. Stattdessen streckte ich den Nacken und wand mich wie eine Katze.

Nach einer Weile drehte Bjørn mich herum.

»Willst du das hier überhaupt?«

»Nein«, sagte ich und schob die Hand unter sein Hemd. »Auf keinen Fall. Und du?«

Bjørn schluckte.

»Nein. Überhaupt nicht.«

»Wir müssen damit aufhören.«

»Ja. Wir müssen damit aufhören.«

»Wohnst du hier wirklich ganz allein«, fragte Bjørn, als er vor dreißig Jahren zum ersten Mal bei mir zu Hause war. Damals arbeitete meine Mutter für Norad, die Norwegian Agency for Development Cooperation, und war schon seit vielen Jahren im Ausland. Meine Freunde waren längst zu Hause ausgezogen, und sie lachten, wenn sie hörten, dass ich noch *daheim bei Muttern* wohnte. Für mich fühlte es sich aber eher so an, als wohnte meine Mutter bei mir, wenn sie im Zusammenhang mit all ihren Auslandsaufenthalten kam und ging, während ich zu Hause herrschte und bestimmte. Als wären wir ein altes Ehepaar und Mutter der Mann, der mir, seiner Frau, Haushaltsgeld gab.

In unserem ersten Frühjahr kletterten Bjørn und ich durch ein Loch im Zaun zum Frognerbad. Wir hatten eine Flasche Rotwein und zwei Gläser dabei, zogen eine Bank ins Wasser und balancierten darauf, während wir uns zuprosteten. »Du bist verrückt«, lachte Bjørn. »So jemanden wie dich habe ich noch nie getroffen.«

Wenn ich ihn auf Kråkerøy besuchte, äffte er manchmal meine Sprechweise nach, als wollte er seinen Eltern und Geschwistern versichern, dass er, auch wenn er mit einer Frau aus Oslo zusammen war, noch nicht seine Urteilsfähigkeit eingebüßt hatte. Doch während er mich für meine Redeweise kritisierte, nahm er mich mit zu allen Freunden in der Umgebung, und wenn wir mit diesen Freunden zusammen waren, wusste ich, dass alles, was ich tat und sagte, ins Lächerliche gezogen werden würde, sobald ich außer Hörweite war. Oft konnten sie nicht einmal so lange warten, und einmal, als wir irgendwo zum Vorglühen waren und zu einem weiteren Vorglühen anderswohin wollten, um anschließend an einem dritten Ort zu einer Party zu gehen, und wir draußen an der Küche vorbeikamen, konnte ich sie hören. »Wir wollen los, seh'n uns auf der Party«, hatte ich zum Abschied gesagt, und jetzt hörte ich durch das geöffnete Küchenfenster, wie sie mich parodierten: »*Wir wolln los, sehn uns auf der Paaaty*«, blökten sie, und alle lachten.

Es ging in beide Richtungen, denn wenn ich Bjørn in

Oslo mit zu meinen Freunden nahm, regte ich mich über seinen Dialekt, seinen Humor und sein Verhalten auf, so wie er sich über mich aufregte, weil ich aus Oslo kam, Medizin studierte und *mir etwas darauf einbildete*, zugleich war er stolz, was daran zu erkennen war, wie er mich dort auf Kråkerøy vorzeigte, das nur wenige Stunden von Oslo entfernt und doch ein anderes Universum war mit Topfpflanzen, Spitzengardinen und dem obligatorischen Sonntagsbraten, der im Ofen brutzelte. Von Bjørns Freunden auf Kråkerøy waren die meisten schon verheiratet und etabliert. Manche hatten sogar Kinder, obwohl wir alle Anfang zwanzig waren. Bjørn war der Einzige, der angefangen hatte zu studieren, die anderen hatten die Berufsschule besucht, eine Handwerkerlehre gemacht und waren schon im Job, sie hatten große Häuser mit Sauna, Whirlpool und einer Kellerbar. Die Männer hatten die Häuser selbst gebaut, die Frauen blieben zu Hause beziehungsweise arbeiteten im Kindergarten oder als Friseurin, und auf Partys sammelten sich die Frauen in der Küche und die Männer im Wohnzimmer. Es war so, als käme man heim zu Kindern, die Erwachsensein spielten, oder zu jemandes Großeltern oder in ein weit entferntes Land.

Nachdem sie Bjørn zum ersten Mal getroffen hatte, sagte eine Freundin: »Er ist ja wirklich attraktiv und lieb, aber ist er dir *genug*?«, und das hallte in meinem Kopf wider, denn sobald Bjørn in Oslo war, zuckte ich jedes Mal innerlich zusammen, wenn er den Mund aufmachte. Wofür schämte ich mich genau – denn ich schämte mich für ihn, so wie er sich hin und wieder für mich schämte –, nicht, weil er aus Kråkerøy stammte oder niemand in seiner Familie studiert hatte, sondern weil er sich so sehr bemühte, es zu verbergen. Weil er eine Rolle spielte, unpassende Fremdwörter benutzte, die er zu allem Überfluss auch noch falsch aussprach. »Hör auf damit«, schrie ich bei den regelmäßigen Streitereien nach jeder Party in Oslo, wohlgemerkt nie nach einer Party auf Kråkerøy, denn dort benahm er sich nicht so, dort fühlte er sich sicher: »Benimm dich einfach so, wie wenn du mit mir allein bist, benimm dich einfach so wie auf Kråkerøy, entspann dich, sei nicht so verkrampft.«

Anschließend redete ich mir all die Jahre ein, Aksel böte so viele Vorteile, dass ich mit den Nachteilen leben könnte. Als ich zum ersten Mal mit Aksel schlief, lag ich hinterher wach und dachte, man muss sich entscheiden. Man kann im Leben nicht alles haben, wie meine Mutter zu sagen pflegte. Nun ja, dann war es körperlich halt nicht so intensiv wie mit Bjørn, auch in anderer Hinsicht war es weniger intensiv. Aber nach einem Jahr mit Bjørn, mit Eifersucht und Drama, da ich nie wusste, was passieren würde, wenn wir abends bei einem meiner Freunde auf eine Party gingen – würde Bjørn vor Wut abhauen, würde er auf dem Treppenabsatz stehen und mich anschreien, das konnte man nie wissen –, danach war Aksels ruhige und humorvolle Einstellung vergleichbar mit nach Hause kommen. Aksel konnte ich überallhin mitnehmen. Aksels Bruder und Schwester starrten mich nicht an, wenn ich sprach, grinsten sich nicht gegenseitig zu, so wie Bjørns Geschwister es taten, wenn wir bei seinen Eltern auf Kråkerøy waren, und beim Vorglühen äffte mich niemand nach.

Auf den Partys mit Aksel, der im Stadtteil Grefsen aufgewachsen war und die Kathedralschule in Oslo besucht hatte, brauchte ich mich nicht abfällig über Oslo zu äußern, so wie es von mir auf allen Partys rund um Fredrikstad/Kråkerøy erwartet wurde, da die dortigen Bewohner grundsätzlich die Auffassung vertraten, Oslo sei ein Sumpf. Die Auffassung war derart verbreitet und akzeptiert, dass erwartet wurde, dass auch ich, die ich in Oslo aufgewachsen war, sie teilte. Ich versuchte, mir vorzustellen, wie ich sagte, Fredrikstad oder Kråkerøy seien ein Sumpf, welche Reaktionen dann wohl kämen. Und doch akzeptierte ich die Prämisse, wonach Oslo ein Sumpf war und Fredrikstad, insbesondere Kråkerøy, der einzige Ort, an dem man leben konnte.

9

Woran dachte ich, als wir dreißig Jahre später in meinem alten Zimmer in der Oscars Gate lagen? An nichts. Doch als Bjørn anschließend in die Küche ging und Kaffee kochte, den wir im Bett tranken, dachte ich: Sieh mal, er kocht von sich aus Kaffee, das hat Aksel nie getan. Er hält meine Hand, das hat Aksel nie getan.

Unsere Körper hatten zueinander gefunden, als wäre seit damals keine Zeit vergangen. Das Gefühl, nackt neben Bjørn zu liegen, war dasselbe wie vor dreißig Jahren. Sein offenes Gesicht, als würde er sich nicht von außen betrachten, die Selbstverständlichkeit und der Ernst, mit dem er alles tat, dass er mir in die Augen sah, während er in mir drin war – damals, vor dreißig Jahren, hätte ich mich deshalb am liebsten versteckt, das Licht gelöscht und die Vorhänge zugezogen, gelacht. Jetzt lag ich da in meinem hell erleuchteten Zimmer in der Oscars Gate, im selben Bett, und konnte nicht begreifen, wie ich das alles hatte verlassen können.

»Ich bin für dich nur ein Traum, eine Illusion«, sagte ich. »Du kennst mich nicht, und ich kenne dich nicht. Wir werden allmählich alt, und da sucht man typischerweise alte Verflossene auf, jemanden, der uns kannte, als wir jung waren.«

»Schon möglich«, antwortete Bjørn. Er hatte einen Arm hinter dem Kopf, den anderen um den Kaffeebecher, der auf seiner Brust ruhte. »Aber du hast dich überhaupt nicht verändert. Es kommt mir vor, als wäre kein Jahr vergangen. Du löst immer noch exakt dasselbe Gefühl in mir aus. Als wäre alles andere nur ein Nebengleis gewesen, ein Irrweg, und jetzt sind wir endlich wieder auf der Hauptstrecke.«

»Du weißt aber, dass daraus nichts werden kann, oder? Das kann ich Aksel nicht antun. Das geht nicht. Ich kann mir einfach nicht vorstellen, ihm davon zu erzählen, zu sagen, was ich hier mache. Das Haus in Grenda, und ihr habt ja auch euer riesiges Haus in Fredrikstad, das würdet ihr nicht halten können, das kann sich keiner von euch leisten. Wir liegen hier und riskieren Immobilienbesitz im Wert von mehr als zwanzig Millionen Kronen.«

»Wen interessiert das Geld.«

»Wir können damit nicht weitermachen.«

»Wir machen ja schon weiter. Wir liegen doch hier.«

»Ja, aber es darf nicht weitergehen. Willst du dein ganzes Leben aufs Spiel setzen? Jetzt, wo wir alt werden? Und Linda, stell dir nur vor, was für einen Aufstand sie machen wird. Und eure Kinder, eure Enkel, eure Freunde. Der Gourmetklub. Nach einer Woche rennst du schreiend zurück zu Linda und deinem Leben, und ihr werdet das hier im Rückblick ›die Krise‹ nennen.«

Ich lag auf der Seite und betrachtete sein Profil, die große Nase, das Kinn, die behaarte Brust, die sich hob und senkte. Dann sagte er: »Ich bin mir vollkommen sicher, dass ich das nicht tun werde.«

Bjørn stellte den Kaffeebecher auf den Nachttisch und drehte sich zu mir um.

»Wenn ich in Fredrikstad mein normales Leben lebe und an dich denke … allein schon dein Name verleiht mir ein Gefühl von Ruhe und Sicherheit. Elin, denke ich, und in mir kommt alles zur Ruhe, allein dadurch, dass es dich gibt.«

»Ich kann mir nicht vorstellen, das hier Aksel gegenüber auch nur ansatzweise anzusprechen«, sagte ich. »Das kann ich mir einfach nicht vorstellen. Aksel und mir geht es gut.«

»Warum liegst du dann hier mit mir?«

»Was ist mit Linda?«

»Über die Jahre habe ich mich oft gefragt, was passieren würde, wenn ich nicht mehr da wäre. Ob sie überhaupt reagieren würde außer mit Sorge um das Haus, das Geld und alles Praktische.«

Bjørn legte seine Hand auf meine Hüfte, und die Wärme seiner Hand strömte bis in meine Zehen.

»Sie ist so langweilig«, fuhr Bjørn fort. »Sie interessiert sich für Sachen, für die ich mich nicht die Bohne interessiere. Geld, schicke Kleider, teure Restaurants, die Fassade. Sie lacht nie herzhaft, aus dem Bauch heraus, wie du. Wenn sie lacht, dann so: hahaha, kontrolliert, sozial, mit anderen zusammen. Wenn wir zu zweit vorm Fernseher sitzen, lacht sie fast nie. Wenn wir allein sind, kommt es mir vor, als gäbe es mich nicht. Es sei denn, ich mache etwas falsch, zum Beispiel wenn ich die blaue Mülltüte in den Eimer hänge, in den die grüne Mülltüte gehört. Dann kann sie innerhalb von einer Sekunde zum Monster werden. Oft fange ich an zu weinen. Nicht weil ich Angst vor ihr habe, sondern weil ich über die Situation so traurig bin. Ich weine nicht so, dass sie es sieht, dann würde sie nur noch mehr Theater machen, ich gehe hinunter in den Fitnessraum, setze mich auf das lächerliche Gerät, das wir irgendwann in den Neunzigerjahren in einem Teleshop gekauft haben, und heule. Wenn ich mit rotem Gesicht wieder nach oben komme, glaubt sie, ich hätte trainiert. Dann ist sie eine Weile nett, bis sie sieht, dass der Gartenschlauch nicht aufgerollt ist oder die Kissen der Gartenmöbel nicht hereingeholt worden sind.«

»Erzähl weiter.«

Bjørn setzte sich im Bett auf.

»Hm … Also, wenn wir im Auto sitzen, fahre ich entweder zu langsam oder zu schnell, oder ich blinke zu früh oder zu spät, oder ich bremse zu schnell oder nehme keine Rücksicht auf Radfahrer.«

»Warum fährt sie nicht selbst?«

»Sie hat ein Problem mit den Augen, ist nachtblind oder sieht nicht so gut in die Ferne, ich habe es vergessen. Sie hat schon lange nicht mehr am Steuer gesessen. Immer fahre ich.«

»Bei uns fährt auch immer Aksel. Ich weiß nicht, warum. Es hat sich einfach so ergeben.«

»Tja, irgendwie haben wir Männer es halt mit Autos.«

Wir Männer, so etwas würde Aksel niemals sagen. *Ich bin ein sehr körperlicher Mann*, auch das hätte Aksel nie gesagt. Wir Männer, ihr Frauen, so würde Aksel sich niemals ausdrücken, und auch sonst niemand in ganz Grenda.

»Zuwendung«, antwortete Bjørn, als ich ihn fragte, was er bei Linda am meisten vermisse. »Es ist eine Sache, dass wir nicht mehr miteinander schlafen. Aber ich vermisse Freundlichkeit, gelegentlich ein Lächeln, etwas Anerkennung. Einfach nur einen Klaps auf die Schulter.«

Beim Einkaufen, erzählte Bjørn, gehe er gern zu der Kasse mit der Kassiererin, die immer so warmherzig lächelt. Sobald sie lächelte und Hallo sagte, um dann zu fragen, ob er eine Tüte brauche, und schließlich, ob er den Kassenbon haben wolle, hatte Bjørn das Gefühl, hinter allem, was sie sagte, wie bedeutungslos und routiniert es auch war, befände sich eine unendliche Quelle an Güte und Anteilnahme.

»Ihr Frauen dürft nicht vergessen, dass wir Männer ziemlich einfach gestrickt sind.«

Ich setzte mich im Bett auf.

»Ich frage mich, ob das stimmt. Gibt es überhaupt so etwas wie einfach gestrickte Menschen? Gibt es Menschen, Frauen oder Männer, die keine Hintergedanken haben bei dem, was sie sagen und tun, die sich nie verstellen, niemals lügen, sich niemals winden oder grübeln oder zweimal nachdenken, egal, bei was? Das glaube ich nicht.«

»Nicht? Das musst du mir genauer erklären.«

»Aus der Distanz sehen fast alle Menschen normal aus. Schlicht und unschuldig und ohne Hintergedanken. Kommt man ihnen aber auch nur etwas näher, verändert sich das Bild. Bisher habe ich noch keinen einzigen Menschen getroffen, den man normal nennen könnte. Alltagsmenschen, schlichte Geschöpfe, Durchschnittspersonen, Otto Normalverbraucher – solche sind mir noch nicht begegnet, und ich arbeite seit über zwanzig Jahren als Hausärztin. Alle haben ihre Geschichte, und alle verfügen über eine ganz eigene Fähigkeit, sich in ihre spezielle Form von Komplikationen zu verwickeln. Einfach gestrickte Menschen gibt es nicht.«

Bjørn legte den Kopf schief und lächelte, als wäre ich ein süßes kleines Mädchen, und ich fuhr fort.

»Der einzige Unterschied zwischen denen, die behaupten, sie seien *einfach gestrickt*, und denen, die sich für *kompliziert* halten, ist die Ideologie dahinter, der Blick auf sich selbst. Weit verbreitet ist auch die Tendenz, sich für *besonders* sensibel zu halten. Kein Mensch ist *besonders* sensibel. Wir sind alle sensibel, wir zittern und beben den ganzen Tag vor Gefühlen, der Unterschied liegt in der Fähigkeit, es zu verbergen und zu verdrängen, das ist alles.«

»Mann, wie ich das vermisst habe. Deine Ausführungen. Du machst dir über alles Mögliche Gedanken, das war schon immer so. Du hast dich nicht verändert.«

Doch, das habe ich, dachte ich. Denn wenn ich bei Aksel mehr als eine Minute am Stück redete, nahm er die Hände hoch und sagte, er brauche jetzt eine Pause. Es war ungewohnt, ungestört drauflosreden zu können, mit Bjørn, der lächelnd dasaß und nickte und zwischendurch den Kaffeebecher hochhielt, als wollte er sagen: Darauf stoßen wir an!

Gelegentlich nannte Bjørn Lieder, die er mit mir verband, die ich jedoch noch nie gehört hatte.

»Hast du diesen Song nicht dauernd gehört«, fragte er beispielsweise, und dann spielte er ein paar Akkorde auf dem Klavier in der Oscars Gate. »Den hier? Al Jarreau? Den hab ich immer mit dir in Verbindung gebracht.«

Mir war der Song jedoch völlig unbekannt.

»Hm …«, sagte Bjørn dann bloß. »Komisch.«

»Kapierst du denn nicht, dass du dir jede Menge Illusionen über mich machst, die nicht stimmen. Du hast all deine Sehnsüchte und Hoffnungen in ein Traumbild von mir gepackt.«

Und doch spürte ich bald klar und deutlich und in vollem Bewusstsein, wie die alltägliche Version meiner Person von jenem Wesen ersetzt wurde, das in mir drin geschlummert haben musste und das sich im Widerspruch zu allem benahm, was ich bis dahin gesagt und geglaubt hatte.

Früh schon kam mir der Gedanke: Wie wäre es, wenn ich die Energie und die Freude, die ich gefunden habe, nutzen könnte, all das Heimliche und Spannende, was in mir bebt und mir die Lust auf die fünf, sechs Gläser Weißwein, all die Fernsehserien und alles andere nimmt, was ich zu kauen, trinken und hinunterzuschlucken pflegte, um zur Ruhe zu kommen – *wie wäre es, wenn das meiner Beziehung mit Aksel neues Leben einhauchen könnte?*

Dank einer solchermaßen kontrollierten, intelligent angewandten Alchemie würde das Illegale legal werden, das Schmutzige rein, würde sich das Schädliche in etwas Erbauliches verwandeln. Der Zweck würde die Mittel heiligen, und all das Gute, Schöne, Herrliche, Verbotene würde immer weitergehen, bis in alle Ewigkeit.

Phasenweise entzog sich Bjørn. Das erste Mal an einem verlängerten Wochenende im Juni, als unsere Affäre seit etwa einem Monat lief. Seine ganze Familie hatte von Donnerstag bis Sonntag eine Berghütte gemietet, alle vier Kinder mitsamt ihren Familien, und schon am Mittwochabend wurden die Nachrichten seltener. Am Donnerstag gingen die Nachrichten nur noch von mir aus, er antwortete zwar, aber nur auf konkrete Fragen, und anstelle von Herzchen schickte er hochgereckte Daumen und einfache Smileys. Am Freitag um die Mittagszeit verschwand er ohne Erklärung mitten in einem Chat. Anschließend wurde es ganz still. Am Freitagabend dachte ich: Es ist vorbei.

Am Samstagnachmittag dachte ich im Schnitt nur noch alle drei Minuten an ihn.

Schon am Sonntagabend konnte es passieren, dass ich eine Stunde lang nicht an ihn dachte, und als ich am Montagmorgen aufstand und das Handy immer noch stumm war, merkte ich, wie seine Umrisse leicht verschwammen, alles verschwamm, ich konnte ihn nicht länger vor mir sehen, und am Montagabend dachte ich: Ich bin frei.

In derselben Nacht ging eine Nachricht ein, und genau wie seine allererste Nachricht bestand diese aus einem einzigen Wort, erneut ohne großen Anfangsbuchstaben oder Fragezeichen, lediglich:

wach

Mein erster Gedanke war: Antworte nicht. Jetzt, da alles so angenehm ruhig geworden ist. Lass es im Sande verlaufen. Aber dann fingen meine Gedanken an zu kreisen. Wir haben uns nicht verkracht. Ich will wissen, was bei ihnen los ist. Ich will wissen, wie es ihm geht. Daran ist doch nichts verkehrt. Wir interessieren uns halt füreinander. Wir sind schließlich Freunde.

Also antwortete ich, und schon ging es wieder los, und Bjørn erklärte sein Schweigen damit, dass unser Tun und Treiben etwas merkwürdig und befremdlich anmutete, wenn die ganze Familie versammelt war, und das Komische war, dass unser Verhältnis aus jeder neuen Schweigerunde mit anschließender plötzlicher und unerwarteter Nachricht und dann erneutem Kontakt allen Widrigkeiten zum Trotz gestärkt hervorging, nicht geschwächt, auch wenn ich mir zuletzt gesagt hatte: Ich habe den ganzen Kram satt, es reicht jetzt, ich bin ein erwachsener Mensch und so weiter.

Mit der Zeit sah ich ein, dass unsere Versuche, es zu beenden, lediglich dazu beitrugen, es am Leben zu erhalten.

Zwei Tage waren das Längste, was wir schafften. Oft dauerte es nur wenige Stunden, bis einer von uns wieder ein Lebenszeichen von sich gab, und all die gebrochenen Versprechen, die mangelnde Kontrolle, alles, was wir taten und sagten, egal, wie, heizten das Ganze nur mehr an. Nicht bloß die Liebeserklärungen und das, was in meinem alten Bett in der Oscars Gate passierte, sondern auch die Angst, das schlechte Gewissen, die Geheimniskrämerei und alles andere, bei dem ich mindestens hundertmal am Tag dachte, dafür sei ich zu alt, all das wurde in den großen Motor gesogen und verwandelte sich in Treibstoff.

Die ganze Zeit über wusste ich, was passierte. Ich konnte alle Zustände benennen, in denen ich mich befand, die Chemie hinter jeder Regung, jeder Erwartung, jeder Hoffnung. *Dopamin*, *Serotonin*, *Oxytocin*, mit diesen Worten tröstete ich mich, um Abstand zu bekommen, mein Häkchen dranzumachen und es zu archivieren. Wenn man Ratten in einen Käfig steckt, der mit einem Hebel ausgestattet ist, und sie entdecken, dass sie *immer* etwas zu fressen bekommen, wenn sie den Hebel herunterdrücken, drücken sie den Hebel nur herunter, wenn sie Hunger haben. Gibt es hingegen *nie* etwas zu fressen, wenn sie den Hebel herunterdrücken, verlieren sie rasch das Interesse an dem Hebel. Gibt es jedoch nur in unregelmäßigen Abständen etwas zu fressen, drücken die Ratten den Hebel immer wieder herunter, bis sie sterben, und jedes Mal, wenn ich auf dem Handy herumdrückte, um zu sehen, ob er da war, dachte ich: So führt dich das Belohnungssystem des Gehirns an der Nase herum. Wir sind schon schwache Geschöpfe. Wir sind wandelnde Haufen der Vorhersehbarkeit und Banalität. Wir stecken bis zum Hals darin fest, keiner entkommt. Du bist eine hilflose kleine Ratte, instinktgesteuert. Du verbirgst dein Begehren und deine Eitelkeit und kleidest dich in schicke Klamotten wie ein vierbeiniges Tier, das sich an den Tisch setzt, dem Anlass entsprechend im Abendkleid und mit Besteck in den Händen, aber es nützt nichts, intelligent zu sein, nützt nichts, eine Hochschulausbildung zu haben, im Gegenteil, denn all diese Kräfte dienen nur dazu, das Tier aufzuhübschen.

Das alles schärfte ich mir ein, doch es half nichts.

Menschen, ich lache ständig über Menschen. Am meisten lache ich über mich selbst. Ich lache über mich und denke: Sieh nur, ich lache über mich. Ich lache, weil ich mich lächerlich aufführe. Aber wer führte sich hier eigentlich lächerlich auf, und wer lachte? Ich konnte lachen, so viel ich wollte, doch der Teil, der sich lächerlich aufführte, war stets der stärkere und behielt in der Regel das letzte Wort.

Vielleicht werden wir von irgendwelchen Wesen beobachtet, dachte ich oft, wenn ich besonders tief in der Misere steckte. Komplett andere Wesen, die sich von uns ebenso weit wegentwickelt haben wie wir vom Plankton. Vielleicht haben sie die Form von Staubflusen in der Luft oder von Wassertropfen im Meer. Vielleicht flattern sie um uns herum und lachen über uns, während sie selbst völlig im Gleichgewicht sind.

Und ich drückte und drückte auf dem Handy herum, um zu sehen, ob Bjørn eingeloggt war, um zu checken, ob neben seinem Namen ein grüner Punkt leuchtete. Dann saß ich da in meinem hellblauen Arztkittel und wusste alles, was man als Spezialistin für Allgemeinmedizin über den menschlichen Organismus weiß, und doch bewegte sich meine Tierhand – denn plötzlich kam es mir so vor, als sei mein Handrücken mit Fell überzogen, seien meine Finger zu gelben Klauen geworden – hin zum Handy und machte diese vertrauten Bewegungen, wischen, drücken, nein, kein grüner Punkt oder: JA. GRÜNER PUNKT.

An den Vormittagen, an denen ich nichts von ihm hörte, weil er bis zum Mittag in Meetings war, vermochte ich mich nicht zu konzentrieren. Erst als ich das Handy, das dort auf dem Schreibtisch lag, leise brummen hörte, konnte ich den Patienten zuhören. Erst dann war jegliche Zerstreutheit und Abwesenheit verschwunden, und ich konnte aufhören, mich auf das Handy zu fixieren. Das Einzige, was mich davon befreien konnte, das Handy auf Nachrichten von ihm zu überprüfen, war eine Nachricht von ihm. Doch die Freiheit währte nicht lange, und bald war ich wieder auf der Jagd nach dem grünen Punkt, obwohl ich mitten in einem Patientengespräch war. Ich hatte das Handy zwischen ein paar Papieren liegen, damit es so aussah, als würde ich nur etwas nachschauen, das mit dem Patientengespräch zu tun hatte, und wenn im Display stand, eine Nachricht sei eingegangen, stiegen Puls und Stimmung gleichermaßen, und ich verhielt mich den Patienten gegenüber viel zu entgegenkommend, sodass das Gespräch länger dauerte, woraufhin ich mich ärgerte und den Patienten aus dem Sprechzimmer haben wollte, und so ging es immer weiter.

Hin und wieder kam es vor, dass Bjørn um die Mittagszeit in Oslo war und ich mir eine halbe Stunde freischaufeln konnte. Das hieß dann, nichts wie rüber in die Oscars Gate, wo Bjørn schon in der Wohnung lag und auf mich wartete.

Anschließend riskierten wir es, die wenigen Meter zum Solli Plass zusammen zurückzulegen. Wie zwei selbstleuchtende Elfen liefen wir nebeneinander durch die graue Straße, wo die Leute geschäftig hin und her eilten und nichts ahnten von dem Wunder, das sich mitten unter ihnen vollzog.

Was dachte ich dabei, ich muss ja etwas gedacht haben. Ich weiß, dass ich mir vorstellte, ich würde heulen, alles bereuen und das Ganze sofort beenden, sollten wir auffliegen. Ich stellte mir vor, wie Aksel und ich nach ein paar Wochen mit Schreierei ein neues höheres Niveau erreichen würden, dass unserer Ehe neues Leben eingehaucht würde. *Vor und nach der Katastrophe*, würden wir auf unsere übliche humorvolle Weise sagen. Was ich dabei einzukalkulieren vergaß, ist, wie marginal die Rolle ist, die der Wille in dem Ganzen spielt. Ich war nicht zurechnungsfähig, aber der Teil von mir, der das begriff, konnte es nicht aufnehmen mit dem unzurechnungsfähigen Teil, der mittlerweile komplett die Kontrolle übernommen hatte.

Früher oder später gelangt man an einen Punkt, wo es keine Antworten und kein Weiterkommen gibt. Wie sehr ich auch grüble und nachdenke und mich selbst zu analysieren versuche, tief in mir drin bleibt immer etwas zurück, das ich nicht zu fassen kriege und das sich nicht in Erklärungen auflösen lässt.

Wenn ich anschließend allein war oder zusammen mit Patienten, dachte ich an seine Hände. Ich dachte: seine großen, warmen Hände. Seine großen, warmen Hände. Und das Zittern, von dem ich allein beim Gedanken an seine Hände, an seinen Namen und alles, was ihn ausmachte, erfasst wurde, dieses Jubelgefühl, damit kann nichts konkurrieren. Wenn es zum Leben erwacht, strahlt es aus und erfüllt alle Glieder mit Licht. Es zur Vernunft rufen zu wollen ist so, als wollte man mit einer Katze sprechen, und wenn ich in mich hineinschaue und versuche, das Wesen oder die Kraft hinter all dem zu ergründen, kommt es mir stets so vor, als würde ich in das Gesicht einer Katze blicken. Sie kneift ein wenig die Augen zu, dann reißt sie sie auf, und ich starre zurück und versuche zu verstehen, sie zu deuten. Während alle möglichen Erklärungen in mir rumoren, beginnt die Katze, sich zu putzen. Dann legt sie sich auf die Seite, blinzelt kurz, und nach nur wenigen Sekunden ist sie eingeschlafen.

10

Es ist zwölf Uhr, Mittagspause, da gibt es freitags in der Kantine ein warmes Gericht. Was sie sich heute wohl haben einfallen lassen. Tacos, Pasta, indisches Essen, sogar Sushi haben sie schon mal bestellt, und solche kleinen Alltagsfreuden sollte man sich nicht entgehen lassen, weshalb ich mich zwinge hinzugehen. Ich tue nicht das, was ich eigentlich will – im Büro bleiben, das Essen ausfallen lassen, mich zu Tode hungern –, stattdessen richte ich mich auf und mache mich auf den Weg in die Kantine, hebe bei jedem Schritt die Füße betont hoch, denn alles wird gut, alles wird gut. Natürlich wird alles gut.

Früher durften wir in der Kantine sagen, was wir wollten. Wir konnten eine Sondersteuer für Marathonläufer vorschlagen, die wir mit den durch Überbelastung verursachten Verletzungen begründeten, vielleicht auch eine Verzehnfachung der Teilnahmegebühr für alle Breitensportwettbewerbe zu Wasser und zu Land fordern, Vorschläge, denen, abgesehen von den beiden dürren und faltigen Marathonenthusiasten in unserer Praxisgemeinschaft, gewöhnlich alle zustimmten. Man konnte anregen, dass alle krankhaft Übergewichtigen eine Sonderzulassung beantragen müssten, wenn sie sich ein eigenes Auto anschaffen wollten. Lange Gefängnisstrafen für Impfgegner wurden ins Spiel gebracht, ebenso wie hohe Geldbußen für alle Arten von Sucht. Aber mittlerweile müssen wir uns in Acht nehmen. Unsere spitzen Bemerkungen könnten gefilmt oder anderweitig dokumentiert werden, sie könnten von einer Sprechstundenhilfe, die nicht weit weg sitzt und an ihrem Handy herumfummelt, wie es fast alle Sprechstundenhilfen die gesamte Mittagspause hindurch tun, in den sozialen Medien geteilt werden, und daher ist der Plausch in der Kantine kein Ventil mehr, denn dort müssen wir uns genauso beherrschen wie im Umgang mit den Patienten im Behandlungszimmer. Jetzt werden in der Kantine nur noch Themen verhandelt, die man an jedem x-beliebigen norwegischen Arbeitsplatz bespricht. Urlaubspläne, aktuelle Nachrichten, Klatsch. Zum einen Ohr rein, zum anderen Ohr raus. Aber in der letzten Zeit waren diese Mittagessen meine einzige warme Mahlzeit in der ganzen Woche, deshalb komme ich weiterhin hierher, und gleichzeitig erinnern mich die freitäglichen Mittagspausen daran, warum ich nicht auch die restliche Woche zum Mittagessen in die Kantine gehe.

Die Sprechstundenhilfen sitzen an einem Tisch, die Ärzte an einem anderen. Ich setze mich an den Ärztetisch, neben dem Revoluzzer ist ein Platz frei. Der Revoluzzer ist über siebzig, trägt den Arztkittel offen, hat graue, wirre Haare und ist immer bereit, sich in einer Diskussion zu ereifern, die Gelegenheit zu nutzen, um Worte wie *Bevormundung*, *reaktionär*, *rassistisch* und *sexistisch* auszusprechen, Worte, die er liebt und gerne anbringt, und jedes Mal, wenn er sie ausspricht, durchläuft ihn ein Schauer der Wonne. Wäre der Revoluzzer eine Generation jünger, würde er in Grenda wohnen oder jemanden kennen, der dort wohnt. Fühlst du dich etwas schwindelig oder erschöpft, brauchst du bloß zum Revoluzzer zu gehen, da wirst du für eine Woche krankgeschrieben. Womöglich vertraust du ihm noch an, dass dich das Wetter krank macht, weil es seit einer Woche am Stück regnet, dann bekommst du noch irgendwelche Antidepressiva oder Glückspillen dazu, denn der Revoluzzer spielt gerne den Weihnachtsmann, er teilt mit vollen Händen aus der Staatskasse aus; der Revoluzzer ist nämlich der Meinung, dass man immer alles bekommen sollte. *Das steht ihnen zu*, ist der Lieblingssatz des Revoluzzers, und wenn die Leute etwas haben wollen – vorausgesetzt, es handelt sich um Leistungen des Wohlfahrtsstaats –, dann haben sie es sofort verdient, und im nächsten Augenblick haben sie schon ein Recht darauf, denn es steht ihnen zu. Darin besteht seine Revolte. Friede, Freiheit und alles gratis. Aber irgendwo, mein lieber Revoluzzer, gibt es jemanden, der für all das bezahlt, was du austeilst, und irgendwann ist die Kasse leer. Hast du daran schon mal gedacht? Aber dann ist der Revoluzzer tot, fällt mir gerade ein, er ist ja schon über siebzig.

Auf meiner anderen Seite sitzt der Finanzmann, er ist frisch rasiert, trägt die Haare kurz und ist derjenige in unserer Praxisgemeinschaft, der die erlaubte Patientenzahl voll ausschöpft. Er hat die Wirtschaftszeitung *Dagens Næringsliv* vor sich ausgebreitet, checkt Aktienkurse in seinem Handy und beteiligt sich lediglich an der Unterhaltung, wenn sie sich um Geld dreht. Mir direkt gegenüber sitzt der Gynäkologe aus dem ersten Stock, wo die Fachärzte ihre Praxis haben. Er scheint regelmäßig auf die Sonnenbank zu gehen und geizt nicht mit Rasierwasser. Unter seinem Kittel trägt er ein hellrosafarbenes Hemd. Seine Warteliste ist lang. Nicht weil er ein besonders guter Arzt wäre, sondern weil er seinen Patientinnen Komplimente für ihr Geschlechtsorgan und ihre Reproduktionsfähigkeit macht. Das weiß ich, weil eine Bekannte von mir bei ihm war und anschließend berichten konnte, dass er die gesamte Konsultation darauf verwendet hat, davon zu schwärmen, wie es bei ihr zwischen den Beinen aussah. Er hatte die »frische Farbe« und das »hohe Schambein« gelobt und darauf hingewiesen, dass sie, die damals etwa fünfundvierzig war, noch eine Menge Eizellen habe und weitere Kinder bekommen könne, wenn sie wollte. Die meisten Menschen, besonders Frauen, schämen sich für ihr Geschlechtsorgan, also hat er hier ein Gebiet gefunden, auf dem er punkten kann. Allerdings hat er vergessen, die Zellprobe zu entnehmen, wegen der sie gekommen war.

Gelegentlich setzt sich der Revoluzzer zu den Sprechstundenhilfen und versucht, ein Gespräch in Gang zu bringen. Die Sprechstundenhilfen lächeln, lachen und machen Konversation. Er ist schließlich ihr Arbeitgeber.

Der Revoluzzer begreift nicht, dass sich die Sprechstundenhilfen höflicher benehmen und lauter über seine Witze lachen, als sie es im Umgang mit einer der Ihren tun würden. Es ist wie bei mir und der polnischen Putzfrau, aber es fällt einem leichter ins Auge, wenn man nicht selbst ins Fettnäpfchen tritt. Selig wie ein Kind heimst der Revoluzzer das Gelächter der Sprechstundenhilfen ein. Zwischendurch schaut er zu uns herüber, wie um zu sagen: *Seht ihr? Ist doch gar nicht so schwer.* Man kann sich leicht über den Revoluzzer lustig machen, aber wenigstens hat er eine Ideologie, mit unverrückbaren Antworten auf die Fragen, wer, was, wo. Was würde der Revoluzzer zu dem Dicken sagen, was würde der Revoluzzer tun, das frage ich mich, während ich ihn dort sitzen sehe, mit offenem Kittel, ein Bein über das andere geschlagen, wobei er seine abgewetzten Schuhe präsentiert.

Das warme Gericht des Tages ist Lasagne mit Salat. Das Thema des Tages sind ein Arzt und eine Krankenschwester aus dem ersten Stock, die jahrelang eine Affäre hatten. Sie sind beide verheiratet, haben ihre Beziehung gerade öffentlich gemacht und sind zusammen in eine enge, kleine Wohnung gezogen. Keiner von beiden ist heute anwesend, weshalb wir über sie reden können.

Am Tisch wird gestöhnt. Er ist dreiundfünfzig, hat fünf Kinder mit drei Frauen, sie ist sechsunddreißig, kinderlos. Es wird durchgekaut, mit welcher statistischen Wahrscheinlichkeit die Beziehung halten wird.

Während des Gesprächs werden einige still und ziehen

sich gleichsam in sich zurück. Ich bin eine von denen, die auf die Tischplatte starren, die Lasagne und Salat in sich hineinstopfen und so tun, als bekämen sie von dem Gesagten nichts mit. Früher hätte ich mit den anderen gegrinst. Wie dumm und schamlos solche Affären immer wirken und wie unausgeglichen und töricht die Beteiligten erscheinen, bis man selbst in so einer Situation steckt und sich zeigt, dass man nicht mehr die Wahl hat, die man von außen gesehen haben müsste. Ganz tief in all dem Schäbigen und Verbotenen gibt es etwas, was das Ganze irgendwie rechtfertigt, das weiß ich jetzt, aber auf alle anderen, auf die Nüchternen, die Sachlichen und die Treuen wirkt es absurd, armselig und lächerlich, und sie schütteln den Kopf und verstehen nicht, wie man sein Leben so zerstören kann.

Die Distanzierung ist notwendig, damit diejenigen, die sich rechtschaffen benehmen, das Gefühl haben, es sei sinnvoll, sich weiterhin rechtschaffen zu benehmen. Vergleichbar mit der Funktion, die öffentliche Hinrichtungen in Diktaturen erfüllen: In Teheran und Riad strömen die Einwohner ins Stadion, um daran erinnert zu werden, was passiert, wenn man sich einen Fehltritt leistet. Die Bevölkerung braucht eine Erinnerung an die zu erwartende Strafe. Die Kräne fahren empor, die Guillotine fällt, Körper zucken und zittern, Köpfe rollen, es ist so, wie man hier am Tisch über das frischgebackene Paar grinst, und keiner spricht es direkt an, aber unter dem Ganzen kann man hören, was alle, ich eingeschlossen, denken: Wartet nur ab. Das wird ein Fiasko.

11

Der erste Patient nach der Mittagspause ist der Komiker. Im Gegensatz zum Dicken könnte der Komiker als Modell für einen Artikel mit der Überschrift *Gewinner der Genlotterie* herhalten, denn der Komiker ist ein hochgewachsener Mann Mitte vierzig, er hat eine Frau, einen Sohn und eine Tochter und noch alle Haare auf dem Kopf, dazu ein Publikum, das ihn vergöttert, er hat mehrere Preise gewonnen, hat eine eigene Stand-up-Show und spielt die Hauptrolle in einer Fernsehserie. Weder raucht er, noch trinkt er oder isst Fleisch, aber er hat depressive Phasen und zwei Selbstmordversuche hinter sich. Sowohl die Depression als auch die Selbstmordversuche thematisiert er in seiner Stand-up-Show, von der auch Ausschnitte im Internet zu finden sind.

»Wie geht es Ihnen?«, frage ich.

Der Komiker schaut aus dem Fenster. Sein Unterkiefer zittert. Die Luft hier drinnen ist mittlerweile so schlecht, dass das Atmen schwerfällt. Es hängt noch eine leichte Ausdünstung vom Dicken darin, ebenso wie das Echo seines Gelächters, und als sich der Komiker auf den Stuhl setzt, muss ich wieder an die paradoxe Energie und Vitalität des

Dicken denken, denn vielleicht ist die Summe von allem unterm Strich ja wirklich konstant. Obwohl ich weiß, dass das nicht stimmt, tut es so gut, die Dinge in Muster zu ordnen, dass ich mich eine Weile mit diesem Gedanken vergnüge.

Um den Schein zu wahren, schicke ich den Komiker von Zeit zu Zeit zu Blutproben, aber im Großen und Ganzen hefte ich seine Besuche unter Kopfschmerzen, Schlaflosigkeit, Muskelschmerzen oder irgendeinem anderen gewöhnlichen und allgemeinen Befund ab. Er will nicht zum Psychologen, kommt lieber hierher. Zuerst habe ich mich geschmeichelt gefühlt, weil ein Prominenter mit mir reden wollte, aber ich habe schnell erkannt, dass ich austauschbar bin. Was ich sage, spielt keine große Rolle. Er will lediglich mit jemandem sprechen, der eine Uniform trägt und an die Schweigepflicht gebunden ist.

»Gestern bin ich fünfundvierzig geworden.«

»Herzlichen Glückwunsch.«

»Danke. Das Schöne am Fünfundvierzig-Werden ist, dass einem nicht mehr sehr viel Zeit bleibt.«

»Hm. Rein statistisch betrachtet, haben Sie vermutlich noch fast vierzig Jahre vor sich. Vielleicht auch mehr, nach den jüngsten Fortschritten in der Akutmedizin zu urteilen, von all den spannenden Entwicklungen in der Krebsforschung gar nicht erst zu reden.«

»Sagen Sie so was nicht, ich bitte Sie.«

Er beugt sich nach vorn, stützt die Ellbogen auf die Knie und reibt sich das Gesicht.

»Noch vierzig Jahre, eingesperrt in diesem Fleischberg. O Gott. O Gott.«

Er atmet tief ein und mit einem Stöhnen wieder aus.

»Ich hätte gerne ein bisschen Krebs. Gerade so viel, dass ich den Tod grüßen, seinen kalten Hauch spüren könnte. Gerade so viel Krebs, dass ich Freude am Leben empfinden und den Alltag und die kleinen Dinge schätzen könnte.«

»So funktioniert das nicht.«

»Ja, ich weiß.«

Dann blickt er auf.

»Aber jetzt habe ich so was wie eine Lösung gefunden. Ich habe eingesehen, dass ich ohne Rausch nicht leben kann. Das muss man einfach hinnehmen. Wenn die Kleine im Bett ist, gehe ich in die Garage und rauche einen Joint. Das mache ich nun schon seit mehreren Wochen, ich verziehe mich dorthin, setze mich auf einen Stapel Autoreifen und zünde mir einen an. Danach kehre ich ins Wohnzimmer zurück, setze mich neben meine Frau und schaue Fernsehen. Ohne diese kleine Routine wäre ich nicht in der Lage, Abend für Abend mit ihr zusammen dort zu sitzen und fernzusehen, aber jetzt freue ich mich auf den Abend, genau wie alle anderen. Dank dieser täglichen Routine werde ich so wie ihr anderen. Das hat nichts mit meiner Kindheit zu tun, ich hatte eine schöne und behütete Kindheit, und keins meiner Geschwister ist aus der Bahn geraten, bloß ich, und ich war von Anfang an so. Aber nicht, wenn ich zugedröhnt bin. Dann ist alles gut, dann kann ich stinknormal sein. Nach jeder Show muss ich mich zudröhnen, an den Wochenenden sogar schon mittags, und danach kann ich an der Hecke stehen und mit dem Nachbarn plaudern, ohne das Gefühl zu haben, den Boden unter den Füßen zu verlieren, verstehen Sie, was ich meine?«

»Ja, ich verstehe gut, was Sie meinen«, antworte ich. »Bis letzten Sommer ging es mir selbst so, mit Alkohol. Aber ich habe die Nebenwirkungen nicht vertragen und musste aufhören. Bin zu alt dafür.«

Der Komiker richtet sich in seinem Stuhl auf.

»Ach ja? Und was machen Sie jetzt?«

»Ich meditiere«, lüge ich. »Und ich mache Yoga«, lüge ich weiter, denn ich muss mich jetzt zusammenreißen.

Er sinkt wieder in sich zusammen. »Oh, gerade verspüre ich einen intensiven Todesdrang.«

Es liegt mir auf der Zunge zu sagen, machen Sie es diesmal aber richtig, ich kann es jedoch in letzter Sekunde noch hinunterschlucken.

Nach dem Komiker steht ein vierjähriges Mädchen auf der Liste. Es ist wegen Ohrenschmerzen hier, der Vater ist dabei. Aber als ich hinausgehe, um es aufzurufen, sagt der Vater, seine Tochter sei noch nicht bereit für den Termin, daher wäre es gut, wenn sie noch etwas warten und später drankommen könnten. Ich werfe einen Blick auf das Kind, das mit verschränkten Armen dasitzt und starr vor sich hin blickt, den Gesichtsausdruck kenne ich aus der Zeit, als die Mädchen klein waren.

»Sie ist heute nicht gut drauf wegen der Ohrenschmerzen, und ich möchte sie ungern unter Druck setzen«, fährt der Vater fort. »Sie braucht bloß etwas Zeit, um sich vorzubereiten. Ich werde ihr gut zureden und ihr erklären, was auf sie zukommt, damit sie nicht solche Angst zu haben braucht.«

Die Tochter sieht nicht aus, als hätte sie Angst. Sie sieht aus, als wäre sie ein Kräftemessen mit ihrem Vater gewohnt, und sie sieht aus, als wäre sie es gewohnt, dabei zu gewinnen.

»Das geht nicht. Wenn Sie jetzt nicht hereinkommen, verlieren Sie Ihren Platz in der Schlange.«

»Aber sehen Sie denn nicht, dass sie Schmerzen hat?«

Wieder schaue ich zu dem Mädchen, dem es nicht gelingt, sein Grinsen zu verbergen, das sich jetzt überall auf dem kleinen runden Gesicht breitmacht.

Ich halte die Tür auf.

»Dann ist es ja umso wichtiger, dass Sie jetzt hereinkommen.«

Ich lächele das Mädchen an, das aufhört zu grinsen und grimmig zurückstarrt.

»Komm schon, Spätzchen«, sagt der Vater, »sei lieb, und komm jetzt.«

»NEIN«, brüllt es. »NEI-HEIN. NEI-HEIN. NEI-HEIN.«

Der Vater sieht mich an und zuckt mit den Schultern. Seine Tochter wirkt nicht krank, um es vorsichtig auszudrücken. Ihre Gesichtsfarbe ist normal, ihre Bewegungen sind flink und dazu dieses Gebrüll.

Ich gehe zurück zum Monitor und entnehme ihm den Namen des nächsten Patienten, trete auf den Flur und will ihn gerade aufrufen, doch bevor ich den Mund aufmachen kann, hat der Vater seine Tochter unter den Arm geklemmt und ins Sprechzimmer getragen, das Ganze geschieht so schnell, dass sie nicht reagieren kann.

Als ich die Tür hinter den beiden schließe, fängt sie an zu heulen. »Snickers«, ruft der Vater. »Wenn du ruhig bist, bekommst du ein Snickers.«

Die Kleine wird augenblicklich still, und ich hole das Otoskop heraus und halte es ihr hin.

»Jetzt werde ich in dein Ohr schauen, um herauszufinden, was ich tun kann, damit du gesund wirst und keine Schmerzen mehr hast. Okay?«

Das Mädchen sieht mich an, sagt kein Wort. Ich wende mich zum Vater.

»Können Sie sie bitte so halten, dass sie sich nicht bewegt, wenn ich ihr ins Ohr schaue?«

Der Vater versucht, seine Tochter festzuhalten, doch sie windet sich aus seiner Umarmung. Er sieht mich an.

»Also … ich kann sie doch nicht zwingen!«

Zu seiner Tochter sagt er: »Spätzchen, jetzt wird die Frau Doktor dich untersuchen, und da ist es sehr wichtig, dass du ganz still sitzt. Verstehst du das? Wenn nicht, muss Papa dich festhalten. Und das möchtest du doch nicht. Deshalb ist es also sehr wichtig, dass du ganz still sitzt, wenn die Frau Doktor dein Ohr untersucht. Verstehst du das?«

Das Mädchen nickt fast unmerklich.

Als ich das Otoskop in sein Ohr einführe, wirft es sich herum und bricht in Schmerzensgeheul aus.

»Was machen Sie da«, ruft der Vater.

»Wenn Sie sie nicht richtig festhalten, während ich sie untersuche, muss sie das ausbaden.«

Der Vater schüttelt den Kopf.

»Aber ... sie hasst es, wenn ich sie festhalte, das war schon immer so. Sie hat einen sehr starken Willen. Und ich kann sie doch nicht mit Gewalt zwingen, das müssen Sie doch verstehen, ich muss sie schließlich respektieren.«

»Wenn Sie sie nicht festhalten, kann ich sie nicht untersuchen.«

Schließlich nimmt er das Kind auf den Arm und hält es fest, woraufhin ich es erneut versuche.

Das Mädchen atmet schwer, mit offenem Mund. Es ist schon dick, so wie es heutzutage die meisten Kinder sind. Vor einigen Jahren fiel mir erstmals auf, dass ein Teil der Kinder schon mit drei oder vier Jahren Speckwülste und einen Bauch hatte und dass einige Acht- oder Neunjährige Dehnungsstreifen aufwiesen, wie ich sie früher nur bei Schwangeren gesehen hatte. Jetzt sehe ich solche Dehnungsstreifen überall, und als ich zum Spaß anfing zu zählen, zeigte sich, dass rund siebzig Prozent der Kinder, die in einem beliebigen Monat zu mir in die Praxis kamen, mehr oder weniger übergewichtig waren. Als ich feststellte, dass mir das gar nicht mehr auffiel, weil nur noch so wenige Kinder normalgewichtig waren, begann ich, Ernährungstipps zu geben. Ich sprach von der Einübung gesunder Gewohnheiten und darüber, wie wichtig es sei, Essen nicht als Belohnung einzusetzen, und mehrmals wurde ich Zeuge, wie Eltern ihren Kindern die Ohren zuhielten, weil sie meinten, was ich sagte, könne zu Essstörungen führen. Also sagte ich nichts mehr. Ich wollte sie ja nicht als Patienten verlieren. Schließlich hatten wir noch einen Kredit abzubezahlen. Ich hatte die Angewohnheit, mich in unser Konto einzuloggen und nachzuschauen, wie viel wir zum jeweiligen Zeitpunkt bereits getilgt hatten, damit konnte ich mich ausgiebig beschäftigen, es war fast wie ein Hobby. Aber jetzt ist alles abbezahlt und das Haus außerdem verschenkt, ich habe nicht einmal Kreditkartenschulden. In der letzten Zeit habe ich lediglich für Erdbeershakes, Orangen und Fruchtsäfte Geld ausgegeben.

Ich lehne mich im Stuhl zurück und sage: »Es gibt keine Anzeichen für eine Entzündung. Aber sie ist zu schwer. Wie sehen Ihre Ernährungsgewohnheiten aus?«

»Was haben Sie da gesagt?«

»Wie sehen Ihre Ernährungsgewohnheiten aus?«

»Nein, das meine ich nicht. Das, was Sie zuerst gesagt haben. Können Sie das wiederholen?«

»Sie ist zu schwer?«

»Verdammt, das können Sie doch nicht sagen«, faucht er mich an. »Sie ist doch erst vier! Sie ist noch ein kleines Kind! Wollen Sie etwa, dass sie eine Essstörung entwickelt?«

Das Mädchen sitzt ganz still da und sieht uns an, schaut von einem zum anderen.

Eine Mutter hat einmal zu mir gesagt, sie habe alles versucht, aber das Einzige, was ihr Sohn essen wollte, seien Nudeln mit Butter und Ketchup, und trinken wollte er nur Schokomilch. »So nimmt er wenigstens Eiweiß, Fett und Kohlenhydrate zu sich, und das ist ja das Wichtigste«, sagte die Mutter. »Ich finde, man sollte nicht einen solchen Wirbel um das Essen machen, das führt bloß zu Unruhe und Angst und nicht zuletzt zu Körperhysterie. Ich lasse ihn essen, was er will, das regelt sich schon mit der Zeit. Ich glaube an die kindliche Fähigkeit zur Selbstregulierung, ich denke, er weiß tatsächlich selbst am besten, was er zum jeweiligen Zeitpunkt braucht.«

Zu dem Vater, der jetzt vor mir sitzt, sage ich: »Soweit ich sehen kann, hat sie schon eine Essstörung. Wäre Ihre Tochter ein Hund, würde das, was Sie hier betreiben, zu Recht als Tierquälerei bezeichnet. Sie lassen sie in sich hineinschlingen, was sie will, und das zu einer Zeit, wo sich der Stoffwechsel und die gesamte Chemie des Körpers gerade erst ausbilden.«

»Wollen Sie damit sagen, Kinder seien wie Hunde?«

»Ja, genau das will ich sagen. Oder wie Welpen. Wenn Sie die einfach machen lassen, fressen sie sich zu Tode, oder sie kommen im Straßenverkehr um.«

Der Vater steht auf und nimmt das Kind auf den Arm. »Nein, das höre ich mir nicht länger an. Sie sind ja verrückt.«

An der Tür angekommen, sagt er: »Das werde ich öffentlich machen. Ich werde den Verbraucherschutzbeauftragten anrufen und *TV2 hilft*, ich werde bei Facebook, Twitter und Instagram darüber schreiben, ich werde überall über Sie schreiben.«

Ich nicke.

»Tun Sie das.«

»Ich bin kein Huuuund«, heult die Tochter, als die Tür zufällt.

Zu meiner eigenen Überraschung bin ich vollkommen ruhig. Ich hoffe, die Geschichte fliegt mir um die Ohren, damit meine Gedanken abgelenkt werden und ich nicht nur hier im Behandlungszimmer, sondern überall in den Medien, zum Beispiel in den Achtzehn-Uhr-Nachrichten, darüber reden kann, wie aufgedunsen und gierig unsere Kinder geworden sind, wie aufgedunsen und gierig wir alle geworden sind, und dass wir uns alle viel, viel mehr schämen sollten. Soll es mir doch um die Ohren fliegen. Ich werde die ganze Zeit über die erste Person Singular und die erste Person Plural verwenden, denn ich schließe mich hier mit ein, werde ich vor den Mikrofonen sagen. Wir müssen uns alle zusammenreißen.

Es kommt ein Anruf vom Empfang.

»Alles in Ordnung mit Ihnen? Wir haben hier einen Vater, der ...«

»Ja, ja. Dabei habe ich lediglich gesagt, dass er auf die Ernährung seines Kindes achten muss. Die Leute vertragen ja nichts mehr. Ich muss auflegen.«

Etwas türmt sich da gerade auf oder bricht gerade völlig zusammen. Aber wieder wirkt jeder kleine Schritt so logisch und unausweichlich. Zu meinem Verhalten gegenüber dem Vater und dem Mädchen, die gerade bei mir waren, stehe ich auch weiterhin. Nicht jedoch zu dem, was ich dem Dicken gesagt habe. Aber habe ich es überhaupt gesagt? Bei dem Echo, das ich gehört habe, könnte es sich genauso gut um einen Nachhall der deutlich vernehmbaren Stimme in meinem Kopf gehandelt haben. Der Dicke ist allerdings gegangen. Es kam aber kein Anruf vom Empfang. Anders als bei Vater und Tochter.

Ja, ja.

Der Flur draußen ist voller Konsumenten und Verbraucher, die auf ihre Dosis Service, Qualität und Empathie warten, denn die Bevölkerung wird immer fragiler und empfindlicher und dabei immer frecher und anspruchsvoller. Früher war es üblich, sich vom Arzt fernzuhalten, weil der Arzt eventuell eine Krankheit diagnostizieren könnte. Darüber können wir heute nur lachen, aber mit jedem Jahr, das vergeht, erscheint mir diese Einstellung vernünftiger, denn die Arztbesuche blähen sich zugleich immer mehr auf, weil alle Ärzte – aufgrund der zunehmenden Mimosenhaftigkeit der Bevölkerung – darauf achten müssen, Augenkontakt, Empathie, Trost und Bestätigung bei der Behandlung ausreichend Raum zu geben, und daher verwenden wir mehr Zeit auf jeden Patienten als jemals zuvor. In mehr und mehr Bereichen wird das Bedürfnis nach Zuwendung und Sympathie geweckt, und wenn dieses Bedürfnis erst einmal geweckt ist, muss es auch befriedigt werden, ansonsten fühlt man sich übergangen, misshandelt, übervorteilt, und ich habe den Verdacht, dass diese Erwartung staatlicher und kommunaler Hilfe und Unterstützung in immer mehr Bereichen zum sogenannten Hausärztemangel geführt hat. Die Forderung nach mehr Hausärzten kommt in etwa auf dasselbe heraus wie die Schlussfolgerung, dass mehr Kuchen herangeschafft werden muss, nachdem eine krankhaft übergewichtige Person allen Kuchen aufgegessen hat, denn mit jedem Tag, der vergeht, glaubt die Bevölkerung, ein Recht auf immer mehr Zeit, immer mehr Verständnis, immer mehr Zuwendung zu haben, und ich behaupte, dass keine dieser Erwartungen zu einem besseren Leben oder zu besserer ärztlicher Behandlung führt, im Gegenteil. Doch wenn die Verpackung stimmt, ist einem der Inhalt egal. Solange ich hier sitze und lächele und leise und mitfühlend spreche und Verständnis und Empathie zeige, spielt es keine Rolle, dass ich nicht weiß, was ich tue. Die Alternativmedizin hat das schon lange erkannt. Die Homöopathen, die Chiropraktiker und die Darmspüler treten in pastellfarbener Uniform an, die Wände des Behandlungszimmers sind zugepflastert mit eingerahmten »Examensnachweisen« voller Siegel und ausgefallener Kalligrafie. Sie kennen sich aus mit der Kunst der Inszenierung und wissen sie zu nutzen, und weil sie zweitausend Kronen pro Sitzung nehmen, haben sie auch die Zeit, sich die Klagen und ständigen Abschweifungen der Patienten anzuhören.

Ich frage mich: Ist es überhaupt die Aufgabe des Hausarztes, Zuwendung zu schenken und Verständnis zu zeigen? Gehört das nicht ins Privatleben? Besteht die Aufgabe des Hausarztes nicht in erster Linie darin, konkrete körperliche Leiden zu behandeln?

Allerdings haben die meisten Leiden ihren Ursprung in der Psyche. Knie- und Hüftgelenkverschleiß resultieren gewöhnlich entweder aus Übergewicht oder aus Überbelastung, die ihrerseits aus Frustessen beziehungsweise Trainingssucht resultieren, die wiederum auf alle möglichen Mängel und unbefriedigte Sehnsüchte zurückgehen.

Und da uns der Gedanke gefällt, dass es selbst auf die vertracktesten Rätsel eine Antwort und für die kompliziertesten Probleme eine Lösung gibt, ist es verlockend, alle Phänomene in verständliche Zusammenhänge zu zwingen, sodass wir uns an die Hoffnung klammern können, dass, wenn nur diese Sehnsüchte befriedigt und diese Mängel behoben werden, auch die Beschwerden verschwinden.

Aber obwohl es noch so vieles gibt, was sich jeglicher Erklärung und jedem Lösungsversuch entzieht, ist die Auffassung weit verbreitet, dass das Falsche, das wir tun, ebenso wie das Gute, das wir nicht tun, auf Mängel und Unregelmäßigkeiten in der Vergangenheit und in der Gegenwart zurückzuführen sind, während wir unaufhörlich auf einen Zustand hinarbeiten, von dem wir glauben, dass es ihn irgendwo gibt. Eine endgültige Antwort, ein endgültiges Fazit, und wenn nur dieses oder jenes gemacht würde, dann … Dieser Glaube befindet sich am Ende eines Seils, das an einem Haken befestigt ist, der wiederum an der Nase aller Menschen befestigt ist, die je gelebt haben und noch leben werden.

Aber was, wenn keine Ordnung existiert. Was, wenn man an einem gewissen Punkt immer wieder mit dem Kopf gegen die Wand stößt und es keine Antwort oder keine Absicht hinter dem Ganzen gibt.

Einige Patienten befolgen alle Gesundheitsempfehlungen und sind trotzdem voller Krebs, wenn sie zu mir kommen.

Am liebsten würde ich die Tür aufmachen und rufen, wer ist nicht impotent, wer ist nicht einsam, wer ist nicht erschöpft, wer hat keine Kopfschmerzen? Wer hat keine Rückenschmerzen? Wer leidet nicht an Schlaflosigkeit? Schert euch zum Teufel mit eurem Gejammer und euren Klagen. Es ist jahrein, jahraus dasselbe. Die meisten Schmerzzustände und Krankheiten gehen von selbst vorüber. Ich wiederhole: Die meisten Schmerzzustände und Krankheiten gehen von selbst vorüber. Sind Sie sich darüber im Klaren, wie kurz das Leben und wie wenig im Leben selbstverständlich ist? Allein, dass gerade Sie leben, wie groß war die Wahrscheinlichkeit dafür, ja, in etwa so groß wie die Wahrscheinlichkeit, den Jackpot beim Lotto zu knacken, also annähernd null. Und dennoch laufen Sie hier herum. Was ist das nicht für ein Wunder, und was für ein unglaubliches Uhrwerk ist Ihr Körper, jeden Tag, an dem Sie es schaffen, aus eigener Kraft zu atmen und zu laufen und zu essen, sollten Sie auf die Knie fallen und Gott und dem Universum danken! *Warum können Sie das, was Sie haben, nicht etwas mehr wertschätzen, solange Sie es noch haben*, aber diesen Gedanken kann ich noch nicht einmal halb zu Ende bringen, ehe Tore mich unterbricht: Ja, das sagt die Richtige.

Doch ich höre nicht auf ihn, denn jetzt bin ich in Fahrt.

Gehen Sie nach Hause und entspannen Sie sich, möchte ich all denen zurufen, die dort draußen warten und glauben, dass sie hier Hilfe bekommen. Am liebsten würde ich die Tür aufmachen und all die Nagetiere, die dort mit bebenden Schnurrhaaren sitzen, anschreien: Ihr Körper wird trotzdem nie hundertprozentig funktionieren. Wenn wir die Erwartungen auf das Niveau von 1947 – von 1927 wollen wir gar nicht erst reden – herunterschrauben, würden wir nicht einmal die Hälfte der Hausärzte brauchen, die wir heute für nötig halten, und bei allen Untersuchungen würden die Leute antworten, sie seien überglücklich und unbeschreiblich zufrieden mit ihrem Leben, allein schon, weil in ihrer Wohnung warmes und kaltes Wasser aus dem Hahn kommt.

Mit jedem Tag zweifele ich mehr daran, dass es ein angeborenes Streben nach Harmonie und Wohlbefinden gibt, dass wir also in erster Linie Glück, Freude und Genuss hinterherjagen. Ich habe den Verdacht, wir sind auf etwas völlig anderes aus, und dieses andere muss nicht einmal besonders angenehm sein. Es kann sogar zu mehr Schmerz als Freude führen. Warum auch nicht, wir sind angepasst an ein Leben auf der Jagd nach Tieren unter uns in der Nahrungskette und auf der Flucht vor denen über uns, und vielleicht verfügen wir über einen immanenten Drang nach Reibung, Widersprüchen und Hindernissen. Nach etwas, das wir vermissen, nach dem wir uns sehnen, das wir begehren. Nach etwas, das wir mit dem Kiefer umschließen können, um dann mit aller Kraft zuzubeißen.

Unruhe und Neurosen sind nicht die Ausnahme oder die Krankheit, sondern der eigentliche Grundzustand, denn besäßen wir eine natürliche, angeborene Fähigkeit, harmonisch im Hier und Jetzt zu leben, dann wären unsere Vorfahren gefressen und ausgerottet worden, lange bevor sie überhaupt aus dem Meer krabbeln konnten. Wir sind hier, weil wir von einer unendlichen Reihe rastloser Neurotiker abstammen, die nicht aufgegeben haben, die schließlich durch Versuch und Irrtum, durch Angst und durchwachte Nächte herausgefunden haben, wie sie das Überleben ihrer Jungen sicherstellen und sich vor wilden Tieren schützen können. Wir sind nicht hier, um Spaß zu haben, und diejenigen, die das nicht verstanden, sondern lallend dasaßen und Gefahren nicht erkannten oder es unterließen, sich auf Unglücksfälle und Angriffe vorzubereiten, die sind gestorben, bevor sie mit dem Lachen aufgehört, geschweige denn sich vermehrt hatten. Wir sind hier, weil unsere Vorfahren es geschafft haben, sich zu vermehren, bevor sie getötet wurden oder verhungerten, und das haben sie geschafft, weil sie geschickter darin waren, Raubtiere zu entdecken, die im Gras lauerten, als darin, sich über die schönen Blumen im selben Gras zu freuen. Von solchen Neurotikern stammen wir ab, genau ihnen haben wir unsere Existenz zu verdanken.

Aber davon sage ich nichts. Mein Mund ist verschlossen. Ich sitze bloß hier und starre aus dem Fenster. Der Deckel meines inneren Dampfkochtopfs ist wieder fest verschraubt, denn ich habe heute schon mein Kontingent an tolerierten Entgleisungen für das ganze Jahr, vielleicht für mein ganzes Berufsleben ausgeschöpft.

Der nächste Patient ist ein waschechter klassischer Hypochonder, der sich bei jedem Besuch gleichbleibend sicher ist, dass er nur noch wenige Wochen zu leben hat. Obwohl er erst seit einem knappen halben Jahr Patient bei mir ist, kenne ich ihn bereits sehr gut, und sein Gesichtsausdruck, als er zur Tür hereinkommt, lässt mich an hungrige Restaurantgäste auf dem Weg zum Büfett denken. Er reibt sich regelrecht die Hände.

Patienten, die selten kommen, haben oft die Vorstellung, dass wir an ihnen verdienen. Aber der jährliche Grundbetrag, den wir von der Kommune für jeden Patienten bekommen, deckt lediglich die laufenden Kosten der Praxisgemeinschaft. Geld verdienen wir mit Leuten wie ihm hier: mit gesunden Menschen, die im Internet nach Symptomen und Diagnosen suchen und dann Blutabnahmen, eine Untersuchung ihrer Muttermale und all die anderen Kleinigkeiten wünschen, die wir direkt hier in der Praxis durchführen können. Wir nennen sie die FvFler, Freikarte vor Februar, weil sie so oft kommen, dass sie schon Ende Januar die Bedingungen für eine Übernahme des Eigenanteils für den Rest des Jahres erfüllt haben, sie sind es, die die Einnahmen in die Höhe treiben.

Er setzt sich hin und holt seine Liste heraus, denn FvFler haben immer eine Liste voller Symptome und Theorien über Kausalzusammenhänge dabei, und während der Hypochonder daraus vorliest, sehe ich die unverhohlene Freude, als ich jedoch das Blutdruckmessgerät aufpumpe, ist sein Gesicht ganz angespannt, bevor es erneut erschlafft, als ich, um ihn zu quälen, wie ich gerne zugebe, mit einer Extraportion Enthusiasmus in der Stimme sage: »Super! Sie haben einen Blutdruck wie ein Achtzehnjähriger.«

Mit den Jahren habe ich erkannt, dass im Umgang mit dieser Gruppe die beste Strategie darin besteht, ihnen gerade genug zu geben. Nicht mehr, aber auch nicht weniger, denn dann wechseln sie bloß den Arzt und fangen bei ihm wieder von vorn an. Ihnen gerade genug zu geben kann bedeuten, sie so lange auf Untersuchungsergebnisse warten zu lassen, dass die Anzahl ihrer jährlichen Arztbesuche um rund dreißig Prozent zurückgeht.

Weil nämlich mein Kommentar *Gute Ergebnisse, alles im Normbereich*, in aller Eile mit blauem Kugelschreiber hingekritzelt, allzu vage und nicht zufriedenstellend genug ist, gehen sie auf Websites, wo man seine Werte eingeben kann und eine weit weniger »konservative« Auslegung findet. Diese Websites haben immer etwas zu verkaufen, entweder hochwirksame Vitamine oder ein grünes Pulver, und die Schlussfolgerung ist natürlich, dass genau diese besonderen Vitamine oder dieses Pulver in der Ernährung der Patienten fehlen. Tief in ihrem unruhigen Herzen wissen die Patienten, dass dabei etwas nicht stimmt, und dann kommen sie wieder hierher und wollen eine objektive und unvoreingenommene Meinung, und die erhalten sie, aber sie ist natürlich bei Weitem nicht so glamourös und ansprechend wie das, was sie im Internet finden, und dann heißt es, zurück zu den Suchmaschinen, zurück auf null.

In der Zwischenzeit sitze ich hier und weiß, dass am Ende nur der Tod sie erlösen kann, und das wissen sie auch selbst, sie wissen, dass sie keinen Frieden finden werden bis zu dem Tag, an dem ihr gehetzter Organismus seinen letzten Seufzer aushaucht.

Was sie nicht wissen, ist, dass es ihnen hier und jetzt recht gutgeht, dass das Recherchieren und Suchen und all die Zwangsgedanken ihrem Leben Richtung, Inhalt und Sinn geben.

Wenn ich sie dort sitzen sehe – voller Erwartung, weil sie bald Hilfe bekommen werden –, beneide ich sie mitunter. Dann wünschte ich mir, ich wäre keine Ärztin und könnte selbst zum Arzt gehen. Dann könnte ich an diese ganze Theatervorstellung glauben mit dem Arzt in der Hauptrolle und den Patienten als Publikum. Und das Publikum will für sein Geld etwas sehen, wie überall sonst ist der Standard nämlich auch hier gestiegen, und täglich wird der Bereich größer, in dem man Hilfe zu bekommen erwartet. Die Überzeugung, dass es unendlich viel Hilfe gibt, ist an sich schon ein Virus, eine Art Epidemie, eine Seuche. Der Wohlstand hat zugenommen, und damit die Erwartungen an alles, auch an das Gesundheitswesen, und es wird zur Aufgabe des Hausarztes, diese Seuche einzudämmen, das Gesundheitsfieber zu senken, als Ritter und Verteidiger des Wohlfahrtsstaats aufzutreten, dem Ganzen hier und jetzt einen Riegel vorzuschieben, die Patienten nach Hause zu schicken. Die Furcht vor Prozessen treibt uns dennoch dazu, den größten Plagegeistern Überweisungen auszustellen – denn was wäre, wenn die Zeitungsüberschriften wider Erwarten den einen Patienten beträfen, den wir mit dem Ratschlag, es ruhiger angehen zu lassen, nach Hause geschickt haben, woraufhin er zwei Tage später einen Infarkt oder Schlaganfall erlitt, oder wenn sich herausstellt, dass er Krebs in weit fortgeschrittenem Stadium hat? Oder wenn er sich das Leben nimmt? Was, wenn der Pferdeschwanz aus der Praxis hinausspazieren und sich geradewegs vor eine U-Bahn werfen würde, das mag wenig wahrscheinlich sein, aber es kommt vor, und die Formulierung *wenig wahrscheinlich* hilft nicht gegen die Unruhe, die mich früher mitten in der Nacht geweckt hat, woraufhin ich im Dunkeln dalag und die Patienten des Vortages einen nach dem anderen durchging, um etwas zu finden, das ich übersehen haben könnte.

Vor einigen Jahren hat sich ein Patient mit Tabletten, die ich ihm verschrieben hatte, das Leben genommen. Er war allem Anschein nach ein sozial gut integrierter Familienvater. Keine Diagnosen, keine Anzeichen, keine Vorwarnungen. Kein Brief, keine Erklärung. Auf der Suche nach Antworten las ich seine Krankenakte wieder und wieder durch, fand jedoch absolut nichts. Außer Hautkrebsvorsorge und ein paar anderen Kleinigkeiten. Mal eine Krankmeldung wegen Grippe, aber keine Depression, keine Manie, da stand noch nicht einmal etwas von Schlafstörungen. Unmittelbar vor seinem Tod war er bei mir gewesen und hatte wegen einer Knieverletzung, die er sich bei einem Volkslauf zugezogen hatte, ein Rezept für Paralgin forte bekommen. Ich hatte keine Bedenken gehabt, ihm das Rezept zu geben, und am Samstag darauf, als Frau und Kinder verreist waren, hatte er die Tabletten in einem Mörser zerstoßen und sie in ein Glas Rotwein gemischt, war dann ins Schlafzimmer gegangen, hatte die Tür hinter sich geschlossen und das Fenster geöffnet. Als seine Familie am Sonntagabend nach Hause kam, war er seit fast vierundzwanzig Stunden tot.

Hätte ich Warnzeichen sehen müssen, hätte ich dies, hätte ich das, und nach der dritten schlaflosen Nacht sagte Aksel zu mir, dieser Vorfall sei im Prinzip nichts anderes, als wenn ich als Angestellte eines Baumarkts einem Mann ein langes Seil verkauft hätte, mit dem er sich später erhängt. »Du konntest es nicht wissen, niemand konnte es wissen. So was gehört zu den Dingen, die man weder kontrollieren noch wissen kann.«

Andererseits habe ich einmal buchstäblich ein Leben gerettet. Ich habe eine Geschwulst in einem Hoden entdeckt, sie war bösartig, aber klein und abgegrenzt, wie sich herausstellte, und der Mann wurde operiert und für geheilt erklärt. Sicher, bei Krebs weiß man nie, das Böse kann in aller Stille tief in der Dunkelheit des Körpers wachsen und dann plötzlich eines Tages und so weiter und so fort, und trotzdem hatte er allen Grund, dankbar zu sein.

Dennoch habe ich nichts von ihm gehört. Die Monate vergingen, und erst gut ein Jahr nach der Operation stand er eines Tages auf der Patientenliste. Es passiert nicht so oft, dass man jemandem das Leben rettet, aber genau das war mir in diesem Fall gelungen, das stand sogar schwarz auf weiß in der Epikrise, und ich freute mich darauf, ihn zu sehen. Ich öffnete die Tür, und als ich seinen Nachnamen sagte, tat ich es in Erwartung von etwas Gutem, und wenn ich schon nichts Gutes erwartete, dann zumindest eine Pause vom üblichen Gefühl der Unzulänglichkeit, und ich stand lächelnd in der Türöffnung, mit ausgestreckter Hand.

Der Mann ging an mir vorbei ins Behandlungszimmer, ohne mir die Hand zu geben oder mich eines Blickes zu würdigen. Noch in der Jacke setzte er sich auf den Stuhl und sah zu Boden.

»Womit kann ich Ihnen heute helfen?«

»Helfen? Wenn Sie mir noch mehr helfen wollen, kann ich mir vermutlich gleich einen Grabstein bestellen.«

Das letzte Jahr sei das schlimmste seines Lebens gewesen, erzählte er, er schlafe fast nicht mehr, weil er solche Angst habe zu sterben. Während des gesamten Gesprächs benahm er sich so, als wäre der Tumor eine Erfindung von mir, als wäre alles noch wie vorher, hätte ich die Geschwulst nicht entdeckt.

Zur selben Zeit kam eine Frau zu mir und klagte über juckende Kopfhaut. Ich untersuchte sie, stellte Rötungen und Schuppenbildung fest, holte einen der alten Rezeptblöcke hervor, die ich manchmal noch benutze, obwohl heutzutage alle Rezepte elektronisch erfasst werden und jede Apotheke Zugang zu ihnen hat, was den älteren Patienten nur schwer zu vermitteln ist, aber egal, jedenfalls schrieb ich den Namen eines rezeptfrei in der Apotheke erhältlichen Shampoos auf den Block. Die Patientin nahm den Zettel mit feierlicher Miene entgegen, und ich wunderte mich wieder einmal über das Theater mit seinen Kostümen und Requisiten, von dem ich ein Teil bin.

Die gesamte Konsultation hatte vielleicht vier Minuten gedauert.

Ein paar Wochen später klopfte eine der Sprechstundenhilfen an meine Tür und überreichte mir eine Geschenktüte des Vinmonopolet. Darin steckten eine teure Flasche Rotwein und eine Karte. *Vielen Dank für Ihre Hilfe! Nach nur zweimaliger Anwendung des Shampoos war ich mein Problem los.*

Mal gewinnt man, mal verliert man, sagt Tore, der die gleiche Vorliebe für Sprichwörter hat wie meine Mutter.

12

Wie im letzten Jahr ist es auch in diesem Jahr Frühling geworden, als wäre nichts passiert, und draußen auf dem Solli Plass strömen Leute zu Autos, Bussen oder Geschäften, wie sie es immer getan haben, ich kann sie von meinem Platz aus sehen. Ihre Bewegungen sind konzentriert und zielgerichtet, und wenn sie ein Ziel erreicht haben, geht es weiter zum nächsten und zum übernächsten.

Man muss sich dann in Erinnerung rufen, dass ich für sie den gleichen grauen Hintergrund abgebe wie sie für mich. Für sie sehe ich genauso normal und durchschnittlich aus wie sie für mich, eine Frau mittleren Alters, deren Aussehen sich in keiner Weise abhebt. Eine, die Steuern zahlt, einen Platz in der Straßenbahn einnimmt, vor ihnen in der Schlange steht, in der Menge verschwindet. Eine, die mit dem gleichen inneren Abgrund herumläuft wie sie selbst, von dem sie aber glauben, es gäbe ihn nur bei ihnen.

Aber wohin soll all die Aktivität führen, außer zu noch mehr Aktivität, und wo wollen sie alle miteinander hin. So etwas kann man sich fragen, wenn man hier sitzt und selbst nirgendwo mehr hinmuss. Hier laufen wir herum und tun so, als wären wir unsterblich und unverwundbar, aber unter unserer Haut strömt das Blut, und ständig lauert die Möglichkeit einer Katastrophe. In jeder einzelnen Minute und Sekunde kann alles zusammenbrechen, niemand ist sicher in diesem sogenannten Alltag, den wir für in Stein gemeißelt halten, der aber in Wirklichkeit in Sand geschrieben ist, und bald kommt der Tsunami. Aus der Entfernung wirkt die Welle so kraftlos und ungefährlich. Erst wenn sie sich über dich erhebt, erkennst du, wie riesig sie ist, aber dann ist es zu spät.

Sie überraschen mich nicht mehr, all die Geschichten über Familien, die im einen Moment noch friedlich am Esstisch gesessen haben und im nächsten Moment alle tot sind. Er war doch so sympathisch und nett, sagen die Nachbarn über den Familienvater, der seine ganze Familie und danach sich selbst getötet hat. Er hatte immer ein freundliches Wort auf den Lippen, wie konnte das bloß, wie ist das möglich, es ist unbegreiflich. Aber es ist nicht unbegreiflich, es hat viele hundert Jahre gedauert, Dresden als Stadt aufzubauen, aber nur wenige Tage, es in Schutt und Asche zu bomben. An einem Tag läuft man vollkommen in Anspruch genommen von Verabredungen, Geschäften und Terminen dort herum, am nächsten Tag taumelt man durch Trümmerhaufen und Ruinen. Man kann im Straßenverkehr stolpern und von einem Bus überfahren werden, das kann jederzeit geschehen, und wenn es dir nicht passiert, dann passiert es jemand anderem, und zwar jeden Tag, das kann man in der Zeitung lesen. Außerdem kann man in der Zeitung Artikel über den Parlamentsabgeordneten lesen, der mit dem Geld der Steuerzahler Prostituierte bezahlt hat, und über den pädophilen Fußballtrainer, Vater von drei Kindern und bei allen beliebt, wie ist das nur möglich. Es existiert eine ganze Welt von Taten und Ereignissen, die das Tageslicht scheuen und die trotzdem, nahezu regelmäßig, vorkommen, Jahr für Jahr, weit entfernt von jeder Logik und Produktivität. Eine eigene Dimension, die den meisten verborgen bleibt, aber dann erhascht man hin und wieder einen Blick auf dieses Chaos, das unpassende Begehren und all das andere, all das Irrationale und Rätselhafte, dessen Keime auch in uns selbst zu finden sind, aber uns damit auseinanderzusetzen bringen wir nicht über uns, und deshalb begraben wir es unter einer dicken Schicht aus Humor, Essen, Rausch, Internet, Sport, Geld, Renovierungsprojekten, Grundbesitz, Hausarbeit und tausend anderen Ablenkungen.

Unter bestimmten Bedingungen kann es trotzdem hervorbrechen und wüten, und ist dieser Fall erst einmal eingetreten, kann man meiner Erfahrung nach nicht viel anderes tun als abwarten, bis es zu Ende gewütet hat. Ich war ja selbst an diesem Punkt und habe unsere kleine Zivilisation einstürzen sehen, bis nur noch der Schornstein stand.

Aber am Anfang sah es so gut aus. Ich hatte aufgehört zu trinken, ich nahm ab, die Patienten kamen nicht mehr so nah an mich heran. Ihre Stimmen gackerten weit draußen in einem gleichmäßigen, sinnlosen Rauschen, ich lachte über sie und schüttelte den Kopf, wie man über kleine Kinder lacht und den Kopf schüttelt. Haha, ihr seid mir ja welche. Die Weißglut, die einige von ihnen gewöhnlich in mir weckten und für die ich mittlerweile zu alt war, weil sie mich auslaugte, war verschwunden. Warum hatte ich das nicht früher entdeckt? Diese Einstellung? Nichts tat weh. Alle konnten einfach weitermachen. Es kümmerte mich nicht.

Inspiration, Kraft und Potenz strömten vom Verbotenen und Heimlichen hinüber in den legalen Alltag. Wie der Alkohol eine Tür mitten im Nirgendwo gewesen war, die ich durchschreiten konnte, um schwuppdiwupp an einen anderen Ort zu gelangen, so war auch Bjørn eine Tür mitten im Nirgendwo, die ich durchschritt, und schwuppdiwupp glitzerte und leuchtete und glänzte alles, sogar Aksel. Bjørn machte mich zu einer Traumgattin. Bjørn versetzte mich in die Lage, über Lappalien hinwegzusehen, ermöglichte es mir zu lächeln, wenn Aksel spätabends zur Tür hereinwankte, rot und erhitzt, die Stirnlampe noch auf dem Kopf, sodass sein Stroboskoplicht durchs Haus geisterte, während er sich seine verschwitzten Klamotten herunterriss und erst auf dem Weg unter die Dusche daran dachte, die Stirnlampe auszuschalten.

Bjørn versetzte mich in die Lage, aufmunternd und enthusiastisch zu nicken, als Aksel von einem weiteren Skirennen sprach, zu dem er gerne reisen würde – diesmal in China –, was zu Teilnahmekosten von insgesamt dreißigtausend Kronen führen und bedeuten würde, dass er zehn Tage weg wäre, was wiederum zur Folge hätte, dass er in den Wochen davor und danach in Doppel- und Dreifachschichten arbeiten müsste.

»Mach das ruhig«, sagte ich, und Aksel strahlte, denn jetzt war ich endlich die geworden, die ich all die Jahre hatte sein wollen, die gute Ehefrau, die über alle Einfälle ihres Mannes lächelt und lacht, die nicht die Augen verdreht und sagt: Na gut, aber dann musst du erst die Wände anstreichen oder dort die Lampe aufhängen. Die stattdessen lächelt und lacht – haha, du bist schon verrückt mit deinem Langlaufspleen, aber flieg ruhig nach China, wenn es dir so wichtig ist –, und ich machte eine Entdeckung: Die heimische Harmonie, die ich immer gesucht hatte, aber nie länger als ein paar Stunden am Stück aufrechtzuerhalten vermocht hatte, ehe der Alltag und die Verärgerung zurück waren, die hatte ich jetzt gefunden, und sie hielt an, Tag für Tag, Woche für Woche. Sie fußte jedoch auf der Bedingung, dass es ein *Ventil* gab. Denkbare Ventile sind Drogenkonsum, Untreue, Huren, Unterschlagung, alles, was das Tageslicht scheut. Wenn es das Tageslicht nicht scheut, wie zum Beispiel die Angewohnheit, sich etwas zu oft zu betrinken, was heutzutage ja alle machen, dann zählt es nicht. Wenn man bei einer Essensgesellschaft belustigt davon erzählen kann, zählt es nicht.

Es muss das Tageslicht scheuen, es muss etwas sein, das ernsthafte Konsequenzen hat, wenn es entdeckt wird. Und so ein Ventil hatte ich gefunden, etwas, das das Tageslicht scheute und trotzdem alles von innen heraus erhellte.

Es kommt eine junge Frau herein, der ich eine Spirale einsetzen soll. Weil ich selbst eine Frau bin und außerdem ein Ultraschallgerät besitze, führe ich pro Tag mindestens zwei gynäkologische Untersuchungen durch, häufig bei den Patientinnen männlicher Kollegen, da sich die Frauen lieber von einer Frau untersuchen lassen wollen.

Während ich auf dem Hocker sitze und zwischen ihren Beinen hantiere, fängt sie an, von einem bestimmten Saft zu reden, der aus einem Kaktus gewonnen wird. Der Saft soll entgiftend wirken. Man wird Toxine los. Sie ist offensichtlich stolz darauf, das Wort zu kennen, denn sie benutzt es fünf-, sechsmal.

»Man spürt es auf der Haut, wie man alle Toxine ausschwitzt. Am Stuhlgang merkt man es auch, weil der besonders stark riecht. Aber das liegt bloß daran, dass alle Toxine herauskommen.«

»Rauchen Sie«, frage ich. Die Frage ist überflüssig, denn seit der Einführung des Nichtraucherschutzgesetzes riecht man die Raucher, sobald sie einen Raum betreten.

»Ja«, antwortet sie. »Aber weniger als zehn Zigaretten am Tag, etwas mehr, wenn ich auf einer Party bin. Wieso fragen Sie?«

Ich weiß nicht, was ich antworten soll, wo ich anfangen soll. Außerdem darf ich heute nicht noch mehr schimpfen, also schweige ich und tue so, als wäre ich damit beschäftigt, die Spirale einzusetzen, was ja auch stimmt, aber das könnte ich im Schlaf. Sogar Tore schweigt in seiner Ecke und verhält sich abwartend.

Sie sagt: »Ich weiß, dass Rauchen an und für sich nicht gesund ist, aber ich glaube, dass Raucher viel mehr Sauerstoff bekommen als andere Leute, weil sie tiefer einatmen. Außerdem entspannen sie sich mehr. Bei der Arbeit machen ja nur die Raucher Pausen. Und sie bekommen mehr frische Luft. Daher glaube ich, dass sich das ausgleicht.«

Wenn ich nicht beschlossen hätte, mich zurückzuhalten, hätte ich jetzt eine Diskussion angefangen, aber so lasse ich sie einfach reden. Zu sehen, wie weit sie gehen können, kann oft heilsamer wirken, als sich mit ihnen zu streiten. Sieh nur, wie verrückt sie sind, alle miteinander, denke ich bei mir. Lass sie einfach in ihrer Verrücktheit gären, bis sie Blasen werfen. Hör sie dir an, Tore, hör, was sie da redet. Alles löst sich auf. Alles läuft aus dem Ruder. Nicht nur ich.

Ich gebe ihr eine Binde, und während sie sich hinter dem Sichtschutz anzieht und ich aufräume, redet sie weiter über den Kaktussaft. Ich müsse ihn unbedingt ausprobieren, er wirke verjüngend und entspannend, sie schlafe jetzt besser, ihre Haut sei so schön geworden, sie werde mir die Internetadresse geben, damit ich den Saft bestellen kann, und es sei wichtig, dass ich angebe, wer ihn mir empfohlen hat, denn dann bekomme sie einen Rabatt.

Als sie sich angezogen hat und auf dem Stuhl sitzt, muss ich ihren Redeschwall unterbrechen, um sie darüber zu informieren, dass die Spirale nicht vor Geschlechtskrankheiten schützt und so weiter, und während ich rede, während ich die gleichen Sätze von mir gebe, die ich schon so viele Male von mir gegeben habe, betrachte ich ihr sorgfältig geschminktes Gesicht, und mir fällt auf, dass die ganze Schminke, die gebleichten Haare und die aufgespritzte Oberlippe ihr das Aussehen einer viel älteren Frau verleihen, die sich krampfhaft bemüht, so jung zu wirken, wie die Patientin in Wirklichkeit ist. Sie ist also keine gute Botschafterin für den Kaktussaft, da sie viel älter aussieht, als sie ist, trotzdem schreibe ich mir brav die Adresse der Website auf, wo man den Saft kaufen kann.

»Danke«, sage ich sogar. Sieh nur, wie nett ich jetzt bin, Tore.

Sie geht, und ich empfinde Zufriedenheit darüber, dass ich mich beherrscht habe. Mach so weiter, sage ich zu mir selbst, doch heute müssen sich alle Verrückten verabredet haben, bei mir aufzutauchen, denn direkt nach dem Kaktussaft kommt ein frisch verheiratetes Paar. Die Frau ist bei mir in Behandlung, der Mann nicht. Sie ist einundvierzig, er dreiundfünfzig, und sie haben insgesamt fünf Kinder, erzählen sie mir. »Aber wir haben kein gemeinsames«, sagt die Frau mit einem Blick zu ihrem Mann, und weiter berichtet sie, dass sie es seit drei Monaten erfolglos versuchen, und jetzt möchten sie eine künstliche Befruchtung. Sie halten Händchen und beenden die Sätze des anderen. Sie hätten sich bei der Arbeit kennengelernt, seien anfangs nur Freunde gewesen, bis sie dann vor einem Jahr ein Verhältnis begonnen hätten, das sei *wie ein Blitz aus heiterem Himmel* gekommen, vergleichbar mit einer Naturkatastrophe, und sie hätten sich beide gezwungen gesehen, ihre Ehepartner zu verlassen. Ihnen sei viel Widerstand entgegengeschlagen, überall sei *eine fürchterliche Hysterie* ausgebrochen, eine *regelrechte Hexenjagd*, sie seien beide fast daran zerbrochen, hätten den Sturm aber letztendlich aufrecht überstanden. Eine Schwangerschaft würde helfen, sie wäre eine Besiegelung, eine Schwangerschaft würde allen das Maul stopfen.

Das Letzte sagen sie nicht, aber es liegt in der Luft.

Als ob dir der Gedanke nicht selbst schon gekommen wäre, sagt Tore. Als ob du dir nicht auch schon in Tagträumen ausgemalt hättest, wie dein seit Langem ausgetrockneter Körper schwanger wird und so dein eigenes Dilemma ein für alle Mal löst.

Ich sitze da, höre ihnen zu und bereite mich darauf vor, ihnen nach dem Mund zu reden, zu nicken und verständnisvoll zu lächeln und sie im System weiterzuschicken, sie jemand anderem in den Schoß zu werfen, vielleicht mit einer irgendwo angebrachten unschuldigen kleinen Bemerkung: … *sind der Meinung, alles würde sich ordnen, wenn sie nur ein gemeinsames Kind bekommen.* Sie werden sowieso an der nächsten Station gestoppt. Erstens sind sie zu alt, zweitens gilt man nicht als unfruchtbar, ehe man es nicht mindestens ein Jahr versucht hat, drittens muss man mindestens ein Jahr entweder verheiratet oder unter derselben Adresse gemeldet sein.

All das hätte ich sagen können.

Stattdessen höre ich mich sagen: »Was, um Himmels willen, wollen Sie mit noch einem Kind?«

Nein, nein, nein. Vielleicht habe ich es nur gedacht?

Nein, du hast es laut gesagt, wirft Tore ein. Du hast es laut gesagt. Oh, darauf freue ich mich.

»Was«, ruft das mittelalte Paar und löst die Hände.

Ich sitze mit verschränkten Armen da und spüre, wie der Trotz in mir wächst. Es ist ein alter Trotz aus meiner Kindheit, mit ihm lebe ich schon ein Leben lang, so wie ich mit dem tief sitzenden Schuldgefühl lebe, das ich wegen meiner Geburt empfinde. Neu ist, dass all das jetzt eine Öffnung gefunden hat und nach draußen kann. Es ist heute das dritte Mal. Und zum dritten Mal höre ich mich selbst etwas sagen, das sich unmöglich zurückhalten lässt.

»Außerdem sind Sie zu alt. Und Sie haben schon Kinder. Ich kann Ihnen gerne eine Überweisung zur weiteren Untersuchung ausstellen, aber das ist eigentlich sinnlos. An der nächsten Station ist sowieso Schluss. Wir glauben, dass sich schon alles fügt, wenn wir nur unseren Willen bekommen. Das ist das Segel und zugleich der Ballast der Menschheit. Aber man kann im Leben nicht alles haben. Das ist nun einmal so. Zumindest nicht auf Staatskosten.«

Bevor ich das letzte Wort ausgesprochen habe, sind sie aufgesprungen, und im nächsten Augenblick haben sie das Sprechzimmer verlassen, die Tür knallt zu, und ich höre sie über den Flur trampeln.

Du bist so gemein, sagt Tore.

Gemein? *Ich* bin gemein? Was ist mit ihnen?

Du hättest es dabei belassen können, das mit dem einen Jahr des Zusammenlebens zu sagen, oder was auch immer. Und du hättest es etwas netter sagen können. Sie meinen es ja nicht böse.

Sie meinen es nicht böse? Ihre Verbindung mit einem Kind besiegeln, und das auf Kosten der Allgemeinheit? Sie können eine Hypothek auf ihr Haus aufnehmen und es auf eigene Rechnung machen. Ich hoffe, dass sie sich dabei ruinieren.

Ach so, du bist also ganz generell gegen Scheidungen, Untreue und moralischen Verfall?

Tore lässt einen Köder nach dem anderen vor meiner Nase baumeln, und ich beiße der Reihe nach an.

Nein, aber ich bin gegen diese Hausstandsgeschichten, man ist noch nicht ganz raus aus dem einen Hausstand, da ist man schon vollauf damit beschäftigt, einen neuen aufzubauen, der dem, den man gerade verlassen hat, zum Verwechseln ähnelt. Alle wollen alles machen und haben können, sie wollen sich alle Möglichkeiten offenhalten und ständig allen Impulsen folgen. Nicht genug damit, dass man die eine Beziehung verlassen und eine neue eingehen kann, nein, in dieser neuen Beziehung soll es auch Tafelsilber und Monogramme und Brautkleider und Schwangerschaften und Ringe und Taufkleider geben, und wenn man nicht allein dafür sorgen kann, dann soll einem der Staat dabei helfen. Ich weigere mich, bei diesem absurden Spiel mitzuspielen, gut, sie haben einander gefunden, warum geben sie sich damit nicht zufrieden. Warum verwenden sie ihre Kräfte nicht stattdessen auf…

Tore gluckst vor sich hin, und ich merke, dass ich ihm geradewegs in die Falle gegangen bin. Sein Glucksen macht mich noch wütender, aber das darf ich nicht zeigen, sonst artet es erst recht in schallendes Gelächter aus. Ich betrachte ihn, wie er klappernd in seiner Ecke steht.

Dein Lachen schwächt alles ab. Wenn alles lächerlich ist, entsteht eine glatte Fläche, auf der alles wegrutscht und verschwindet.

Tore rächt sich damit, dass er verstummt und sich nicht bewegt, dass er zu dem wird, was er ist, ein Haufen Plastikteile.

Ich schaue mich im Zimmer um, und die Möbel starren zurück.

Passiert es jetzt, verliere ich das hier jetzt auch? Das frisch verheiratete Paar steht schreiend am Empfang. Ich kann sie bis hierher hören, und jetzt, nachdem ein weiterer Anfall vorbei ist und ich mich abermals ausgekotzt habe, kommt die Reue.

Tore bohrt weiter: Du hast doch auch davon geträumt, dass dir die Entscheidung abgenommen wird, wie du im Alter von über fünfzig darüber fantasiert hast, dass du schwanger werden könntest. Oder dass jemand stirbt. Entweder einer der beiden Männer oder du selbst, was aufs Gleiche rausgekommen wäre. Diese Tagträume waren so lebendig, dass du spüren konntest, wie sich das Kind in dir bewegt, du sahst den Seelsorger und den Polizisten auf der Treppe stehen, die dir mitteilen, dass Aksel in der Loipe tot umgefallen ist, du hast dir vorgestellt, wie Lindas Instagram-Konto plötzlich von Beileidsbekundungen überquillt, weil Bjørn an einem Herzinfarkt gestorben ist. Aber vor allem hast du über deinen eigenen Tod fantasiert, der dich ja ebenfalls aller Entscheidungen enthoben hätte.

Tore hat recht, denn Lindas Tod war das Einzige, was ich mir nicht ausgemalt hatte, eben weil ihr Tod mich nicht von meinen Problemen befreit hätte, im Gegenteil. Denn dann würde Bjørn dort in Fredrikstad sitzen und wäre frei und verfügbar, und ich hasste es so sehr, mich entscheiden zu müssen, dass ich lieber tot sein wollte oder allein, wie ich es jetzt ja tatsächlich bin, als mit der Situation konfrontiert, dass Bjørn allein ist und darauf wartet, dass *ich* eine Entscheidung treffe.

Oft dachte ich, Bjørn wäre tot. Wenn an einem Tag die Anrufe oder Textnachrichten von ihm ausblieben, sah ich ihn vor mir, eingeklemmt in einem Autowrack, oder ich stellte mir vor, dass Linda ihn eines Morgens tot in seinem Bett gefunden hätte, und das setzte folgende Gedankenkette in Gang: Wie würde ich es erfahren, und sollte ich zur Beerdigung gehen, würde sie das zulassen, ja vielleicht würde der Tod Reue in ihr wecken, sie bewegen, eine Hand auszustrecken, einen Platz in der Kirche oder Kapelle freizuhalten, vielleicht sogar in der ersten Bank bei den nächsten Angehörigen. Ganz tief in diesen Fantasien lag auch so etwas wie Erleichterung, so wie mir auch jene Fantasien Erleichterung verschafften, die davon handelten, dass Aksel bei einem Trainingslauf tot umfiel, dazu kam: die Beerdigung, die Mädchen, wie viel Zeit müsste vergehen, bis ich Bjørn vorstellen könnte. Es waren furchtbare Fantasien und Vorstellungen, aber ich tröstete mich damit, dass ich sie mir immerhin beide tot vorstellte, abwechselnd. Denn unabhängig davon, wer von ihnen stürbe, würde es ein Problem lösen. Und mitten in dem ganzen Chaos war ich außerstande, die Frage zu beantworten, über wessen Tod ich mehr trauern würde.

Es kommt ein Anruf vom Empfang.

»Ja, ich weiß. Ich werde mich zusammenreißen«, sage ich, noch bevor die Sprechstundenhilfe am anderen Ende der Leitung etwas sagen kann. »Ich habe einen schlechten Tag. Ich bin etwas erschöpft.«

»Das verstehe ich. Vielleicht sollten Sie die restlichen Patienten einem Kollegen überlassen, nach Hause gehen und sich ausruhen?«

»Nein. Ich werde mich zusammenreißen. Versprochen.«

»Okay. Sagen Sie Bescheid, wenn Sie Hilfe brauchen.«

»Ja, mache ich.«

Ich halte mich an der Tischkante fest und denke: Alles wird gut. Alles wird gut. In Gedanken frage ich Aksel: Wird alles gut? Natürlich wird alles gut, antwortet Aksel. Natürlich wird alles gut.

13

Ende Juni dauerte mein Verhältnis mit Bjørn bereits anderthalb Monate. Dreimal hatten wir versucht, es zu beenden, und unmittelbar vor den Ferien vereinbarten wir, dass den ganzen Juli über absolute Funkstille herrschen sollte. Kein Kontakt, keine Nachrichten, von keiner Seite.

Wie gewöhnlich reisten Aksel und ich nach Hvaler. Die Mädchen würden in Grenda wohnen, ihren Sommerjobs nachgehen und uns vielleicht das eine oder andere Wochenende besuchen.

Zuerst war es eine Erleichterung, nicht mehr ständig aufs Smartphone schauen zu müssen, aber nach nur wenigen Tagen machte sich die Unruhe wieder bemerkbar. Hinzu kam, dass ich mich jetzt auch noch in Bjørns unmittelbarer Nähe befand, der den ganzen Sommer zu Hause in Fredrikstad verbringen würde.

Aksel war meist mit dem Kajak draußen, das ist seine Art, diese Ferienwochen auf Hvaler zu überstehen, denn die Straßen dort sind so schmal, dass er nur sehr früh am Morgen oder spät am Abend, wenn wenig Verkehr herrscht, mit seinen Rollskiern trainieren kann. Daher war ich den größten Teil des Tages allein in der Hütte, und schnell war ich wieder bei meiner alten Gewohnheit, jede Minute einen Blick aufs Handy zu werfen, oft sogar mehrmals in der Minute.

Mit dem Trinken aufzuhören war nicht schwer gewesen, es war fast von selbst gegangen. Aber genau in dem Moment, als Bjørn und ich verabredeten, den ganzen Sommer über keinen Kontakt zu haben, meldete sich der wohlbekannte Durst zurück, als wäre er nie weg gewesen, und ungefähr hundertmal am Tag musste ich mir selbst erklären, warum ich nicht mit dem Auto zum Vinmonopolet nach Fredrikstad fahren und einen Pappkarton Wein kaufen oder nach Skjærhalden radeln, mich dort in ein Lokal setzen und mir ein Bier – oder auch fünf – bestellen sollte.

Jedes Mal widerstand ich und suchte mir stattdessen eine andere Beschäftigung, sei es kochen, die Sträucher rund um das Grundstück beschneiden oder das kleine Ruderboot leer schöpfen, und jedes Mal sagte ich zu mir selbst: Nein, du fährst auf keinen Fall nach Fredrikstad in der Hoffnung, Bjørn persönlich zu treffen, zufällig, in der Fußgängerzone oder in einem Einkaufszentrum. Du bleibst hier, und wenn jemand in die Stadt fahren muss, dann Aksel.

Aber es ist schon merkwürdig, wie das Gehirn funktioniert, was für Lösungen es findet, scheinbar ganz von allein.

Eines Tages machte ich mich daran, die Gartenmöbel zu ölen. Es fing damit an, dass ich auf einer der alten

Liegen lag, und als ich aufstehen wollte, zog ich mir im Finger einen Splitter zu. Ich hob die Auflage hoch und stellte fest, dass die ganze Liege ausgetrocknet war, das Holz war grau und rissig.

Im Schuppen stand ein Kanister Holzöl, das sich noch immer umrühren ließ, und nachdem ich das Wenige weggeschmirgelt hatte, was von dem alten Öl noch übrig war, nur einige trockene Placken hier und da, die verschwanden, sobald ich mit Sandpapier darüberrieb, tauchte ich den Pinsel ein und trug die erste Schicht auf. Das Holz sog das Öl so gierig in sich auf, dass ich es fast schlucken hörte, und während ich weiterölte, empfand ich eine Art Glücksgefühl. Zumindest das Gefühl, nützlich zu sein, etwas wurde produziert, etwas passierte.

Das Ölen der Gartenmöbel war das Einzige, was mich davon abhielt, zum Weinkauf nach Fredrikstad zu fahren oder auf meinem Smartphone nachzuschauen, ob Bjørn mir eine Nachricht geschickt hatte.

Als der Ölkanister, nachdem ich drei Tage von morgens bis abends geölt hatte, schließlich leer war, sagte ich mir: Jetzt bist du so ruhig und ausgeglichen, dass es kein Risiko mehr darstellt, mit dem Auto in die Stadt zu fahren. Denn die Möbel brauchten noch mindestens einen Anstrich, und dafür musste ich mehr Öl besorgen. Aksel war mit dem Kajak rausgefahren, sein Handy hatte er zu Hause gelassen, bald würde das einzige Geschäft schließen, in dem es Holzöl gab. Alles sprach dafür, dass ich in die Stadt musste.

Mit angespanntem Gesicht bog ich auf den Parkplatz vor dem Baumarkt. Im Laden rechnete ich fest damit, hinter jeder Ecke in Bjørn und Linda hineinzulaufen, was natürlich nicht geschah.

Ich fand das Öl, bekam die richtige Farbe angemischt, fuhr in die Stadt, parkte den Wagen und trabte die Fußgängerzone rauf und runter, vorbei an den Leuten, die in den Straßenlokalen saßen, weiter runter zum Hafen und vorbei an all den Restaurants, die sich wie auf einer Schnur aneinanderreihten. Ich gab vor, die Speisekarten zu studieren, spürte aber, wie sich die Härchen in meinem Nacken aufstellten, wenn ich nur daran dachte, dass es sich bei jedem beliebigen der dort sitzenden Paare mittleren Alters um Linda und Bjørn handeln könnte. Etliche von Lindas Fotos auf Instagram stammten aus einem dieser Straßenlokale. *Restaurantbesuch mit meinem Liebsten. Ich wünsche allen einen schönen Sommer*. Soziale Medien sind wie die altmodischen Weihnachtsbriefe, die sich die Leute in den Neunzigerjahren geschickt haben. Jetzt macht man es nur das ganze Jahr über.

Aber sie waren nicht da. Auch das Handy gab keinen Mucks von sich. Ich ging zum Auto, stieg ein und fuhr zurück zur Hütte. Alles wird gut, sagte ich laut im Auto. Alles wird gut.

Den Rest des Tages ölte ich weiter die Gartenmöbel, am nächsten Tag trug ich noch eine Schicht auf, und bald glänzten alle Möbel, auch die, die ich noch im Schuppen gefunden hatte. Ich stellte sie alle auf die Terrasse.

»Fantastisch«, sagte Aksel und schickte seinen Eltern ein Foto. *Schaut mal, was Elin gemacht hat!*

Sein Vater schrieb zurück: *Hat sie etwa das braune Öl genommen, das im Schuppen stand? Ich dachte, wir wären uns einig gewesen, dass wir transparentes und kein deckendes nehmen wollten. Weiß nicht, ob ich mich traue, Mama das zu zeigen … Sie wird traurig sein.*

»Ja, ja«, sagte Aksel. »Damit sind sie vorerst beschäftigt. Daran werden sie eine Woche zu knabbern haben, mindestens.«

All die Fehden in Aksels Familie haben mich oft denken lassen, dass es das, was ich in meiner Kindheit mitunter vermisst habe, eine gewöhnliche und normale Familie, eigentlich nirgendwo gibt. Alle Familien, mit denen ich zu tun hatte, die Familien von Freunden, von Patienten, von Kollegen, sind mehr oder weniger ein Hort von altem Groll, Missverständnissen, Zwistigkeiten, Zerwürfnissen und Streit. Man muss nur mal genau hinsehen.

Die Hütte auf Hvaler ist voll von Erinnerungen an diverse neue und alte Konflikte. An der Wand über dem Esstisch hingen jahrelang Fotos von nur zwei Enkelkindern. Das war die Ursache für einen besonders lange schwelenden Konflikt, der damit endete, dass Aksels Vater ein Jahr an Heiligabend aufsprang und Aksels jüngere Schwester anbrüllte, die diejenige gewesen war, die sich darüber beschwert hatte, dass über diesem Esstisch auf Hvaler nicht auch Fotos ihrer Kinder hingen, man bräuchte doch bloß Fotos der fehlenden Kinder aufzuhängen, rief der Vater, was sei das Problem? Aber das war nicht die Lösung, denn es blieb dabei, dass die Großeltern nicht *von allein* darauf gekommen waren, alle Enkelkinder an dieser Wand repräsentiert haben zu wollen.

Aksels Eltern tickten folgendermaßen: Wenn wir die Lebensmittel, die wir im Kühlschrank der Hütte vorfanden, aufbrauchten, ohne sie zu ersetzen, also ohne bei unserer Abreise die gleichen Lebensmittel im Kühlschrank zurückzulassen, waren wir rücksichtslos und dachten nur an uns selbst, wir, die wir noch dazu Ärzte waren und so gut verdienten. Wenn wir, aus Schaden klug geworden, beim nächsten Mal die Lebensmittel ersetzten, die wir verzehrt hatten, und den Kühlschrank sozusagen unangetastet ließen, wollten sie wissen, warum wir glaubten, sie könnten uns nicht ein paar Lebensmittel spendieren, ob wir vielleicht der Meinung seien, sie hätten nicht genug Geld, uns ein bisschen Milch und ein paar Eier zu überlassen, bloß weil wir so viel reicher seien als sie. Bevor wir und Aksels Geschwister Kinder bekommen hatten, beklagten sie sich darüber, dass sie keine Enkelkinder hatten, und nachdem sie innerhalb von vier Jahren mit nicht weniger als sechs Enkelkindern beschenkt worden waren, waren es zu viele und sie waren zu dicht hintereinander geboren worden. Als die Mädchen klein waren und wir sie anriefen, um zu fragen, ob sie babysitten könnten, war seit unserem letzten Anruf entweder zu wenig Zeit vergangen – glaubten wir etwa, sie hätten nichts anderes zu tun, als auf unsere Kinder aufzupassen –, oder es war zu viel Zeit vergangen – es sei lange her, schön, dass sie ihre Enkelkinder auch mal wieder sehen dürften.

Jedes Mal fanden sie neue Zugänge zu dem, was ich im Laufe der Zeit als ihr Ziel erkannte: Sie wollten nicht, dass wir das Richtige tun, vielmehr wollten sie sich darüber empören können, dass wir das Falsche getan hatten. Das Gekränktsein, der selbstgerechte Zorn, das Aufspüren von Beleidigungen, das war der eigentliche Motor ihres Lebens, und diese Gesinnung hatten sie an alle ihre Kinder weitergegeben – an alle außer Aksel, der die genau entgegengesetzte Position eingenommen hatte: dass absolut nichts ein Problem darstellte –, und sie fanden überall Kränkungen, erschnüffelten sie mit ihren empfindlichen Nasen und wussten immer genau, wo sie zu finden waren, es handelte sich ganz einfach um ein besonderes Talent.

All das trug sie durchs Leben, von einem Wasserschaden im Keller bis zu Aksels ausbleibendem Muttertagsanruf. »Ich habe dir doch eine SMS geschickt«, konnte Aksel sagen, aber eine Textnachricht zählte nicht, man musste anrufen, und wenn Aksel stöhnte: »Na gut, dann rufe ich nächstes Jahr eben an«, war auch das nicht gut genug, denn es war wichtig, dass Dinge von allein passierten. Musste man jemanden um etwas bitten, verlor es seinen Wert. Damit hatte ein Anruf im nächsten Jahr seinen Wert schon eingebüßt. Im nächsten Jahr würde

Aksels Mutter in den Hörer seufzen: »Du hast dir wohl aufgeschrieben, dass du heute anrufen musst. Dann kannst du es ja jetzt auf deiner Liste abhaken. Ist doch immer schön, etwas erledigt zu haben!«

Die Freude darüber, berechtigterweise Verbitterung und Ärger zum Ausdruck bringen zu können, war viel intensiver und von einer ganz anderen Art als die Freude, die seine Mutter empfunden hätte, wenn Aksel aus eigenem Antrieb angerufen hätte. Es hatte den Anschein, als bräuchten Aksels Eltern andauernd etwas, auf dem sie herumkauen konnten, wie Hunde. Einen Knochen, ein paar Zweige, alles, was sie zu fassen bekamen.

»Gekränktsein und Empörung sind *ihre erogene Zone*«, sagte ich zu Aksel.

Aksel schüttelte den Kopf.

»Rede nicht so über sie.«

»Aber sieh sie dir doch an, wenn sie von irgendeiner Entgleisung berichten, dann sind ihre Wangen gerötet, und ihre Augen glänzen, ihre Gesichter leuchten vor Erregung. Manche Menschen haben einen Hang zu Trauer und Klage, tief in ihnen drin scheint es eine Art Lustzentrum zu geben, eine Art erogene Zone oder gar ein unentdecktes Geschlechtsorgan.«

Am selben Abend winkte ich Bjørn zu. Ich hatte das entsprechende Symbol kaum berührt, als Bjørn auch schon zurückwinkte, und damit war die Pause vorbei, in den nächsten Tagen hing ich ständig am Smartphone und hatte es überall dabei. Jeden Morgen nahmen Aksel und ich ein Morgenbad, dabei handelte es sich um eine alte Tradition, an der wir festhielten, auch wenn wir allein auf Hvaler waren, und jedes Mal, wenn wir zum Anleger hinuntergingen und ich das Handy in der Hütte zurückgelassen hatte, fühlte es sich an, als wären auch meine Eingeweide dort geblieben, so schmerzhaft war es, das Handy nicht in meiner Nähe zu haben. Anschließend schaute ich sofort wieder aufs Smartphone und schaute dann noch genauer hin, ich konnte nicht glauben, dass Bjørn es in der halben Stunde, die wir gebraucht hatten, um zum Anleger zu gehen, zu baden und danach wieder hinaufzugehen, dass er es also in diesem ewig langen Zeitraum nicht geschafft hatte, mir irgendein Lebenszeichen zu schicken.

Nachdem dieser Wahnsinn ein paar Tage angedauert hatte, wobei er sich nicht legte, ganz im Gegenteil, begann ich, über Linda nachzudenken. Und zwar nicht als Bjørns böse, Instagram-abhängige Ehefrau, sondern als Bjørns Lebenspartnerin, als diejenige, die er trotz allem einmal ausgesucht hatte und die ihn ausgesucht hatte, und ich fragte mich, wie es für sie wäre, wenn/falls Bjørn sie verließe, also nicht nur, wie es für mich, Aksel und Bjørn wäre, sondern auch für diesen unbekannten Menschen. In der Ekstase war es unmöglich, Schmerz zu empfinden oder sich die Konsequenzen vorzustellen – es fühlte sich an wie eine Narkose. Aber jetzt schien ich einen klaren Moment zu haben, und ich dachte an Gro, an damals, als wir uns kennengelernt hatten, und daran, wie lange sie gebraucht hatte, um wieder auf die Beine zu kommen, nachdem ihr Mann sie verlassen hatte. Ich sah Bjørns Familie vor mir mit allen Schwiegerkindern und Enkelkindern in einer Unendlichkeit von Verbindungen, und zum ersten Mal ermaß ich den Ausgang unseres Treibens, ermaß, was passieren würde, wenn wir nicht bald aufhörten, und es war leichter, jetzt aufzuhören, solange es noch nicht allzu ernst war, als später. Denn mit jeder Stunde, die wir es weiterlaufen ließen, würde es schwerer werden, das Ganze zu beenden.

Einmal hatte Bjørn sein iPad auf den Wohnzimmertisch gelegt, ohne sich auszuloggen, und war zum Einkaufen gefahren. Während er im Laden herumlief, schickte er mir eine Nachricht: *Hallo, was machst du gerade?*

Doch dann fiel ihm ein, dass das iPad ungeschützt daheim auf dem Wohnzimmertisch lag. Augenblicklich kam die nächste Nachricht: *ANTWORTE NICHT!!!!*

Vielleicht sollten wir es jetzt dabei belassen, schrieb ich nach der halben Stunde, die Bjørn brauchte, um nach Hause zu fahren, dort lag das iPad auf dem Tisch, und Linda war im Garten und hatte es nicht angerührt.

Wie meinst du das, fragte Bjørn.

Vielleicht war das das Zeichen dafür, dass wir Schluss machen sollten, schrieb ich, nachdem sich der erste Schreck gelegt hatte. *Willst du das wirklich*, entgegnete Bjørn, woraufhin ich erwiderte: *Nein, natürlich will ich das nicht, aber darum geht es ja nicht*, und er wiederum: *Können wir uns nicht treffen. Nur noch dieses eine Mal, wir können doch nicht einfach per SMS Schluss machen.*

Wir verabredeten uns in Øra, einem Industriegebiet, wo Bjørn sich absolut sicher war, nicht auf Bekannte zu stoßen. Auf dem Weg dorthin fragte ich mich, warum ich unterwegs zu einem Menschen war, den ich nicht mehr treffen wollte, wie ich gerade beschlossen hatte.

Aber als ich dort im Auto saß und sah, wie er die Autotür öffnete, seinen langen Körper herauswand und in die Sonne blinzelte, während er versuchte, mich durch die Windschutzscheibe zu erspähen, und mir dann sein charakteristischer Gang auffiel, der mich immer an ein Kamel oder eine Giraffe oder ein anderes großes Tier denken ließ, da lächelte ich von einem Ohr zum anderen, ich lächelte wie am Handy, wenn wir miteinander sprachen, so breit, dass es sich anfühlte, als würde sich mein Gesicht in zwei Hälften teilen, und nachdem er sich auf den Beifahrersitz gesetzt hatte, krabbelte ich über den Schaltknüppel und rollte mich auf seinem Schoß zusammen.

»Ich habe nicht viel Zeit«, sagte Bjørn nach einer Weile. »Offiziell bin ich auf dem Weg zu Markus, um ihm beim Versetzen eines Kühlschranks zu helfen. Linda ist nicht zu Hause, aber wir haben solche Gemeinschaftschats mit allen Kindern, wenn Markus also fragt, wo ich bleibe, erfährt sie es sofort.«

Während er sprach, verschwamm alles wieder. Auf welcher Grundlage hatte ich mich entschieden, hierherzufahren und diesen Mann zu treffen, der dort saß und von einem Kühlschrank faselte. Links von uns befand sich eine Art Hangar, rechts stand eine Reihe von Containern. Der mittlere musste nahrungsähnliche Substanzen enthalten, weil sich dort ein paar flügelschlagende, kreischende Möwen herumtrieben.

Ich setzte mich wieder auf den Fahrersitz.

»Was hast du«, fragte Bjørn.

Ich nickte zu den Möwen hinüber.

»Wo sind wir jetzt eigentlich?«

»Wir sind in Øra.«

Øøøra. Normalerweise fand ich Bjørns Fredrikstad-Dialekt charmant, aber jetzt ging er mir auf die Nerven. Halt die Klappe, dachte ich plötzlich, völlig unmotiviert. Halt bloß die Klappe.

»Wir sind beide verheiratet, wir treffen uns auf einer Müllhalde, du sollst deinem Sohn beim Tragen eines Kühlschranks helfen. Was soll das? Warum sind wir hier?«

»Weil wir uns lieben.«

»Wir sind über fünfzig. Bald werden wir sterben. Wir können so nicht weitermachen. Wir müssen an Angestammtem festhalten. Müssen alle losen Teile festzurren und näher an den Stamm kriechen, näher zu den Menschen, zu denen wir gehören, also zu denen wir wirklich gehören, offiziell. Das ist mein Ernst.«

Bjørn seufzte, als wenn er sagen wollte: Oh, sind wir jetzt wieder bei dem Thema angelangt.

»Meine Eltern sind über achtzig und wandern gerade in Jotunheimen von Hütte zu Hütte. Mit vollem Gepäck. Wir werden nicht bald sterben. Wir haben noch dreißig gute Jahre vor uns, vielleicht mehr.«

Am ersten Arbeitstag nach den Ferien waren wir wieder in der Oscars Gate.

Im August unternahmen wir abermals einige zaghafte Versuche, unsere Beziehung zu beenden, aber es war meist nur zum Schein, und Anfang September ließ ich einen Schlüssel für ihn anfertigen, nachdem er einmal im 7-Eleven hatte Zuflucht suchen müssen, weil es regnete und ich mich verspätet hatte. Damit war die Sachlage klar. Ich hatte einen Geliebten, wir hatten einen Treffpunkt, und er hatte seinen eigenen Schlüssel. Das heimliche Leben etablierte sich und erhielt mit der Zeit seine eigene Währung, seine eigene Flagge und seine eigene Sprache. Bjørn kümmerte sich ums Essen, wenn wir die Zeit dafür hatten, Bjørn räumte auf und wechselte die Bettwäsche. Ich übernahm den Abwasch, weil ich immer als Letzte ging, denn Bjørn hatte den längeren Heimweg. Bjørn brachte Blumen, Schokolade oder eine Flasche Wein mit, er hatte immer etwas dabei.

»Man begehrt nur, was man nicht hat«, sagte ich an einem Herbstnachmittag zu Bjørn. Wir lagen nebeneinander. Er hatte eine Hand auf meine gelegt, aber davon abgesehen lagen wir einfach nur da, Seite an Seite. Ich wusste, dass ich meinen Kopf jederzeit auf seine warme Brust legen könnte, und diese Gewissheit gab mir ein Gefühl von Überfluss und Wohlstand. Ich lag auf dem Bett und tat so, als wäre er nicht da, als spürte ich die Sehnsucht und das Verlangen nach seiner körperlichen Anwesenheit – er lag aber da! Mit so etwas beschäftigte ich mich, es war eines meiner Spiele.

Unmittelbar vor unseren Treffen fühlte ich mich immer obenauf, geradezu reich, reich genug, um ebendem zu entsagen, was mir überhaupt erst das Gefühl von Reichtum gegeben hatte. Sobald ich seine Schritte auf der Treppe hörte – wenn ich denn mal vor ihm angekommen war –, dachte ich immer: Wir müssen damit aufhören. Als er den Schlüssel ins Schloss steckte und umdrehte, dachte ich: Es ist falsch. Danach fühlte ich mich sogar noch überlegener, wenn ich satt und zufrieden dalag, und dann driftete ich häufig in eine irgendwie zynische und philosophierende Stimmung ab, in der es mir vorkam, als könnte ich alles aus sehr großer Höhe betrachten.

»Wie deprimierend«, sagte Bjørn.

»Aber so funktioniert das Begehren nun einmal. Es lebt nur in Verlangen und Sehnsucht. Sobald das Objekt des Begehrens in Reichweite ist, hört man auf, es zu begehren. Es ist ein physikalisches Gesetz wie die Gravitation, es ist schlicht und einfach unmöglich, etwas zu begehren, das man bereits hat. Damit will ich lediglich sagen: Wenn wir offiziell ein Paar würden, wenn wir dauernd hier in dieser Wohnung leben würden, dann würde es sich auch zwischen uns zwangsläufig etwas abkühlen.

Auch hier würde es einen Alltag geben. Bitte denk daran, Milch zu kaufen, was essen wir heute, kannst du bitte den Müll rausbringen.«

»Du redest die ganze Zeit von Begehren. Und damit hast du natürlich recht. Aber hier geht's ja auch um Liebe. Zumindest von meiner Seite. Ich liebe dich. Das habe ich diesen Sommer begriffen. Ich habe dich immer geliebt.«

Darauf antwortete ich nicht, denn jedes Mal, wenn Bjørn diese Worte gebrauchte, *Liebe*, *lieben*, erstarrte ich. Ich redete lieber von Begehren, von allem, was wir riskierten, von allen, die uns hassen und uns Knüppel zwischen die Beine werfen würden. Bjørn redete davon, dass wir ein neues Wohnzimmersofa für die Wohnung in der Oscars Gate kaufen und das alte gelbbraune Cordsofa aus den Siebzigerjahren rauswerfen sollten. »Aber es ist doch noch völlig in Ordnung«, sagte ich. »Und es wird bald wieder modern. Ich glaube sogar, dass es schon wieder modern ist. Und außerdem werden wir nicht zusammen hier wohnen. Wir wollen ja Schluss machen.«

Das war also der Stand der Dinge, Bjørn machte mir Liebeserklärungen und plante eine gemeinsame Zukunft, ich zog mich zurück. Bis er sich auch zurückzog, dann kam ich angerannt. Jedes Mal, wenn er sich zurückzog, dachte ich, dass ich dieses Mal nicht angerannt käme, aber dann geschah es wieder, ich hatte keine Kontrolle darüber. Genauer gesagt: Ich wollte keine Kontrolle darüber haben. So funktionierte der sogenannte Kontrollverlust nämlich; ich gab die Kontrolle vollkommen freiwillig ab. Ich warf sie über Bord, aktiv und bei vollem Bewusstsein.

Während ich es nie leid wurde, Geschichten über Linda zu hören, wurde Bjørn es nie leid, Geschichten aus meiner Kindheit zu hören. »Erzähl mir mehr davon, wie du angefangen hast, aufzuräumen und zu putzen«, bat er. »Erzähl mir davon, wie du allein in den Kindergarten gegangen bist.«

»Das weißt du doch alles schon.«

Gewöhnlich spreche ich nicht über meine Kindheit. Das liegt daran, dass es mir nicht gelingt, zwischen dem mitfühlenden Ausdruck, der sich auf den Gesichtern der Leute abzeichnet, egal, wie sachlich ich diese Kindheit beschreibe, und der Erinnerung in mir, meinem eigenen Erleben dieser Zeit, eine Verbindung herzustellen.

»Nachdem ich selbst Vater geworden bin, habe ich viel über deine Kindheit nachgedacht. Es ist ein Wunder, dass alles gutgegangen ist. Du hast es ja ganz allein geschafft.«

»Ich weiß nicht, wie gut es gegangen ist. Ich kenne es ja nicht anders. Ich kann mir nicht vorstellen, wie es ist, in einer sogenannten normalen Familie aufzuwachsen, daher habe ich es auch nie vermisst. Im Gegenteil.«

Wir saßen jeder in einem alten, löchrigen Bademantel auf dem Perserteppich im Wohnzimmer. Bjørn hatte vorgeschlagen, dass wir uns beim Inder etwas zu essen bestellen, und während ich unter der Dusche stand, hatte er das Essen bestellt und abgeholt. Schon bei unserem zweiten Treffen in der Oscars Gate hatte Bjørn das Bettzeug abgezogen, herausgefunden, wie die Waschmaschine funktioniert, und einen Schnellwaschgang gestartet. Anschließend hatte er das nasse Bettzeug aufgehängt, sodass es fürs nächste Mal sauber bereitläge. Das behielt er bei, und jedes Mal war ich wieder gleichermaßen verblüfft darüber, dass er es tat, weil er selbst sauberes Bettzeug haben wollte, und nicht, um mir zu imponieren oder weil ich ihn darum gebeten hätte. Wieder dachte ich an Linda und wunderte mich darüber, dass sie all die Jahre mit diesem Menschen zusammengelebt hatte und trotzdem schimpfte und unzufrieden war. Du kannst nicht von seinem Verhalten hier, in all diesem Heimlichen und Verbotenen, auf sein Verhalten im grauen Alltag mit vier Kindern in einem Zeitraum von dreißig Jahren schließen, sagte ich zu mir selbst, und dennoch konnte ich nicht verstehen, was genau an Bjørn Linda ständig auf die Palme brachte. Vielleicht würde ich es mit der Zeit herausfinden, dachte ich. Vielleicht würde mich bald auch irgendetwas stören, das ich mir jetzt noch gar nicht vorstellen konnte. Dann wäre es vielleicht auch nicht mehr so schwer, Schluss zu machen. Es galt also abzuwarten.

»Fang ganz am Anfang an. War es nicht so, dass deine Mutter bis kurz vor der Geburt nicht gemerkt hat, dass sie schwanger war?«

»Also, Mutter war im fünften Monat, als sie festgestellt hat, dass sie schwanger ist, und da war es zu spät für eine Abtreibung.«

»Aber wie ist das möglich? War sie nicht sogar Gynäkologin?«

»Es ist absolut möglich. Sie dachte, sie käme in die Wechseljahre.«

»Und dein Vater? War der nicht verheiratet?«

»Vater war verheiratet, hatte drei Kinder und lebte in Drammen. Also wenn Mutter gekonnt hätte, hätte sie natürlich abgetrieben. Mein Vater hatte in dem Sommer bloß eine Vertretungsstelle in der Geburtsstation am Krankenhaus Ullevål gehabt.«

Bjørn tätschelt mir die Wange. Er tut es auf eine Weise, die mich davon abhält, mich wegzudrehen, was ich sonst getan hätte.

»Aber wie war es, in dem Wissen aufzuwachsen, dass du ein Unfall warst?«

»Ich betrachtete mich eher als jemanden, der sich durchgebissen hatte, der sich in die Welt geschlichen hatte, allen Widrigkeiten zum Trotz. Außerdem sind die meisten Geburten nicht geplant. Seltsamerweise dachte ich trotzdem, meine Eltern hätten alles unter Kontrolle und wären mit sich und der Welt im Reinen, meine Empfängnis eingeschlossen. Als kleines Kind war ich davon überzeugt, dass Erwachsenen nichts passieren konnte, was sie nicht selbst beschlossen hatten. Zugleich habe ich all die Jahre gedacht: Was für ein Glück, dass ausgerechnet diese Samenzelle und dieses Ei es geschafft haben, einander zu finden und miteinander zu verschmelzen, um sich dann lange genug zu verstecken, bis es schließlich zu spät war, mich loszuwerden. Sogar für dieses Umfeld zu spät, denn auch wenn Abtreibungen noch nicht legal waren, hätte Mutter natürlich jederzeit abtreiben können, auch noch relativ spät. Höchstwahrscheinlich hätte sie die Abtreibung selbst bei sich vorgenommen, ohne fremde Hilfe.«

Bjørn ist fertig mit essen. Er hat sich auf die Seite gelegt und stützt den Kopf in die eine Hand, die andere liegt auf der Innenseite meines Oberschenkels.

»Ja, genau wie bei deiner Geburt.«

»Sie hatte Dienst im Krankenhaus, und als sie kurz nach Mitternacht Wehen bekam, hat sie einfach weitergearbeitet. Erst als sie gespürt hat, dass die Presswehen einsetzen, hat sie sich in ein freies Zimmer gelegt, und nachdem ich draußen war, hat sie die Nabelschnur durchtrennt und dafür gesorgt, dass der Mutterkuchen herauskam, und erst dann hat sie an der Alarmschnur gezogen und einer Kinderkrankenschwester aufgetragen, sich um mich zu kümmern. Anschließend hat sie weitergearbeitet.«

»Nein.«

»Doch. In der Nacht gab es mehrere Notkaiserschnitte, und meine Geburt war das, was man gemeinhin unkompliziert nennt.«

»Das ist eine absolut unglaubliche Geschichte.«

»Und damit nicht genug. Als sie am nächsten Morgen ihren Dienst beendete, hatte sie vergessen, dass sie ein Kind zur Welt gebracht hatte. Zumindest hat sie das all die Jahre erzählt, und ich nehme ihr das tatsächlich ab. Ich glaube, dass sie es vergessen hatte. Erst als die Krankenschwester mit mir ins Ärztezimmer kam, erinnerte sie sich wieder daran.«

»Dann hat sie doch wohl deinen Vater angerufen?«

»Ja, dann hat sie endlich meinen Vater angerufen. Er wusste von nichts. Er wollte sich scheiden lassen und zu uns ziehen, aber das wollte Mutter nicht. Sie hat von Anfang an eine Studentin eingestellt, die gegen Kost und Logis auf mich aufpasste, und so ging es weiter, eine Studentin löste die andere ab, bis meine Mutter entdeckte, dass ich schon seit Monaten allein in den Kindergarten ging und wieder zurück, da stellte sie niemanden mehr ein, von da an kam ich allein zurecht, da war ich etwa fünf. Aber nachdem die letzte Studentin aufgehört hatte, wurde die Hausarbeit nicht mehr erledigt, und als ich ungefähr sieben oder acht war, fiel mir allmählich auf, wie viel sauberer und ordentlicher es bei allen anderen war. Hätte ich die Oscars Gate nie verlassen, hätte ich vielleicht nichts gemerkt, aber jedes Mal, wenn ich bei Freunden oder bei meinem Vater in Drammen gewesen war und zu Hause die Diele betrat, nahm ich den strengen Geruch von Schmutz, Staub und Müll wahr. Die Lebensmittel im Kühlschrank waren oft mit grünem Schimmel überzogen. Auf den Fensterbänken lag derart dicker Staub, dass ich sie für grau hielt, bis ich sie eines Tages mit einem feuchten Lappen abwischte und feststellte, dass sie eigentlich weiß waren.«

Bjørn liegt da und sieht mich an. Zwischendurch schüttelt er den Kopf und gibt leise, ungläubige Laute von sich.

»Viele glauben mir nicht. Die Leute nehmen an, ich übertreibe oder denke mir das aus. Aber wenn ich Reportagen aus der Dritten Welt sehe, mit Bildern von kleinen Kindern, die ihre jüngeren Geschwister auf dem Rücken tragen, dann ist da ein Ausdruck in ihrem Gesicht, in dem ich mich wiedererkenne. Eine Ernsthaftigkeit und Feierlichkeit, weil sie eine wichtige Position, eine ganz zentrale Aufgabe haben. Daran denke ich oft, wenn die jungen Deprimierten zu mir in die Praxis kommen, Jugendliche, die scheinbar alles haben, zwei Elternteile, von denen sie über alles auf der Welt geliebt und mit Liebe, Engagement, Geld und Unterstützung überschüttet werden, und doch haben diese jungen Menschen nicht das, was ich hatte, das ganz grundlegende Gefühl: *Ohne mich würde es auf der Welt nicht so gut laufen.*«

Bjørn nickt.

»Weiter«, sagt er bloß, was ich immer sage, wenn er von Linda erzählt.

»Ich fing mit kleinen Sachen an, zunächst damit, dass ich jeden Nachmittag den Küchenboden fegte, dann machte ich mit Spülen und Küche-Aufräumen weiter. In einer Schublade fand ich ein Kochbuch, und mit seiner Hilfe brachte ich mir selbst bei, Frikadellen mit Kartoffeln und brauner Soße zuzubereiten, ebenso Fischfrikadellen mit Kartoffeln, Fischklößchen in weißer Soße mit

Kartoffeln, Fischstäbchen mit Kartoffeln, Milchreis, Spaghetti mit Tomatensoße.«

»Aber der Herd, die Gefahr eines Brandes, hatte deine Mutter davor keine Angst?«

»Meine Mutter hatte vor nichts Angst. Sie ließ mich einfach machen. Sie fand es toll, nach der Arbeit zu einer warmen Mahlzeit und in eine ordentliche Wohnung zu kommen, und gab mir jeden Sonntag Haushaltsgeld. Wenn es Angebote gab, kaufte ich groß ein, aber ich kaufte mir auch ein neues Federmäppchen, wenn ich meinte, eins zu brauchen, was oft der Fall war. Jeden Montag ging ich nach der Schule in die Buchhandlung am Riddervolds Plass und kaufte Glanzbilder oder einen Bleistift mit rosa Radiergummikäppchen oder eben ein neues Federmäppchen. Von Federmäppchen bekam ich nie genug.«

»Heute würde man eine Acht- oder Neunjährige, die die Verantwortung für die gesamte Hausarbeit und Essenszubereitung übernimmt, als Opfer von Vernachlässigung betrachten.«

»Ja, und ich hätte meine eigenen Töchter natürlich nie so aufwachsen lassen. Doch zugleich erinnere ich mich an das Gefühl aus dieser Zeit, das Gefühl, eine Aufgabe zu haben, das Gefühl, dass Mutter ohne mich nicht zurechtkäme, dass wir ohne mich nicht zurechtkämen. Besonders im Herbst, wenn die Sommerferien endlich vorbei waren und der Alltag wieder in Gang kam, mit Schule, Hausaufgaben und all seinen Routinen. Ich mochte die Ferien nie.«

»Hast du nie eine normale Familie vermisst?«

»Was ist eine normale Familie. Irgendwie glaube ich nicht, dass es so etwas gibt. Überall sehe ich Enttäuschungen, Unzufriedenheit, Missverständnisse, bei meinen Patienten, in Aksels Familie, ja sieh dir nur an, was ihr, Linda und du, da treibt. Das erinnert an eine Geiselnahme oder an einen Dschungel, wo das Recht des Stärkeren gilt.«

»Na ja, aber … es ist ja nicht bei allen so. Zumindest nicht immer.«

Nach dem Essen machte Bjørn sich ans Aufräumen. Ich sah ihm zu, wie er alle Essenreste in einem Plastikbehälter sammelte und die leeren Behälter ineinanderstapelte. Seine kräftigen Arme, seine langsamen, konzentrierten Bewegungen. Ich schaute auch gerne zu, wenn er das nasse Bettzeug aufhängte, es zusammenfaltete und so auf dem alten Wandwäschetrockner verteilte, dass es möglichst wenig Platz brauchte und möglichst schnell trocknete. Ich wurde es nie leid, ihm dabei zuzuschauen. Ebenso wenig wurde ich es leid, ihm beim Bettbeziehen zuzuschauen, ihm dabei zuzuschauen, wie er das Laken unter der Matratze feststeckte, sodass es ganz stramm gespannt war.

»Das sitzt noch so drin vom Militärdienst«, sagte Bjørn, und ich dachte an einen Abend in Grenda, an eines der Gartenfeste von früher, als die Männer versucht hatten, sich gegenseitig mit Geschichten zu überbieten, wie sie sich am Grundwehrdienst vorbeigemogelt hatten. Einige hatten Psychosen vorgetäuscht, andere bloß Rückenschmerzen oder Kurzsichtigkeit simuliert, aber alle waren stolz darauf gewesen, dass es ihnen gelungen war, sich zu drücken. Und hier lief Bjørn herum und erledigte die Hausarbeit in Mutters verschlissenem, ostergelbem Marimekko-Bademantel.

Der reicht ihm lediglich bis zu den Ellbogen und Oberschenkeln, und überhaupt passt Bjørn nur gerade eben hinein.

Ich erzähle weiter: »Manchmal habe ich mir vielleicht gewünscht, dass Mutter mehr wie andere Eltern wäre, dass sie fragen würde, wie es mir ging und wie es heute in der Schule war. Gleichzeitig registrierte ich die Müdigkeit der anderen Mütter, ihre routinierten, mechanischen Fragen und die automatischen Antworten der Kinder. Mir fiel auf, dass die Väter selten etwas sagten, sondern einfach dasaßen und schweigend aßen, über den Teller gebeugt, sich nicht dazu verpflichtet fühlten, sich zu beteiligen oder etwas beizutragen. Bei anderen zu Hause am Esstisch zu sitzen und Zeuge zu werden, wie sie ermahnt wurden, den Teller leerzuessen, und wie sie um Erlaubnis bitten mussten, vom Tisch aufzustehen, gab mir das Gefühl, wie ein wildes Tier durch den Wald gestreunt zu sein und dann auf einen Bauernhof zu kommen, wo man seine Artgenossen angebunden im Stall stehen sieht. Sie bekamen zwar ihr Essen vorgesetzt, und Unordnung und Dreck wurden für sie beseitigt, aber sie waren nicht frei und mussten zu festen Zeiten essen und schlafen. Andere Familien waren wie exotische Orte im Ausland, die man bereisen und eine Weile betrachten und erleben konnte, aber danach wollte man wieder nach Hause.«

»Wie hat sich dein Vater bei all dem verhalten?«

»Ein Wochenende im Monat bin ich nach Drammen gefahren, und im Nachhinein habe ich viel über all die Zugfahrten nach Drammen nachgedacht, bei denen mir davor graute, die vielen Regeln befolgen zu müssen, die in anderen Familien galten, besonders in dieser Familie, so viele Regeln, dass ich danach immer total erledigt war. Mutter redete mit mir von Anfang an wie mit einer Erwachsenen und behandelte mich auch so, aber in Drammen gab es einen deutlichen Unterschied zwischen Erwachsenen und Kindern, und ich konnte nicht eher durchatmen, bis ich wieder zu Hause war. Zudem hätte ich mir all das ersparen können. Alle wären erleichtert gewesen, wenn ich nicht länger dorthingefahren wäre, ich bestimmte ja über mich selbst und hätte mich problemlos weigern können. Es ist erstaunlich, wie verbreitet derlei Missverständnisse sind. All die Dinge, die man tun zu müssen glaubt, die ganze sinnlose Plackerei.«

»Ich weiß noch, dass wir einmal in Drammen waren, in dem Frühling damals war ich mit dir auf einer Hochzeit. Erinnerst du dich daran?«

»Ganz vage nur. Da muss eine meiner Halbschwestern geheiratet haben.«

Halbgeschwister, warum nicht einfach *Geschwister*,

haben die Nachbarn in Grenda gefragt, als ich einmal erwähnte, dass ich drei Halbgeschwister hätte. Heute lachen wir darüber, wie man Dinge früher unter den Teppich gekehrt hat und darauf bedacht war, die Fassade aufrechtzuerhalten, aber wir kehren Dinge heute noch genauso unter den Teppich und sind genauso darauf bedacht, die Fassade aufrechtzuerhalten. Wir beschönigen die Wirklichkeit heute bloß auf andere Weise. Wir sagen Bonuskinder und nicht Stiefkinder, wir sagen Geschwister und nicht Halbgeschwister, und wenn es uns in den Kram passt, nennen wir Kriminelle unter achtzehn Jahren Kinder, auch wenn es sich um Siebzehnjährige von ein Meter neunzig mit Bart handelt. Wir tun so, als gäbe es keinen Unterschied zwischen den Geschlechtern, und all das ist gut gemeint, aber früher war auch alles gut gemeint, es ist immer gut gemeint, und mit all dem Gutgemeinten verdecken wir die Wirklichkeit und hübschen sie auf, um sie mit dem Zustand in Einklang zu bringen, in dem sie sich idealerweise befinden sollte, so wie wir es immer schon getan haben.

»Was ist mit der Frau deines Vaters, wie hat sie auf all das reagiert, wie hat die Beziehung der beiden das überlebt?«

»Åse ist Psychologin, sie hat damals im Gefängnis mit den schlimmsten Schwerverbrechern gearbeitet, unglaublicherweise war sie es, die darauf gedrängt hat, dass ich häufiger nach Drammen komme, es war auch ihr Vorschlag, dass ich mit ihnen in den Urlaub fahren solle. Vielleicht weil sie so demonstrieren konnte, dass sie imstande war auszuhalten, was niemand anders ausgehalten hätte, ob es nun darum ging, freundlich mit Männern zu reden, die Kleinkinder getötet hatten, oder darum, ein Wochenende mit dem Resultat des Ehebruchs ihres Mannes zu verbringen, den dieser mit einer Frau begangen hatte, die er immer, wenn er betrunken war, ›meine große Liebe‹ nannte.«

»Das ist ja genau wie bei uns.«

»Darüber habe ich noch nie nachgedacht.«

»Ich koche Kaffee, möchtest du einen?«

»Ja, gern.«

Bjørn nimmt den Müll vom Essen mit, geht in die Küche und fängt an, mit der Espressokanne zu hantieren.

Åse lobte mich, weil ich mir selbst das Lesen beigebracht hatte oder weil ich Kartoffeln schälen und ein vollständiges Mittagessen zubereiten konnte und weil ich von der Schule immer bessere Zeugnisse mit nach Hause brachte als meine Halbgeschwister. Doch auch bei Åse musste es irgendwo raus, wie bei allen, und so konnte es vorkommen, dass wir in Drammen um den großen Küchentisch herumsaßen und Åse mir ein Foto in der Zeitung zeigte, ein Foto von einem schwer misshandelten Gewaltopfer, und sagte: Stell dir vor, wie schlecht es Menschen gehen muss, wenn sie anderen so etwas antun, und ich setzte zu einem Vortrag über persönliche Verantwortung an, natürlich von meiner Mutter inspiriert, deren Motto immer *Tu deine Pflicht, fordere dein*

Recht ein gelautet hatte, und Åse blieb ganz ruhig sitzen, schaute mich an und ließ mich reden, bis ich nichts mehr zu sagen hatte. »Deine Tochter hat ein ziemliches Temperament«, sagte sie dann vielleicht zu meinem Vater, wenn er in der Nähe war, was eigentlich nur vorkam, wenn er mich vom Bahnhof abholte oder zurückbrachte.

Bjørn kam mit dem Kaffee.

»Danke sehr.«

»Macht Aksel dir nie Kaffee?«

»Doch. Aksel macht Kaffee, wenn ich ihn darum bitte. Aksel ist schon in Ordnung. Er macht alles, worum ich ihn bitte. Aber er tut nie etwas aus eigenem Antrieb, es sei denn, es hat in irgendeiner Weise mit Skilaufen zu tun. Es ist immer wieder interessant zu sehen, was Aksel alles hinbekommt, Dinge, von denen er sonst meint, er würde sie nicht schaffen oder hätte kein Händchen dafür, wie zum Beispiel das Buchen einer Reise im Internet. Wenn diese Reise ihn aber zu einem Ort mit Schnee, präparierten Loipen und einer Startnummer bringt, dann ist es ganz unglaublich, wozu er auf einmal fähig ist.«

Bjørn lächelt und nickt, als wüsste er, wovon ich rede.

»Wie war es mit deinen Halbgeschwistern, wie haben die dich behandelt?«

»Sie haben sich mir gegenüber immer anständig benommen, zumindest erinnere ich mich an nichts anderes. Aber langsam glaube ich, dass ich mit einem Talent zur Verdrängung zur Welt gekommen bin oder mit dem Talent, alles, was geschieht, in etwas Gutes zu übersetzen, denn alles, was die Leute in Bezug auf meine Kindheit schockiert, ist an mir immer nur abgeprallt. Oder ich habe es aus dem allerpositivsten Blinkwinkel betrachtet. Vater war zum Beispiel immer viel fröhlicher und gesprächiger, wenn er mich zum Bahnhof brachte, als wenn er mich abholte. Ich erklärte es mir damit, dass er, wenn er mich wegbrachte, froh war, weil ich nun zwei Tage da gewesen war und alle aufgemuntert hatte. Wenn er mich abholte, stellte er die gleichen automatischen Fragen, die ich bei Freunden zu Hause kennengelernt hatte, und ich antwortete enthusiastisch und mit vielen Ausschmückungen, wie um die Peinlichkeit zu überdecken und vor uns beiden und vor eventuellen Zuschauern – die es natürlich nicht gab, es waren ja nur wir beide im Auto – den Eindruck zu erwecken, wir würden ein aktives und engagiertes Vater-Tochter-Gespräch führen. Einmal, als ich so zwölf oder dreizehn war, bin ich mit dem Fahrrad zu einem Überraschungsbesuch von Oslo nach Drammen gefahren. Allein dass ich davon ausging, ein Überraschungsbesuch würde erfreut aufgenommen, ist ein Zeichen dafür, wie gut mich meine Zwangsvorstellungen geschützt haben. Als ich ankam, war mein Vater im Garten mit Umgraben beschäftigt. Hallo, Vater, sagte ich, noch außer Atem von den letzten Steigungen. Ich freute mich darauf, ihm zu erzählen, dass ich mutterseelenallein den ganzen Weg von Oslo hierhergeradelt war. So etwas hätten meine Halbgeschwister in Drammen nie getan, obwohl sie älter waren als ich. Nicht dass sie es nicht geschafft hätten, sie wären einfach nicht auf die Idee gekommen. Vater drehte sich zu mir um, und in der Schrecksekunde, bevor er die Kontrolle wiedergewonnen hatte, glitten seine Lippen von den Zähnen weg, wurden seine Augen schmal; in meiner Deutung lag das daran, dass er von der Gartenarbeit erschöpft war, hier griff also wieder dieser Übersetzungsmechanismus, und erst Jahre später wurde mir bewusst, dass meine Besuche in Drammen für Vater mindestens ebenso anstrengend und quälend gewesen waren wie für Åse und mich selbst. Doch obwohl mir oft eine ganze Woche vorher vor dem Besuch graute, wäre es mir nie eingefallen abzusagen. Ich glaubte, sie würden mich erwarten und wären traurig, wenn ich nicht käme. Heute kann ich nicht mehr nachvollziehen, woher ich das hatte, aber in jenen Jahren hat mich diese Vorstellung beschützt, während sie mir zugleich eine große Verantwortung aufgebürdet hat. Ich war eine ersehnte Person, ein rettender Engel, jemand, von dem alle, nicht nur meine Mutter, abhängig waren. In Wahrheit sahen natürlich sowohl mein Vater als auch Åse, und sicher auch meine Halbgeschwister, meinem Besuch mit Grauen entgegen, und alle waren erleichtert, wenn ich wieder fuhr. Als ich das im Alter von achtzehn, neunzehn Jahren endlich begriff, war das eine enorme Befreiung. Seitdem bin ich im Schnitt nur wenige Male im Jahr in Drammen. Sie laden mich zu allem ein, das muss man ihnen lassen. Oft habe ich darüber nachgedacht, wie anständig sie sich mir gegenüber verhalten haben, die ganze Familie und besonders Åse, und dann habe ich mich gefragt, wie ich selbst mit einer solchen Situation umgegangen wäre. Erst nachdem ich eigene Kinder bekommen hatte, versuchte ich, mir vorzustellen, wie es für Åse gewesen sein musste, mich all die Jahre ein Wochenende im Monat zu Besuch dazuhaben. Regelmäßig Besuch zu bekommen von dem Beweis der Liebe ihres Mannes zu einer anderen Frau, einer Frau, mit der er allem Anschein nach lieber zusammengelebt hätte, Besuch von einem Beweis, der in einem lebenden Wesen verkörpert war, das redete und herumlief und seiner Mutter ähnelte, das allein Zug fuhr, dort am Küchentisch saß und lange Vorträge hielt.«

Es ist 14:27 Uhr, und Frau, Jahrgang 1980, kommt herein, noch bevor sie sich gesetzt hat, erzählt sie mir, dass sie schwanger ist.

»Wie schön, herzlichen Glückwunsch«, sage ich, denn ich weiß, dass sie sich schon lange Kinder wünscht.

»Danke«, antwortet sie. »Aber es ist wirklich zum denkbar schlechtesten Zeitpunkt passiert.«

»Ach ja?«

»Ja. Also. Wir wollen ja zu einer ganz tollen Weltreise aufbrechen, ich weiß nicht, ob ich Ihnen davon erzählt habe. Wie dem auch sei, wir wollen unter anderem mit der Transsibirischen Eisenbahn fahren, und alle Fahrkarten und Hotelzimmer sind schon bezahlt, und wenn wir jetzt absagen, bekommen wir nichts von dem Geld zurück. Es geht um über vierzigtausend Kronen. Unsere Wohnung haben wir auch schon vermietet. Das können wir einfach nicht machen. Es geht nicht. Wir müssen es auf nächstes Jahr verschieben.«

»Die Reise verschieben, meinen Sie?«

»Nein, nein. Das hier verschieben.« Sie zeigt auf ihren Bauch. »Also, deswegen bin ich heute hier. Ich muss das hier auf nächstes Jahr verschieben. Verstehst du das, mein kleiner Schatz? Dass du ein bisschen warten musst? Aber dann darfst du kommen. Mama und Papa wollen vorher bloß noch etwas reisen, die Welt erleben.«

Das Letzte sagt sie mit Babystimme.

»Sie wollen die Schwangerschaft abbrechen?«

»Ja, ich werde dann halt nächstes Jahr wieder schwanger. So haben wir es geplant. Wir müssen nur erst diese Reise unternehmen. Was ja nicht geht, wenn ich schwanger bin.«

»In einem Jahr sind sie vierzig.«

Sie sieht mich an und beißt sich auf die Lippen. Dann wendet sie den Blick ab und atmet tief ein, wie jemand, der sich darauf vorbereitet, einer ziemlich begriffsstutzigen Person etwas zu erklären.

»Na ja, wo ich jetzt doch so schnell schwanger geworden bin, ich meine, wir hatten ja nicht damit gerechnet, dass es sofort klappt, und es passt jetzt wirklich nicht. Wir haben *unendlich* viel darüber geredet, und ich habe geweint …«

Hier fängt sie an zu weinen. Ihr Mund kräuselt sich,

ihre Augen füllen sich mit Tränen, und sie schüttelt leicht den Kopf. Wie schon so oft frage ich mich, ob sie auf diese Weise weinen würde, wenn nicht genau diese Art zu weinen in genau diese Situation passen würde, das melancholische Weinen mit seinem leichten Kopfschütteln über die schwierige Entscheidung, das schwierige Leben. Im Laufe der Jahre bin ich gegen Tränen, meine eigenen eingeschlossen, immun geworden. Ich habe zu viele Menschen weinen sehen. Zuerst sitzen sie draußen im Wartezimmer, und alles ist in Ordnung. Dann kommen sie hier herein und fangen wie auf Kommando an zu schluchzen. Sie weinen nicht notwendigerweise, um mich zu erweichen, damit ich ihnen gebe, was sie haben wollen, ob Drogen, Antibiotika, Krankmeldungen, Überweisungen oder, wie in diesem Fall: eine Abtreibung, die ich ihr sowieso nicht verweigern kann, wo kämen wir denn da hin. Nein, die meisten – zu dieser Auffassung bin ich in all den Jahren gelangt – weinen, weil sie zu einer Person in Uniform kommen, die ihnen in die Augen sieht und sie fragt, wie es ihnen geht. Wenn Leute das Sprechzimmer eines Arztes betreten, drängt es sie zu einem Geständnis, wie im Beichtstuhl. Meine weiße Hose und der hellblaue Kittel wirken sich förderlich auf die Tränen aus, die sich über lange Zeit aufgestaut haben, und die Schweigepflicht gibt ihnen ein Gefühl von Sicherheit. Hier können die Patienten sagen, was sie anderswo nicht sagen können, oder Dinge tun, die sie in anderen Situationen im Traum nicht tun würden, denn sie glauben, dass ein Arzt alles weiß und alles erträgt. In dem selbstgefälligen Bestreben, sich dieses Glaubens würdig zu erweisen, nimmt sich der Arzt fest vor, alles zwischen Himmel und Erde zu beantworten und zu ertragen, auch das, was er nicht weiß oder erträgt.

Ich stehe auf, hole die Papierrolle vom Waschbecken, reiße ein paar Blätter ab und reiche sie ihr. Während sie sich die Nase schnäuzt und die Schminke, die in ihrem Gesicht verlaufen ist, abwischt, überlege ich, dass ich das Ultraschallgerät loswerden muss.

»Sie haben ja keine Ahnung, wie viel Arbeit wir in die Planung dieser Reise gesteckt haben, wir haben Abend für Abend dagesessen und auf russischen Websites mit russischen Schriftzeichen, die wir mit Google Translate übersetzt haben, Tickets gekauft. Diese Entscheidung war unglaublich schwer für mich, wir haben die ganze Nacht wach gelegen und darüber gesprochen, und jetzt machen Sie es mir noch schwerer.«

Ich sitze da, schaue sie an und rechne aus, wie viel ich für das Ultraschallgerät bekommen kann, wobei ich mich frage, ob es möglich ist, es über normale Kleinanzeigenseiten im Netz zu verkaufen, und ob es überhaupt einen Gebrauchtmarkt für so etwas gibt.

»In einem Jahr sind Sie über vierzig, und da fällt zum einen die Kurve der Empfängniswahrscheinlichkeit rapide ab, zum anderen steigt ebenso rapide die Kurve des Risikos von Missbil…«

»Aber meinen Sie denn, ich weiß das alles nicht! Meinen Sie etwa, ich hätte nicht jede Nacht wach gelegen und gegrübelt! Das hier war eine wahnsinnig schwere Entscheidung, Sie irren sich, wenn Sie meinen, ich hätte es mir *leicht gemacht*…«

Ich fühle mich schlapp und müde. Das hier ist keine gewöhnliche Müdigkeit, sondern eine tiefer sitzende, existenziellere Müdigkeit, so als hätte ich wirklich langsam genug, vielleicht die Art von Müdigkeit, der Selbstmörder aus dem Totenreich wiedererkennend zunicken würden.

»… und ich kenne viele Frauen, die nach ihrem vierzigsten Geburtstag ein Kind bekommen haben und bei denen alles gutgegangen ist. Aber wissen Sie was? Ich habe es nicht nötig, hier zu sitzen und mich mit Ihnen herumzustreiten. Dafür haben Frauen hundert Jahre lang gekämpft, Sie können ja mal versuchen, es mir zu verweigern. Geben Sie mir einfach, worauf ich einen Anspruch habe. Mehr will ich gar nicht von Ihnen.«

Während ich sie untersuche, einen Ultraschall mache und feststelle, dass sie in der achten Woche ist, sehe ich die Schlagzeile vor mir: *Abtreibung verweigert.* Und den Aufmacher: *Hausärztin fand, ich sei zu alt.*

Während ich das Behandlungszimmer, nachdem sie es verlassen hat, aufräume und mich wieder an den Schreibtisch setze, kommt mir der Gedanke, dass *Darauf habe ich einen Anspruch* der Satz sein muss, der mich in unserer gesamten Sprache am allermeisten provoziert.

Was du nicht sagst, kommt es von Tore, du klingst

genau wie deine Mutter, wie sie dasaß, sich beim Zeitunglesen aufregte und Leserbriefe schrieb, in denen sie zu dem Fazit kam: *Alle sollten sich zusammenreißen. Tu deine Pflicht, fordere dein Recht ein. Man kann im Leben nicht alles haben.*

Aber sie können es, und sie bekommen es auch.

14

Ich glaube nicht an Geister oder Engel, an Homöopathie oder daran, dass man mit den Toten sprechen kann. Aber ich glaube an Intuition und Vorahnung. Unser Unterbewusstsein kann bei dem konstanten Getöse, das uns umgibt, aus dem Vollen schöpfen und holt das hervor, was wir im Innersten wissen, aber vielleicht nicht zu erkennen imstande sind. Scheinbar bedeutungslose Informationssplitter können sich in kleinen Falten und Mulden des Gehirns ansammeln, wo sie dann liegen und vor sich hingären. Eine Replik aus einem Film, ein Satz vom Nachbartisch in einem Café, etwas, das im Internet an mir vorübertreibt, die Äußerung eines Patienten beim Verlassen des Sprechzimmers. Einzelne Sätze und Bilder setzen sich fest, deren einzige Gemeinsamkeit es ist, dass ich sie nicht mehr aus dem Kopf bekomme.

Es ächzt in den alten Körpern, wenn die Leidenschaft sich knarrend Bahn bricht. In einer schlaflosen Nacht im Spätwinter letzten Jahres, nur ein paar Monate vor Bjørn, kam dieser Satz angeflattert und biss sich fest. Zu dieser Zeit schaute ich mir eine Reihe von Filmen und Fernsehserien an, in denen es um Untreue und Affären bei älteren Leuten ging, wahrscheinlich hatte ich die Worte dort irgendwo gehört. *Es ächzt in den alten Körpern, wenn die Leidenschaft sich knarrend Bahn bricht.* Der Satz spukte in meinem Schädel herum.

Ich erinnere mich, dass ich dachte: Wie können sich alte Leute bloß so aufführen. Ihr solltet euch schämen. Begehren ist peinlich genug, wenn es zwischen zwei straffen jungen Körpern entsteht, aber wenn es Fleisch mittleren Alters zum Zittern und Beben bringt, dann will man sich einfach nur abwenden. Und doch landete ich immer bei Filmen und Serien mit diesem Thema, wenn ich abends auf dem Sofa lag und Weißwein trank.

Im Herbst, bevor Bjørn aufgetaucht war, war eine Patientin bei mir gewesen, über die ich nach dem Termin noch lange nachgedacht habe. Seit ihrem letzten Besuch hatte sie sich sehr verändert. Da hatte sie erschöpft und angeschlagen gewirkt. Jetzt wirkte sie gutgelaunt, irgendwie jünger, strahlend, alle Poren strotzend vor Vitalität. Sie war gekommen, um sich die übliche Zellprobe zur Überprüfung möglicher Veränderungen am Gebärmutterhals entnehmen zu lassen, und wollte wissen, ob sie vielleicht einen Östrogenmangel hatte.

Nachdem ich die Zellprobe entnommen hatte, untersuchte ich sie.

»Es sieht nicht so aus, als bräuchten Sie Östrogen. Wie alt sind Sie – dreiundfünfzig? So kommt es mir hier nicht vor. Ausgehend von dem, was ich hier sehe, würde ich Sie auf unter vierzig schätzen.«

»Tatsächlich«, sagte sie lachend.

Als sie sich wieder angezogen hatte und mir gegenüber auf dem Stuhl saß, platzte es aus mir heraus: »Sie sehen so gut aus. Ist etwas passiert? Haben Sie angefangen, Sport zu treiben, oder so? Erzählen Sie.«

Sie atmete tief ein.

»Ich habe mir einen Liebhaber zugelegt. Das ist passiert.«

»Aha?«

»Ja. Und es ist absolut fantastisch. Es ist *absolut unbeschreiblich.*«

Kichernd hielt sie sich die Hand vor den Mund.

»Die Sache hat keine Zukunft. Er ist frisch geschieden und lebt jetzt mit der Frau zusammen, wegen der er sich hat scheiden lassen, die ist noch dazu schwanger. Und als wäre das nicht schon genug, arbeiten wir alle drei mehr oder weniger zusammen. Zum Glück ist sie momentan krankgeschrieben. Es ist ein *absolutes Chaos.*«

Wieder kicherte sie und schüttelte den Kopf, und ich nickte und versuchte, einen neutralen Gesichtsausdruck beizubehalten, nicht auszusehen, als würde ich sie verurteilen. Doch in mir tönte es: Wie können sich alte Leute bloß so aufführen.

»Wir verabreden uns regelmäßig zu Arbeitstreffen bei mir. Mein Mann ist ja viel auf Reisen. Auf die freue ich mich so, ich kaufe Lebensmittel ein und treffe Vorbereitungen. Hinterher bin ich vollauf damit beschäftigt, das, was wir gemacht haben, Revue passieren zu lassen, und dann vergehen ein paar Tage, und schon ist er wieder da. So etwas habe ich in meinem ganzen Leben noch nicht getan, aber um ihn nicht abzuschrecken, lasse ich ihn in dem Glauben, dass das ganz normal für mich ist, dass ich alles unter Kontrolle habe und es einfach so meine Art ist, dass mein Mann und ich eine Form von Vereinbarung haben. Aber die haben wir nicht. Ich weiß nicht, was ich tun werde, wenn das eines Tages aufhört, denn das wird es ja, irgendwie, wenn ich das verliere.«

»Na ja, dann müssen Sie es wohl genießen, so lange es dauert«, sagte ich, und wieder schoss mir durch den Kopf: alte Leute. Wie können sie sich bloß so aufführen?

An den folgenden Tagen kam es vor, dass ich unvermittelt von einer Wut gepackt wurde, die meine Wirbelsäule emporkroch und mich in meiner jeweiligen Tätigkeit innehalten ließ, dann sah ich ihr strahlendes Gesicht vor mir, das Kichern, die Hand vor dem Mund. Die alte Schachtel. Was bildet sie sich eigentlich ein.

Ich erzählte Aksel von ihr, und er antwortete: »Da lässt die Bruchlandung sicher nicht lange auf sich warten. Du kannst schon mal Überweisungen und Rezepte bereitlegen. Antidepressiva, Glückspillen, Schlaftabletten, Psychologe, Krankschreibung. *Das volle Programm.*«

Wir wieherten los.

Aber ihr Lachen hatte sich in meinem Kopf eingenistet. Manchmal wachte ich mitten in der Nacht auf und hörte sie so klar und deutlich kichern, als säße sie direkt neben meinem Bett.

Ungefähr zur gleichen Zeit war eine andere Patientin bei mir, eine Studienrätin.

»Ich denke ständig darüber nach, mir das Leben zu nehmen«, sagte die Studienrätin ohne Einleitung.

Es reicht nicht zu sagen, dass man darüber nachdenkt, sich das Leben zu nehmen, das tun viele, deshalb sagte ich nichts, und die Studienrätin sprach weiter: »Ich glaube nicht, dass ich es wirklich tun werde, aber der Gedanke daran macht mich fix und fertig. Ich habe Angst, es in einer Affekthandlung doch zu tun.«

Kerzengerade saß sie auf der Stuhlkante und schaute mir in die Augen, ohne zu blinzeln. Ihre Kleidung sah sauber und gepflegt aus, sie hatte keine Schatten unter den Augen, es waren weder geplatzte Äderchen noch ein Zittern zu sehen. Dann fügte sie hinzu: »Vor ein paar Monaten hat mein Mann mich ohne jede Vorwarnung verlassen. Er saß am Küchentisch und sagte, er müsse mir etwas erzählen, da wusste ich Bescheid. So etwas weiß man ja häufig schon vorher, man ist sich bloß nicht im Klaren darüber. Aber als er an besagtem Abend nach Hause kam und es sagte, fanden eine Menge Puzzleteile ihren Platz. Die vielen Überstunden und seine Angewohnheit, das Handy überallhin mitzunehmen. Ich hatte weggeschaut, war unaufmerksam gewesen. Man denkt ja nicht, dass es einem selbst passieren könnte. Sie ist Mitte dreißig und hat noch keine Kinder. Man darf einfach nicht unterschätzen, welche Anziehungskraft verheiratete, ältere Männer auf kinderlose Frauen

Mitte dreißig ausüben. Dass sie nicht verfügbar sind, regt den Appetit besonders an. Diese Männer hängen da wie überreife Früchte, man muss sie bloß etwas länger ansehen, schon fallen sie herunter.«

Ich nickte und lächelte wehmütig, als wüsste ich, wovon sie redet.

Sie fuhr fort: »Ich brauche bloß eine Pause. In der letzten Zeit war alles ein bisschen viel.«

»Ja, das verstehe ich gut, eine Krankschreibung ist aber selten eine gute Lösung. Alle Studien zeigen, dass man am besten arbeiten geht, auch wenn man keine Lust dazu hat. Vielleicht gerade dann.«

Das war einer meiner Refrains.

»Ich habe ein Pfeifen in meinem Kopf. Ich wache morgens auf und will nur noch sterben«, erklärte sie weiter, als hätte ich nichts gesagt. »Wenn es einen Knopf gäbe, auf den ich drücken könnte, um zu verschwinden, dann würde ich auf diesen Knopf drücken. Jeden Morgen sehne ich mich nach einem solchen Knopf. Ich muss mich bloß ein wenig erholen.«

Im Endeffekt schrieb ich sie für viele Wochen krank, für viel zu viele. Warum? Keine Ahnung. Aber inzwischen ist mir klar geworden, dass ich womöglich in irgendeinem Winkel meines Gehirns vorhergesehen habe, was geschehen würde, weshalb ich meine Schulden schon mal im Voraus bezahlen wollte.

Nach der schwangeren Neununddreißigjährigen kommt ein Jurist mit allen Anzeichen von Erschöpfung: Schlafstörungen, Verdauungsprobleme, keine Lust auf Sex, mangelnde Arbeitsmotivation, Niedergeschlagenheit, Migräne, Müdigkeit, Schwindel, Sodbrennen, Rücken- und Hüftschmerzen. Er arbeitet in einem internationalen Unternehmen, auch seine Frau ist Juristin und bei einem internationalen Unternehmen tätig, sie haben vier Kinder und wohnen in einem großen Haus, außerdem besitzen sie eine Segeljacht und zwei Ferienhütten, und obwohl sie zwei Au-pairs haben, *bringen sie nicht alles unter einen Hut*, wie er es ausdrückt. Der Begriff *Zeitnot* fällt. Dann kommt er auf das Thema Allergien zu sprechen, denn sie haben einen Hund, und er fragt sich, ob er womöglich eine Allergie gegen das Tier entwickelt hat, darüber hinaus möchte er auf mögliche Nahrungsmittelunverträglichkeiten getestet werden.

Ich greife zum Formular für Blutuntersuchungen und beginne anzukreuzen. Währenddessen erzählt er, dass er bald mit der ganzen Familie eine Kreuzfahrt im Mittelmeer unternehmen werde. Auf den Hütten sei immer etwas zu reparieren, außerdem gefalle es den Au-pairs dort nicht, und weil es den Kindern auf der Jacht nicht gefalle, hätten er und seine Frau beschlossen, mit der ganzen Familie, einschließlich Dienerschaft, auf Kreuzfahrt zu gehen, damit sie sich endlich einmal entspannen könnten.

Zeitnot, denke ich, während ich mehr oder weniger auf gut Glück meine Kreuzchen setze. Gier ist hier das

Problem. Ihr stopft alles in euch hinein, und es ist nie genug. Ihr ladet euch zu viel auf. Haus, Hütten, Jacht, Au-pairs, heutzutage sehe ich so viele Arten von Gier, die ständig zunimmt, eine Gier nach Essen, Rauschmitteln, Ablenkungen, Alkohol und Urlaub, Shopping und Unterhaltung, und wir schaufeln alles Mögliche in uns hinein und bekommen trotzdem nie genug, denn wir sind zu primitiv und gleichzeitig zu hochentwickelt, um mit der Umwelt klarzukommen, die wir selbst erschaffen haben. Und dieser Trend zeichnet sich überall ab, in allen Bereichen. Entweder wollt ihr teure Untersuchungen oder unnötige Krankschreibungen, oder wie jetzt, all diese Bluttests. Ihr solltet euch schämen. Verkauft die Hütten und die Jacht, und gebt das Geld den Armen. Entlasst euer Personal, arbeitet weniger, verdient weniger, bekommt eure massive Gier unter Kontrolle. Stattdessen kommt ihr hierher und wollt noch mehr.

Von wem sprichst du da gerade, meldet sich Tore zu Wort. Wer das wohl ist?

Ich gebe dem Patienten das Formular.

»Nehmen Sie bitte im Flur vor dem Labor Platz, Sie werden dann aufgerufen.«

Er steht auf.

»Vielen Dank.«

»Keine Ursache«, sage ich und bleibe sitzen.

Und nehmen Sie alle Kreuzfahrtschiffe, die ganzen Abgase und alle Kalorien, und schieben Sie sie sich sonst wohin. Fahren Sie zur Hölle.

Du bist so gemein, sagt Tore.

Aber ich habe es nicht gesagt, ich habe es bloß gedacht.

Bald sagst du alles, was du denkst. Wart's nur ab. Bald öffnen sich alle Schleusen.

Nein, nein. Überall sonst ist alles den Bach runtergegangen, aber hier wird das nicht passieren.

Es ist bereits passiert. Hast du den Dicken vergessen? Das mittelalte Paar?

Das waren Ausrutscher. Das wird nicht wieder vorkommen.

15

Mitte Dezember vereinbarten wir, bis Mitte Januar keinen Kontakt zueinander aufzunehmen. Vier Wochen Enthaltsamkeit. Unsere ganze Aufmerksamkeit sollte nun Weihnachten und unseren Familien gelten, das versprachen wir einander fromm.

Noch am selben Abend holte ich die Kartons mit dem Weihnachtsschmuck vom Dachboden. Die Weihnachtsmänner aus Klopapierrollen, die die Mädchen im Kindergarten gebastelt hatten, die Weihnachtskrippe aus Keramik, die Aksel und ich irgendwann vor hundert Jahren auf Madeira gekauft hatten, Lametta und norwegische Flaggen. Ich spickte Orangen mit Gewürznelken und hängte sie an roten Schleifen in die Fenster. Alles musste so sein wie immer, das war wichtig für die Mädchen, und deshalb war ich jeden Nachmittag mit Weihnachtsvorbereitungen beschäftigt, neben dem zusätzlichen Stress mit den Patienten, die sich jedes Jahr schon Anfang November für die anstehenden Feiertage warmliefen. Feiertage steigern die Hysterie um etwa vierzig Prozent, wie ich festgestellt habe, und nach langen, vollgepackten Arbeitstagen machte ich mich gegen sechs oder sieben Uhr auf den Weg, um die abends geöffneten Einkaufszentren abzuklappern, ich kaufte ein, backte Pfefferkuchenmännchen und stellte den Adventskerzenständer auf. Am Abend, bevor die Mädchen kamen, ließ ich drei der vier Adventskerzen herunterbrennen, damit es so aussah, als hätten wir an jedem Sonntag im Dezember eine Kerze angezündet.

Früher habe ich Aksel in regelmäßigen Abständen gefragt, ob er nicht mehr Verantwortung für den Haushalt übernehmen könne, dann stand er jedes Mal auf und holte den Staubsauger. Ich folgte ihm, zog den Stecker aus der Steckdose und sagte: »Du sollst doch nicht jetzt Staub saugen. Das habe ich nicht gemeint. Ich will nur, dass du siehst, *wann* Staub gesaugt werden muss oder wann das Bad geputzt werden sollte. Du kannst auch gerne *mich* bitten, das Bad zu putzen oder Staub zu saugen, Hauptsache, dir fällt auf, wann es gemacht werden muss.«

Aksel stand da mit dem Staubsauger in der Hand, nickte und sagte: Das werde er tun, und jedes Mal glaubte ich, er hätte verstanden, was ich meinte. Wir sprachen ja beide dieselbe Sprache, und er stand direkt vor mir, sah mir in die Augen, nickte und sagte, er verstehe, was ich meinte, woraufhin er mit Staubsaugen fortfuhr und nichts mehr tat, bis ich ihn das nächste Mal fragte, ob er zu Hause nicht etwas mehr Verantwortung übernehmen könne, woraufhin er wiederum anfing, Staub zu saugen oder die Spülmaschine auszuräumen und so weiter. Mit der Zeit sah ich ein, dass es nie anders werden würde.

Dass das die Bedingungen waren, wenn ich mit Aksel zusammenleben wollte. Es würde sich nicht ändern. Also versuchte ich, meinen Frieden damit zu machen. Ich versuchte, Aksel als exotisches Geschöpf zu betrachten, mit dem man eigentlich nicht kommunizieren konnte. Wenn es mir gelang, diese Sichtweise beizubehalten, wurde es leichter. Aber nachdem die Mädchen ausgezogen waren, dachte ich oft darüber nach, wie es wohl wäre, nur an mich selbst denken und nur hinter mir selbst herräumen zu müssen.

Aber was wäre im Alter? Die Einsamkeit, das Leben als Hochbetagte, da ist man doch besser zu zweit. Stimmt das, dachte ich. Ist es wirklich besser, mit achtzig immer noch für zwei aufzuräumen und zu putzen, für zwei zu denken. Urlaube zu planen, Tickets zu kaufen, Fragen zu beantworten: Wann sollen wir dort sein, wann sind wir wieder zu Hause, was gibt es zu essen, wann kommen die Mädchen, wann fahren sie wieder, wann fängt die Feier an, wann treffen wir die und die Leute, wann geht das Flugzeug nach Hause, wie lange dauert es noch, wann sind wir da.

Wenn ich jetzt hier so sitze, nachdem mein Wunsch so über die Maßen erfüllt worden ist, denn jetzt brauche ich wirklich nur hinter mir selbst herzuräumen, und an unser Leben in Grenda zurückdenke, dann muss ich zuallererst an die Holzlöffel denken.

Auf einem Markt auf Lanzarote hatte ich ein paar Holzlöffel gekauft. Sie waren aus einem besonders glänzenden, dunklen Holz, das nicht spülmaschinengeeignet war. Sie lagen gut in der Hand, und man konnte bestens damit umrühren, und ich zeigte sie Aksel und sagte, dass sie nicht in die Spülmaschine dürften, sie müssten von Hand gespült werden. Die Spülmaschine räumte Aksel gelegentlich aus eigenem Antrieb ein und aus, und er nickte und sagte, er werde daran denken, doch dann legte er die Holzlöffel in die Spülmaschine. Ein ums andere Mal legte er sie in die Spülmaschine, und ein ums andere Mal nahm ich sie wieder heraus und sagte, sie dürften nicht in der Maschine gespült werden.

Beim einundzwanzigsten Mal gab ich auf. Da sah ich ein, dass er es immer wieder tun würde, ganz egal, wie oft ich ihn bat, es nicht zu tun, und ganz egal, wie oft er mit gleichem Ernst antwortete, dass er es nicht wieder tun würde, woraufhin er sie weiterhin in die Geschirrspülmaschine legte und sie zersplitterten und grau und stumpf wurden.

Ein derart groteskes Detail, so mikroskopisch klein und banal, und dennoch, wenn er wenigstens widersprochen hätte. Wenn er wenigstens gesagt hätte: Nein, weißt du was, ich bin der Meinung, wir sollten diese verdammten Holzlöffel in die Spülmaschine packen, wir sollten absolut alles in die Spülmaschine packen, einschließlich der Plastikschüsseln mit Gummidichtung, die in der Spülmaschine ebenfalls rissig wird und kaputtgeht. Ist das nicht der eigentliche Sinn und Zweck einer Spülmaschine, dass wir nicht mehr von Hand spülen müssen?

Meinst du nicht, die Zeit und all die Energie, die wir sparen, sind ein paar zersplitterte Holzlöffel und eine rissige Gummidichtung wert? Das hätte er sagen können, und ich hätte geantwortet: Da hast du verflucht noch mal recht! Und dann wäre ich seinem Vorschlag gefolgt. Stattdessen stand er vor mir, nickte ernsthaft und sagte: Entschuldige, tut mir leid, ich werde es nicht wieder tun, doch dann legte er weiterhin die Holzlöffel in die Spülmaschine. Ich verstehe es immer noch nicht, und wenn ich jetzt hier sitze und zurückdenke, scheint sich alles in den Holzlöffeln zu konzentrieren. In den allerkleinsten und mikroskopischsten Details. Denn ich benutzte die Holzlöffel als Entschuldigung für die Sache mit Bjørn. Wie bei dem Mann mit den Hämorrhoiden heute früh, bei dem ich mich gefragt habe, wozu er sonst noch fähig ist, so war es auch mit den Holzlöffeln: Wenn Aksel die schönen Holzlöffel scheißegal waren – was war ihm im Laufe der Jahre sonst noch egal gewesen?

Zum Beispiel der Weihnachtsbaum. Es war jedes Jahr dasselbe. Eine Woche vor Weihnachten fragte ich Aksel, wann es ihm passen würde, den Weihnachtsbaum zu besorgen, weil er immer behauptete, er könne sich darum kümmern, und dann zögerte er es hinaus, er wisse es noch nicht, werde es aber im Blick behalten, was er nicht tat, und nach ein paar Tagen fragte ich ihn wieder, wann es ihm passen würde, den Baum zu holen, woraufhin er zurückfragte, ob wir wirklich einen Weihnachtsbaum bräuchten, jetzt, da die Mädchen erwachsen seien. Diese

Diskussion hatten wir jedes Jahr Weihnachten, auch als die Mädchen noch klein waren – aber da hatte er mit der Umwelt argumentiert, dass es alles andere als umweltfreundlich sei, einen Baum zu kaufen und ins Wohnzimmer zu verfrachten, um ihn dann nach ein paar Wochen wegzuwerfen – und wie üblich antwortete ich, ja, ich sei der Meinung, wir bräuchten einen Baum, die Mädchen seien zwar jetzt groß, aber im letzten Jahr habe die Jüngste geweint, weil wir vergessen hatten, uns *Drei Haselnüsse für Aschenbrödel* anzusehen, Weihnachten habe etwas an sich, das größer sei als das Fest an sich, Weihnachten sei mehr als die Summe seiner Teile, sagte ich, dieser Feiertag scheine uns immer irgendwie an unsere Grenzen zu bringen, dieses Jahr genau wie letztes Jahr, wie im Jahr davor und im Jahr davor auch.

Aksel und ich hatten unsere Standardrepliken in unserem eigenen kleinen Weihnachtsspiel, und für Aksels Eltern war Weihnachten regelrecht Hochsaison. Entweder echauffierten sie sich über falsche Geschenke, fehlende Geschenke, zu viele beziehungsweise zu wenige Geschenke oder zu teure Geschenke oder über die in unserer Generation praktizierte Kindererziehung, was sich noch mit der Kritik an zu teuren Geschenke kombinieren ließ. Das wollüstige Stöhnen von Aksels Eltern, wenn die Mädchen ihre Handys auspackten, die ebenso wollüstige Klage über zu frühe Weihnachtsfeiern, Materialismus und Geldfixiertheit, all das erreichte Heiligabend einen Höhepunkt, auf den sie schon seit Oktober hingearbeitet hatten.

Aksel hatte die Einstellung seiner Eltern zu Weihnachten geerbt, und obwohl er sich nicht wie sie beschwerte, sträubte er sich gegen alles, angefangen beim ewigen Weihnachtsbaum – Umweltargument – über die Geschenke – Konsumterror, wir haben alles, was wir brauchen, und die Mädchen auch – und das Essen – dreißig Kronen das Kilo für Rippchen, das kann doch nicht sein, denkt vielleicht auch mal jemand ans Klima – bis hin zum Weihnachtsputz – warum soll man das Haus ausgerechnet für Weihnachten besonders sauber machen, da ist doch sowieso schon so viel zu tun, warum nicht bis Januar warten.

Turnusmäßig waren Aksels Eltern dieses Jahr bei uns, und sobald sie mit ihren empörten Gesichtern zur Tür hereinkamen, ging es los, schimpften sie über irgendeinen Taxifahrer, der sich verfahren hatte, jemanden, der in der U-Bahn unhöflich zu ihnen gewesen war, vielleicht hatte auch eine Gruppe Jugendlicher vor der Tür gestanden und ihnen beim Aussteigen den Weg versperrt.

Die Konfrontation mit ihren hochroten Gesichtern ohne die vier Deziliter Chablis, die ich sonst zu diesem Zeitpunkt bereits intus gehabt hätte, und dann dazustehen und ihrem Keuchen, Klagen und Krakeelen zuzuhören, noch bevor sie überhaupt ihre Jacken ausgezogen hatten, die erregten Gesichter und die nicht stillstehenden Münder – das im nüchternen Zustand ertragen zu müssen gab mir das Gefühl zu ertrinken. Ich entschuldigte mich damit, nach etwas in der Küche, etwas im Ofen sehen zu müssen, blieb am Herd stehen und überlegte, ob ich nicht einfach ein Wasserglas von dem Aquavit, der im Kühlschrank lag, in mich hineinkippen sollte.

Am zweiten Weihnachtsfeiertag schickte ich Bjørn morgens um sechs eine Nachricht, und diesmal war es an mir zu schreiben:

wach

ohne großen Anfangsbuchstaben und Fragezeichen, und nach zwei Sekunden bekam ich Antwort:

JAAAAAA

und am Tag danach fuhr ich mit dem Auto zu einem Hotel in Fredrikstad, unter dem Vorwand, meine Mutter im Pflegeheim zu besuchen. Eine Stunde hin, eine Stunde im Hotel, und dann eine Stunde zurück. Drei Stunden war ich weg, und als ich wieder nach Hause kam, lagen alle drei, Aksel, Ida und Silje, mit Decken und Kissen, Chips und Süßigkeiten vor dem Fernseher, sie lagen noch genauso da wie bei meiner Abfahrt.

»Wie geht es Oma«, fragte Ida.

»Wie immer«, sagte ich.

»Können wir sie morgen nicht alle zusammen besuchen«, schlug Silje vor.

»Doch, das machen wir«, antwortete ich.

Nach Neujahr stellte sich wie üblich die Frage, wann wir den Weihnachtsbaum entsorgen sollten, und wie üblich brachte ich sie aufs Tapet, und Aksels Replik darauf war: »Genauso versessen, wie du darauf warst, Weihnachten ins Haus zu holen, bist du es jetzt, Weihnachten wieder hinauszuwerfen«, und meine Standardantwort darauf war: »Wir können den Baum ja bis nächstes Jahr stehen lassen, dann brauchen wir keinen neuen zu kaufen.«

Bei Mutter und mir zu Hause war der Weihnachtsbaum einmal bis Ostern stehen geblieben, weshalb Aksels nächste Replik lautete: »Es reicht, wenn wir ihn bis Ostern stehen lassen.«

Am Ende war immer ich es, die den Baum hinaustrug, und die Nadeln, die dabei abfielen, zusammenfegte oder wegsaugte. Warum auch nicht, ich hatte den Baum schließlich haben wollen.

Ein anderer Bereich, in dem ich mich abstrampelte und keine Ruhe gab, war unser Sozialleben. Heute sitze ich hier und frage mich, warum ich es nicht einfach hatte bleiben lassen, wie damals die Fahrten nach Drammen.

Aber in meinem Kopf gab es so viele Vorstellungen vom normalen Leben der norwegischen Kernfamilie, denen ich gerecht zu werden versuchte, indem ich Verabredungen traf sowie Feste, Abendessen und sogar Reisen organisierte.

Vor einigen Jahren habe ich mich schließlich doch geschlagen gegeben. Anlass für die Einstellung meiner Bemühungen waren zwei Vorkommnisse. Das erste war ein Wochenendtrip nach Paris mit einem Paar aus Grenda, einer Redakteurin und einem Schriftsteller. Selbst bevorzugte ich es, Urlaubsreisen so detailliert und so weit im Voraus wie möglich zu planen, aber weil sich dieses Paar gerne treiben ließ und alles nahm, wie es kam, und weil ich wie üblich gerne als spontaner und flexibler Mensch erscheinen wollte, der es nicht so schwernahm, wenn ein Restaurant oder ein Museum geschlossen waren oder bereits eine Schlange von fünfhundert Japanern davorstand, verzichtete ich darauf, Öffnungszeiten herauszusuchen und vorab Eintrittskarten zu bestellen, aus Angst, dass sie über mich und meine DIN-A4-Blätter lachen könnten, die ich immer ausdruckte und in einer Mappe mit mir herumtrug, wenn ich nur mit Aksel und den Mädchen auf Reisen war.

»Entspann dich«, sagte Aksel. »Es wird schon klappen.«

Der Flug ging morgens um acht, und das andere Paar hatte vorgeschlagen, dass wir uns zum Frühstück in einem Fischrestaurant am Flughafen treffen sollten. Das Restaurant hätte ich selbst nicht ausgesucht, zumindest nicht zum Frühstücken. Aber als wir eingecheckt und das Restaurant gefunden hatten, waren sie nicht da. Trotzdem bestellten Aksel und ich uns brav je ein Krabbenbrot, aber erst als wir aufgegessen hatten und an der Anzeigetafel *Go to gate* stand, kamen sie, jeder mit einem *Starbucks*-Becher in der Hand.

»Wir haben lieber bei *Starbucks* gefrühstückt«, sagte der Schriftsteller, »weil wir fanden, dass es etwas zu früh für Fisch ist.«

Keiner von beiden erwähnte, dass der Vorschlag, sich in dem Fischrestaurant zu treffen, ursprünglich von ihnen gekommen war.

»Ist das denn so schlimm«, fragte Aksel, als wir einige Reihen von ihnen entfernt im Flugzeug saßen. »Wir haben gefrühstückt, wir haben das Flugzeug nicht verpasst, alle sind gesund, und jetzt geht's nach Paris.«

»Ich verstehe es bloß nicht«, sagte ich. »Dass sie es nicht einmal angesprochen haben, sich nicht entschuldigt haben. Wir hatten doch ausgemacht, in diesem verdammten Fischrestaurant zu frühstücken.«

Ich versuchte, mich lieber über andere Dinge zu ärgern, zum Beispiel darüber, dass Leute in ihren Sitzen saßen und an ihren Smartphones herumfummelten, anstatt der Sicherheitseinweisung der Stewardess zu folgen. Als das Flugzeug abhob, sah ich einen Jungen, der tief in sein iPad versunken war, einen riesigen Kopfhörer auf den Ohren hatte, eine Flasche Limonade in der einen und eine Tüte Chips in der anderen Hand. Dort saß er im Gedröhn der Motoren, und trotzdem wirkte er teilnahmslos und uninteressiert, als würde er sich aus tiefstem Herzen langweilen. Was für eine Welt, was für ein Leben, was machen wir hier. Was machen wir hier. Als sie mit dem Trolley vorbeikamen, kaufte ich zwei Bier und trank sie hintereinander aus. Das Bier half nicht, meine Gedanken kreisten weiter, *wir waren doch zum Frühstück verabredet gewesen*, und als wir nach der Landung auf dem Bahnsteig standen und auf den Zug warteten, konnte ich mich nicht länger beherrschen und fragte, ob wir am Osloer Flughafen nicht zusammen hatten frühstücken wollen, hatten wir das nicht so abgemacht? Ich tat so, als fiele es mir jetzt erst ein und als dächte ich, ich hätte mich geirrt.

»Doch, doch«, sagte die Redakteurin. »Wir waren ja auch auf dem Weg dorthin, wir sind bloß nicht so weit gekommen. Was war noch mal der Grund?«

Der Schriftsteller: »Der Grund war, dass wir bei *Starbucks* vorbeikamen und du plötzlich Lust auf den Kaffee hattest, den du immer …«

Die Redakteurin: »Ja! So ist es gewesen! Ich wusste nicht, dass es am Flughafen *Starbucks* gibt!«

Der Schriftsteller zeigte auf die Redakteurin und rief: »Sie ist also schuld! Nicht ich!«

Die Redakteurin boxte ihn auf den Oberarm, und alle lachten. Ich auch. Doch während wir dort standen und lachten, dachte ich bei mir: Das ist das letzte Mal, dass ich mit anderen als den engsten Familienangehörigen verreise.

Und so war es auch.

Als das Paar eine weitere Reise vorschlug, diesmal nach Berlin, weil es in Paris ja so schön gewesen sei, antwortete ich: *Wir sind dabei!*, unternahm aber nichts. Sie schrieben, sie würden zwei weitere Paare kennen, die von unserer Reise gehört hätten und auch mitfahren wollten, und ich schrieb: *Wie schön! Je mehr, desto besser!*

Ein paar Wochen vor dem vereinbarten Termin, als sich sogar diese spontanen und entspannten Menschen zu fragen begannen, ob es nicht vielleicht an der Zeit sei, Hotel und Flug zu buchen, antwortete ich nicht. Jetzt folgten die E-Mails dicht an dicht, aber ich antwortete nicht. Zwei Tage vor dem von Anfang an imaginären Wochenendtrip nach Berlin schrieb ich eine Mail, in der ich ihnen mitteilte, dass wir uns nicht ganz fit fühlten und leider zu Hause bleiben müssten, das sei sehr schade, sie hätten aber hoffentlich eine schöne Reise. *Genießt Berlin.*

Aksel hatte sich nie an der Planung sozialer Aktivitäten beteiligt. Er bekam alle E-Mails, reagierte jedoch nicht auf sie, und daher war es ein Leichtes für mich gewesen, die Rache zu organisieren, die ich, wie ich zugeben muss, außerordentlich genoss. Viel mehr, als wenn ich von vornherein klar und deutlich Nein gesagt hätte.

»Du bist wirklich nachtragend«, sagte Aksel, als ich ihm erzählte, was ich getan hatte und warum. »Wir hatten doch viel Spaß in Paris, zum Beispiel an dem Abend in diesem Restaurant, ich erinnere mich, dass du genauso gelacht hast wie wir alle.«

»Ich war besoffen. Ich habe schon beim Mittagessen angefangen zu trinken und dann den Rest des Tages weitergetrunken, an allen drei Tagen, die wir dort waren, erinnerst du dich nicht? Ich war die ganze Zeit besoffen. Anders war es nicht auszuhalten. So, wie sie sich immer angestellt haben, wenn wir versucht haben, ein Lokal zu finden, in dem wir essen konnten, an jedem Restaurant hatten sie etwas auszusetzen, und jeden verdammten Morgen haben sie verschlafen, es war, als hätte man zwei minderbemittelte Teenager dabei.«

Vielleicht war ich an irgendeine Grenze gelangt, denn von da an brach eins nach dem anderen zusammen.

Nur wenige Wochen nach dem Paris-Trip luden wir, genauer gesagt, lud ich zwei andere befreundete Paare zum Silvesteressen ein. Das tat ich nicht etwa, weil ich Lust dazu hatte. Bei derlei Dingen erwartete ich nicht, dass sich Lust bei mir einstellte, ich wollte sie bloß hinter mich bringen, um mich anschließend erleichtert zu fühlen.

Bei dem einen Paar handelte es sich um Nachbarn aus Grenda, bei dem anderen um Kollegen von Aksel, die öfter mit uns nach Hvaler gefahren waren, als die Mädchen noch klein waren. Die beiden, die mit uns auf Hvaler gewesen waren, fragten, ob es in Ordnung sei, wenn sie vier weitere Personen mitbringen würden, die sie ursprünglich zu sich eingeladen hatten. Natürlich, sagte ich und kaufte mehr Lebensmittel und mehr Alkohol. Wir mussten unseren Esstisch mit einem zusätzlichen Tisch verlängern, Stühle vom Dachboden holen und so weiter. Schließlich war der Abend da, der Tisch war gedeckt, zehn Vorspeisen standen im Kühlschrank in der Küche und in einem weiteren Kühlschrank im Keller, und im Ofen brutzelten sowohl der eine Lammbraten, den ich zuerst gekauft hatte, als auch der zweite, den ich besorgt hatte, nachdem ich erfahren hatte, dass wir beim Essen zu zehnt statt zu sechst wären.

Doch die vier zusätzlichen Personen kamen nicht. Es kamen nur die vier, die wir ursprünglich eingeladen hatten. Die beiden, die die vier anderen mitbringen wollten, schüttelten bloß den Kopf, als ihnen auffiel, dass sie vergessen hatten, uns Bescheid zu geben, und als wir an dem überdimensionierten Tisch saßen, wurde viel über die vier leeren Plätze gewitzelt, die ich nicht mehr hatte abräumen können.

Diesmal wurde ich nicht wütend. Ich hörte bloß auf, Leute einzuladen. Außerdem lehnte ich von da an alle Einladungen ab. Mit der Zeit antwortete ich nicht einmal mehr, und schließlich blieben die Einladungen aus.

»Warum bekommen wir keinen Besuch mehr«, fragte Aksel einmal. »Und warum unternehmen wir nichts mehr mit anderen Leuten? Und warum werden wir nirgendwohin eingeladen?«

»Ich weiß es nicht«, antwortete ich. »Vielleicht werden alle langsam alt.«

»Können wir nicht mal wieder jemanden einladen?«

»Ja«, antwortete ich. »Das machen wir.«

Nach ein paar Monaten führten wir das gleiche Gespräch, und es passierte auch das Gleiche, nämlich nichts.

Genau an diesem Punkt befand ich mich an jenem Abend, als ich Bjørn auf Facebook als Freund hinzufügte: Mein Sozialleben lag vollständig brach, wenn man mal von Gro absah, und ich vermisste absolut nichts. Letzteres beunruhigte mich ein wenig, aber nicht genug, um etwas daran ändern zu wollen.

16

Nach Weihnachten ging es in ziemlich gleichmäßigem Rhythmus weiter. Unsere Versuche, Schluss zu machen, hatten wir eingestellt. Bald hörten wir auf, über die Zukunft zu sprechen und darüber, was wir tun oder nicht tun sollten.

Es hatte sich eine Art Alltag herausgebildet; durchschnittlich einmal pro Woche trafen wir uns in der Oscars Gate, und so vergingen Winter und Frühjahr, und während ich mit Patienten, Papierkram und Hausarbeit beschäftigt war, dachte ich: Vielleicht ist das mein neues Leben, vielleicht ist dieser Alltag zukunftsfähig. Vielleicht bringt diese eine Sache alles andere wieder in Ordnung. Mein Leben war zweigeteilt, aber die zwei Teile waren voneinander abhängig. Zwischen meinem Leben in Grenda und meiner heimlichen Beziehung mit Bjørn bestand ein gegenseitiges Abhängigkeitsverhältnis. Die beiden Hälften waren keine Gegensätze, sondern im Gegenteil zwei Teile eines Ganzen, die voneinander zehrten. Die Geheimniskrämerei befeuerte das offizielle Leben in Grenda und umgekehrt, das eine konnte nicht ohne das andere existieren. Ich betrachtete mich selbst als Frau, die Verantwortung übernahm. Ich war die Kapitänin, die den Kurs vorgab und das Schiff dann in die entsprechende Richtung steuerte, zum Wohle aller.

Dann wurde es wieder Mai, und an einem Samstag vor vier Wochen, also einen Monat bevor Bjørn und ich unser Einjähriges hätten feiern können, lief ich auf dem Weg zu einem Stelldichein mit Bjørn von Grenda zur U-Bahn, wie üblich unter dem Vorwand, meine Mutter zu besuchen.

Während ich die Straße entlangging und angestrengt auf das kleine Smartphonedisplay schaute, schrieb ich folgende Nachricht an Bjørn: *Ich freu mich so darauf, dich in mir zu spüren.*

In Wirklichkeit schickte ich die Nachricht aber an Aksel, weil er der Letzte war, dem ich eine Nachricht geschickt hatte.

Hätte ich mich damit begnügt zu schreiben: *Ich vermiss dich*, hätte ich es mit irgendwelchen Erklärungen aus der Welt schaffen können. Aber: *Ich freu mich so darauf, dich in mir zu spüren* – selbst ganz am Anfang, als wir noch neu füreinander waren, im Frühling unserer Beziehung, haben Aksel und ich so nicht miteinander kommuniziert.

Erst als ich auf dem Bahnsteig stand und meine Brille hervorgekramt hatte, sah ich, was geschehen war. Aksel hatte schon zurückgeschrieben, die Nachricht habe ich immer noch:

?????????????

Ich stand da und starrte auf das Handy. Aus schierer Verzweiflung schickte ich ihm drei lachende Sonnen in Reih und Glied. Die Sonnen lachten, dass die Tränen nur so strömten. Hahaha. Dann begann ich am ganzen Körper zu zittern. Jetzt beruhig dich, sagte ich zu mir selbst. Das regelt sich schon. Irgendwie regelt es sich.

Dann rief er an. Ich stand auf dem Bahnsteig und sah die U-Bahn vorbeisausen, in der ich eigentlich hätte sitzen sollen, und Aksel sagte: »Was geht hier vor, verdammt? Für wen war die Nachricht bestimmt? Was treibst du da eigentlich?«

»Ich komme sofort nach Hause.«

Nun gut, dachte ich in den paar Minuten, die ich für den Rückweg brauchte. Jetzt passiert es. Jetzt ist endlich Schluss mit diesem Doppelleben. Da müssen wir jetzt bloß durch. Es wird schwierig werden, aber wir werden es schaffen.

Mit dem Handy in der Hand stand Aksel in der Tür.

»Was hast du getan? Was geht hier vor?«

»Es ist Bjørn«, sagte ich. »Die Nachricht war für Bjørn gedacht. Ihn wollte ich treffen.«

»Bjørn?«

»Ja.«

»Aber wolltest du nicht Karin besuchen?«

»Können wir reingehen? Dann erzähle ich dir alles.«

Aksel blieb auf der Treppe stehen und wedelte mit dem Handy.

»Das könnte dir so passen. Wir bleiben hier draußen.

Heißt das, all die Male, die du angeblich deine Mutter besucht hast, hast du irgendwo mit Bjørn gevögelt? Mit *Bjørn*? Mit dem *Psycho*?«

»Ich geh rein. Hier draußen können wir nicht stehen bleiben.«

Ich steuerte in die Küche, Aksel folgte mir.

»Wo habt ihr euch getroffen? In der Oscars Gate?«

Ich nickte und versuchte, etwas zu sagen, aber mein Mund war so trocken.

Aksel rückte dicht an mich heran. Seine Augen traten hervor. Ich fühlte mich so schlapp. Ich schaff das nicht, dachte ich. Lass mich erst ein bisschen ausruhen.

»Sprich mit mir! Steh nicht einfach so da!«

Ich setzte mich. Dann fing ich endlich an zu weinen. Es war eine Erleichterung, und es schien auch Aksel zu beruhigen, der sich schwerfällig mir gegenüber an den Tisch setzte. Er legte das Smartphone weg und stützte sein Gesicht in die Hände. Eine Weile saßen wir so da, ich weinte und wechselte zwischen Kopfnicken und Kopfschütteln, weil ich nicht wusste, was ich sagen sollte, wo ich anfangen sollte. Dann griff Aksel wieder zu seinem Handy. Laut las er vor.

»Ich freu mich so darauf, dich in mir zu spüren.«

In den Stunden und Tagen, die folgten, landeten wir immer wieder bei dieser Nachricht, ob wir im Bett lagen oder auf dem Sofa saßen oder am Küchentisch. Wir redeten und redeten, aber egal, worüber wir redeten und wie wir darüber redeten, wir landeten immer bei dieser einen Nachricht, in der ich – bei Tageslicht und stocknüchtern – mitteile, wie sehr ich mich darauf freute, jemanden in mir zu haben, der nicht Aksel war.

Welche Konsequenzen hatte ich vor mir gesehen, bei den vielen Gelegenheiten, in denen ich mir vorgestellt hatte, ich würde entlarvt werden, oder ich würde mich eventuell sogar hinsetzen und Aksel alles erzählen. In erster Linie hatte ich geglaubt, Aksel wäre erleichtert. Darüber, mich los zu sein, darüber, wirklich den ganzen Tag Ski oder Rollski fahren zu können, das heißt, wenn er nicht arbeitete oder schlief. Aber dann fiel mir ein, dass er das ja bereits tat, er fuhr bereits den ganzen Tag Ski oder Rollski, wenn er nicht arbeitete oder schlief.

»Wie konntest du auf die Idee verfallen, ich wäre *erleichtert*?«

»Ich weiß es nicht. Aber es hat ja den Anschein, als hättest du nur eine Sache im Kopf …«

»Wag es ja nicht. Wag es nicht, mir die Schuld in die Schuhe zu schieben.«

So konnten wir in ruhigen Momenten miteinander sprechen, das heißt, wenn wir überhaupt in der Lage waren, ein Gespräch zu führen.

Denn so, wie ich die Kontrolle verloren hatte über das, was zwischen mir und Bjørn passiert war, verlor Aksel die Kontrolle, als er davon erfuhr. Mit Kontrolle meine ich nicht Kontrolle über die Wut darüber, betrogen worden zu sein, denn diese Wut führt zu akuten Reaktionen, die immer vorübergehen, ganz einfach, weil die Kapazität des Organismus begrenzt ist, sie rein physisch in Gang zu halten, sondern Kontrolle darüber, was man danach unternimmt, besser gesagt, was zu unternehmen man imstande ist, was überhaupt innerhalb der eigenen Handlungsmöglichkeiten liegt.

Aksel mochte sich das Gleiche wünschen wie ich, nämlich dass wir die Krise überwinden, an ihr wachsen, unser Alltagsleben und Haus und Hof behalten würden, aber das half nichts, solange andere Teile von ihm nicht derselben Meinung waren. Und da es sich bei diesen anderen Teilen um diejenigen handelte, die die basalen Körperfunktionen steuerten, konnte er nicht schlafen, wenn ich neben ihm im Bett lag. Er war außerstande, mir in die Augen zu sehen, er bekam Migräne, Schwindel- und Zitteranfälle. All diese Symptome verschwanden augenblicklich, sobald ich weg war, und setzten wieder mit voller Stärke ein, wenn ich in sein Blickfeld kam.

Wenn Aksel nicht weinte, schrie oder mit der Faust auf den Tisch oder gegen die Wand schlug, saß er da und starrte Löcher in die Luft. »Was hast du nur angerichtet«, fragte er dann manchmal mit leiser Stimme. »Begreifst du nicht, was du da angerichtet hast? Was du verloren hast? Für etwas, von dem du nicht mal weißt, was genau es ist.«

Er klang so, als wunderte er sich bloß über etwas, das er nicht verstand. Aber ich verstand es ja selbst nicht.

»Was willst du«, fragte Aksel.

»Ich weiß es nicht«, antwortete ich. »Ich will, dass alles wieder so ist wie früher.«

»Aber das ist unmöglich.«

»Ja.«

»Wenn es nur ein einziger Abend im Rausch gewesen wäre, aber du hast das ein ganzes Jahr getrieben … *ein ganzes Jahr*! Hast du ihm einen geblasen? Hat er dich von hinten genommen?«

Dann ging die Schreierei wieder los.

Als er sich beruhigt hatte, fragte ich: »Und du, was willst du?«

»Ich weiß es nicht.«

So machten wir weiter, Runde um Runde.

An einem dieser Tage schliefen wir abends miteinander, und auf einmal gab es bei keinem von uns Probleme mit der Potenz.

»Nein«, sagte Aksel nach wenigen Minuten und rollte sich weg. Begonnen hatte es damit, dass er mir mit der flachen Hand ins Gesicht schlug. Das hatte fast als Vorspiel gewirkt, und bald lagen wir in völliger Enthemmung im Bett, wir schnauften und keuchten, und ich dachte: Vielleicht kommen wir so wieder zueinander, durch Gewalt. Vielleicht führt der Weg zurück durch Gewalt. Für mich wäre das okay.

Im Laufe der Jahre hatten wir ab und zu über Fremdgehen gesprochen – was würden wir tun, wenn es uns passierte, nur damit wir vorbereitet wären, wie würden wir reagieren, welche Reaktionsweise wäre am zweckdienlichsten. Wir hatten geglaubt, wir wären davor gefeit, aber warum hatten wir das geglaubt? Weil wir über alles Mögliche *reden* konnten?

Durch die Explosion wurde alles, was bis dahin unter einer dicken Schlammschicht verborgen auf dem Grund gelegen hatte, nach oben gespült. Aksel erzählte, er sei auch an jemandem *interessiert* gewesen, aber er habe sich *am Riemen gerissen*. Er sei an verhältnismäßig vielen interessiert gewesen, an Kolleginnen und Bekannten ebenso wie an Nachbarinnen und Patientinnen. Besonders an eine Kollegin habe er viel gedacht. Auch wenn er mit mir schlief, habe er an sie gedacht. Jetzt, da er einmal ins Reden gekommen war, gab es kein Halten mehr, und ich dachte darüber nach, wie seltsam es war, dass wir Seite an Seite gelebt hatten, während all das auf dem Grund lag, und wir hatten gelacht und gegessen, geschlafen und geduscht, herumgealbert und uns ernsthaft und vertraut unterhalten, was man nicht für möglich halten sollte bei jemandem, der so viel zu verbergen hatte, und dennoch hatte es zwischen uns diese Gespräche, den Humor und das stillschweigende Einvernehmen gegeben, kaum zu glauben, und wenn das möglich war, was war dann sonst noch möglich?

Nach einer Woche sah ich ein, dass wir so nicht weiterkamen und dass ich wegmusste, wenn wir eine Chance haben wollten. Zu dieser Zeit, vor drei Wochen, war ich noch fest entschlossen, meine *Ehe zu retten*. So als existierte die Ehe als selbstständiges Wesen mit einem Eigenleben, wie ein überfahrener Igel, der zwischen uns lag. Zu dieser Zeit gehörte ich noch zu denen, die Formulierungen benutzen wie »die Ehe retten« und »eine Chance haben«, aber jetzt haben sich all diese Begriffe aufgelöst, und ich verstehe ihre Bedeutung nicht mehr.

»Gehst du, um es mit deinem Stecher zu treiben«, schrie Aksel, als ich ein paar Klamotten in einen schwarzen Müllsack stopfte und ankündigte, auf unbestimmte Zeit in die Oscars Gate zu ziehen.

»Nein. Das ist endgültig vorbei, das habe ich dir doch gesagt. Ich habe jeden Kontakt abgebrochen, das weißt du. Ich habe dir alles gezeigt, alle Nachrichten. Ich halte es bloß für vernünftig, dass du etwas Abstand von mir bekommst. Wir können nicht so weiterleben wie jetzt. Wir stecken total fest.«

Dann brach er wieder zusammen. Er setzte sich aufs Bett.

»Das ist vielleicht gar keine schlechte Idee. Es wäre wirklich gut, dich eine Weile nicht sehen zu müssen.«

»Ja, das glaube ich dir.«

Nachdem ich an besagtem Samstagnachmittag, als ich aufflog, nicht in der Oscars Gate erschienen war, hatte Bjørn versucht, Kontakt zu mir aufzunehmen, er hatte mir ungefähr zehn Nachrichten geschickt, und erst spätabends war es mir gelungen, mich mit dem Handy aufs Klo zurückzuziehen, wo ich ihm in einer kurzen Nachricht mitteilte, was geschehen war, und dass wir uns nicht mehr treffen könnten. Zumindest für eine ganze Weile nicht, fügte ich in einem Anfall von schlechtem Gewissen hinzu. Du solltest nicht Bjørn gegenüber ein schlechtes Gewissen haben, sagte ich zu mir selbst, aber es half nichts.

Wieder war es Samstag, und wieder war ich auf dem Weg zur Oscars Gate. Im Laufe der Woche hatte mir Bjørn circa dreißig Nachrichten pro Tag geschickt, ich hatte jedoch entweder gar nicht geantwortet oder geschrieben, er müsse aufhören, mich zu kontaktieren. Trotzdem hatte er weitergesimst.

Und als ich die Wohnungstür aufschloss, stand er in der Diele.

Bjørn streckte mir sein Handy entgegen.

»Warum antwortest du nicht?«

Wie er da so stand, erinnerte er mich zum ersten Mal an die jüngere Ausgabe seiner selbst, an den *Psycho*, den eifersüchtigen Jungen, und nun fiel mir wieder ein, wie es gewesen war, das Misstrauen, die Anfälle, und zum ungefähr tausendsten Mal im Laufe dieser letzten Woche fragte ich mich selbst: Was hast du bloß angerichtet?

Zu Bjørn sagte ich: »Was willst du hier?«

»Ich habe Linda verlassen. Ich habe ihr alles erzählt. Ich bin direkt hierhergefahren, seit gestern Abend bin ich hier. Ich habe versucht, dich zu erreichen, warum antwortest du nicht?«

Die Hand, die das Handy hielt, zitterte.

»Ich war mitten in meinem eigenen Drama.«

»Jetzt gehören wir zusammen, begreifst du das nicht? Jetzt ist es passiert. Jetzt gehören wir wieder zusammen. Daran führt kein Weg mehr vorbei. Das ist dir doch klar, oder?«

Sein Gesicht glänzte vom Schweiß. Er musste im letzten Jahr gealtert sein, er musste einen dieser Sprünge erlebt haben, die beim Altern so passieren, denn man altert nicht langsam und gleichmäßig, sondern in Sprüngen, und jetzt konnte ich sehen, dass Bjørn bei seiner Reise zum Alter einen solchen Sprung gemacht hatte. Genauer gesagt, einen Siebenmeilensprung, denn die Falten in seinem Gesicht waren ausgeprägter, die Haare hatten sich zurückgezogen, der Bauch stand mehr vor, das sah ich jetzt. Das Gleiche galt sicher auch für mich. Es war mehrere Tage her, seit ich zuletzt geduscht hatte, und ich wollte nicht darüber nachdenken, wie ich selbst aussah, als ich da so stand.

Na gut, dachte ich. Was soll's. Wie ermüdend es doch ist, sich Gedanken über das Aussehen zu machen, sich herzurichten, sich aufzubrezeln. Wie ermüdend diese Romanze doch gewesen war und wie gut es nun tat, sie hinter sich gelassen zu haben. Doch Bjørn schien nichts zu merken. Er kam auf mich zu und drückte mich an sich, und ich ließ ihn gewähren.

»Du stehst unter Schock«, sagte Bjørn. »Du bist ganz kalt und verschwitzt. Ich glaube, du solltest dich hinlegen. Ich koche dir einen Tee. Hast du Hunger?«

An diesem Abend kam er zu mir ins Zimmer und legte sich neben mich, als wären wir ein altes Ehepaar. Ich stellte mich schlafend und betrachtete ihn verstohlen. Zuerst zog er sich mit langsamen Bewegungen aus, faltete jedes Kleidungsstück sorgfältig zusammen, hängte das Hemd auf einen Kleiderbügel, und ich dachte: Jetzt bin ich mitten in einer dieser Situationen, über die ich zusammen mit Aksel gelacht habe; was haben wir gelacht über all die Freunde und Kollegen, die sich in dem Glauben haben scheiden lassen, dass nun alles so viel besser wird, nur um dann festzustellen, dass das Leben genauso war wie vorher, bloß komplizierter, weil das Bewältigen dieses neuen Lebens mit seiner ganzen Logistik, nicht zuletzt in Bezug auf deine, meine und unsere Kinder, eine Dimension von Klugheit und Reife verlangt, die weit größer, tiefer und umfassender ist, als sie beim Verharren im alten Leben nötig gewesen wäre.

Bjørn schlug die Bettdecke zur Seite und legte sich neben mich, aber mir kam es vor, als wäre er Lichtjahre entfernt. Ich lag dort und sah, wie sich die Zukunft vor mir entfaltete, mit hasserfüllten Kindern, Schwiegerkindern, Enkelkindern und Gourmetklubfreunden, eine ganze Welt voller Hass, mit der unsere kleine Insel der Verliebtheit irgendwie umgehen und fertigwerden musste.

Ich dachte an all die Patienten, die um eine Krankschreibung gebeten hatten, weil sie »sich mitten in einer Trennung befanden«, was mich jedes Mal provoziert hatte, jetzt war ich diejenige, die sich mitten in einer

Trennung befand, auch wenn mir das zu diesem Zeitpunkt noch nicht klar war, denn ich glaubte immer noch, Aksel und ich würden darüber hinwegkommen, wenn wir nur die Zeit zu Hilfe nähmen. Aksel und ich gehörten ja zusammen, und nicht ich und dieser Mann, der neben mir lag und den ich das ganze letzte Jahr in dieser Wohnung getroffen hatte, der aber trotzdem noch in so vielerlei Hinsicht ein Fremder für mich war. Was hatte ich getan? Warum war ich hier? Warum lag ein fremder Mann neben mir? Wo war Aksel?

Ich musste eingeschlafen sein, denn nach einigen Stunden weckte mich das Licht von Bjørns Smartphone. Er lehnte am Kopfende des Betts und weinte.

Bjørn hatte nah am Wasser gebaut, im Gegensatz zu Aksel, den ich nur hatte weinen sehen, als die Mädchen geboren wurden, und dann vor ein paar Tagen, also insgesamt dreimal in fast dreißig Jahren. Bjørn hatte ich allein im letzten Jahr, und obwohl wir uns verhältnismäßig selten trafen, bestimmt schon zehnmal weinen sehen.

»Was ist?«

Bjørn nickte zu seinem Handy.

»So habe ich sie noch nie erlebt. Jetzt ist sie so, wie ich sie mir immer ersehnt habe.«

»Wie ist sie denn?«

»Sie weint und sagt, es tue ihr so leid. Sie sagt, wenn ich jetzt nach Hause käme, dann gingen wir zur Eheberatung und machten alles, was ich die ganze Zeit durchsetzen wollte. Wenn ich nur nach Hause käme.«

»Wirst du das tun? Wirst du nach Hause fahren? Ich würde es verstehen.«

»Nein. Nein, nein.«

Aber schon früh am nächsten Morgen machte er sich auf den Weg.

»Ich fahr bloß nach Hause, um sicherzugehen, dass sie keine Dummheiten macht. Ich komme wieder zurück.«

»Natürlich«, sagte ich und tätschelte ihm den Arm. »Wir hören voneinander. Viel Glück.«

Am Montag darauf ging ich zur Arbeit, und als es Abend wurde, legte ich mich auf die Behandlungspritsche und bin seitdem einfach hiergeblieben.

17

Zufälligerweise sind die letzten vier Patienten alle zwischen 1929 und 1934 geboren. Sie humpeln und hinken ins Sprechzimmer, den Mund dauerhaft geöffnet in einem Zustand permanenten Entsetzens: Geschieht das hier wirklich? Mit *mir*?

Keuchend und stöhnend nehmen sie Platz. Ich rolle meinen Bürostuhl näher heran und frage mit lauter Stimme, das altmodische Notizbuch und den Kugelschreiber gezückt: »Was kann ich heute für Sie tun.«

Sie schütteln den Kopf, als wüssten sie nicht, wo sie anfangen sollen, und ich helfe ihnen auf die Sprünge, indem ich frage, wie es mit der Hüfte stehe, der Arthrose, der COPD, der Schlaflosigkeit, dem Appetit, der Stimmung, dem Wetter, der Wahl, der Inkontinenz, der Prostata, der Verdauung, dem Blutzucker, der Zeitung, dem Regen, der Wärme, der Kälte, dem Sommer, dem Winter, dem Herbst, dem Frühling.

Die Zeit muss vergehen, die Sekunden müssen sich zu Minuten ticken, und niemand hier hat es eilig. Sobald ich das kleinste Anzeichen von Ungeduld zu erkennen gebe, verschließen sie sich. Sie, die Älteren, ertragen es nicht, gehetzt zu werden. Sie stehen im Lebensmittelladen an der Kasse und wollen sich unterhalten, sie lassen sich Zeit und klagen darüber, dass es heute alle so eilig hätten. Aber es hatten immer alle eilig. Vor einigen Jahren hatten sie es selbst noch eilig. Da waren sie diejenigen, die sich ärgerten, denn da befanden sie sich noch mitten in einem Alltag, von dem sie damals nicht annehmen konnten, dass er sich verändern würde.

Nach drei bis fünf Minuten sind die meisten fertig, wenn ich sie nicht unterbreche, wohlgemerkt.

Die letzte Patientin heute ist fast neunzig, sie leidet an Asthma, COPD, Gelenk- und Hüftschmerzen und vielem anderen, trotzdem hat sie ihre Medikamente nicht abgeholt.

Ich frage nach dem Grund, und sie antwortet: »Wissen Sie, ich war alles plötzlich so leid, die ganzen Pillen, die lange Schlange in der Apotheke, all die alten Leute. Die alten Leute in der Apotheke rammen mich mit ihren Rollatoren und entschuldigen sich nicht einmal. Deshalb bin ich lieber in die Parfümerie gegangen und habe mir eine neue Gesichtscreme gekauft. In der Parfümerie gefällt es mir viel besser. Da riecht es gut, und die Leute hinter dem Tresen sind immer so gepflegt und nett.«

»Aber Sie müssen …«

»Ja, ja. Ich weiß. Ich werde sie heute abholen. Es ist immer so viel zu tun, und bald sterbe ich ja sowieso. Ich habe beschlossen, nicht älter als zweiundneunzig zu werden. Das muss reichen. Ich glaube übrigens, dass ich heute lieber in die Konditorei gehe. Dann hole ich die Medikamente morgen. Versprochen.«

Als sie das Behandlungszimmer verlässt, ist es 15:54 Uhr.

Anderthalb Stunden später ist der Schreibtisch aufgeräumt, alles ist unterschrieben und abgeschickt oder in Umschlägen im Korb für ausgehende Post abgelegt. Zum ersten Mal seit vielen Jahren kann ich sagen, dass alles erledigt ist, es gibt nichts mehr zu tun, außer die Uniform gegen Zivilkleidung zu tauschen.

In allen Berufen sollte es eine Uniform geben, schon allein, weil es so befriedigend ist, sie nach der Arbeit auszuziehen. Im Alter von neun Jahren habe ich zusammen mit Berit aus meiner Klasse bei den christlichen Pfadfindern angefangen, wobei der einzige Grund dafür die Pfadfinderuniform war. Der Gürtel, das Tuch, das Hemd, der Rock, der kleine Hut, mir gefiel es, das alles anzuziehen, zusammen mit Berit durch den Schlosspark zum Pfadfinderheim in der Grubbegata zu spazieren, dort in den engen Kellerräumen zu sitzen, zu sticken und von Jesus zu hören. Nach einigen Monaten begann ich mich zu langweilen, und hörte wieder auf, aber die Uniform behielt ich, und an den Wochenenden, wenn die Hausarbeit und die Schulaufgaben erledigt waren, zog ich die Pfadfinderuniform an, setzte mich in einen alten Sessel und las, und so bekam ich die endlosen freien Tage herum.

Neben den Toiletten gibt es einen Waschraum, dort stehen eine Waschmaschine und ein Trockner, in denen die Putzfrau unsere Uniformen wäscht, ich komme gut mit einem Waschgang pro Woche aus, Handtücher und Bettzeug eingeschlossen. Ich werfe jeden Freitag die wöchentliche Maschine an, direkt nachdem der Wachmann seine Runde gedreht hat. Vor ihm nehme ich mich etwas mehr in Acht als vor der Putzfrau, der es gleichgültig zu sein scheint, ob Leute da sind oder nicht. Gewöhnlich verlasse ich die Praxis, kurz bevor der Wachmann so gegen zehn Uhr kommt. Ich mache einen Spaziergang durch die Nachbarschaft, und wenn ich ihn gehen sehe, warte ich fünf Minuten, bevor ich wieder ins Behandlungszimmer zurückkehre.

Anfangs hatte ich ihn nicht auf dem Schirm, und am dritten Abend hatte ich mich bereits hingelegt, als er kam. Ich hatte eine Schlaftablette genommen und war weit weg.

»Hallo?«, sagte eine Stimme. »Ist da jemand?«

»Ich habe gerade Eheprobleme«, brachte ich schließlich heraus, nachdem mir klar geworden war, wo ich mich befand, und ich mich in dem IKEA-Bett aufgesetzt hatte.

Der Wachmann nickte und lächelte auf eine Weise, die mir das Gefühl gab, verstanden zu werden, zumindest für ein paar Sekunden, und ich dachte: Wenn ich wirklich will, dass Bjørn mich in Ruhe lässt, da er jetzt wieder in seine Ehe zurückgekehrt ist und alles darauf hindeutet, dass er dort auch bleiben wird, aber mal angenommen, er will die heimlichen Treffen und all das wieder aufnehmen, und ich erkenne, dass ich abermals nicht in der Lage bin, dem ein Ende zu setzen, dann bräuchte ich nur zu sagen, dass ich mit einem anderen geschlafen habe, einem dritten Mann, wenn man Aksel mitzählt. Ich habe mit dem Wachmann geschlafen, er hat einen viel größeren Schwanz als du, was sagst du dazu. Punkt. Das würde schon reichen. Es wäre genauso einfach, wie sich von einem hohen Gebäude zu stürzen. Nötig ist lediglich der erste Schritt. Ich müsste noch nicht einmal mit dem Wachmann schlafen, ich kann einfach behaupten, dass ich es getan habe und dass er einen großen Schwanz hat. Bjørn ist nach eigener Aussage *ein einfacher Junge vom Lande* und würde sich deshalb verpflichtet fühlen, auf so eine Aussage zu reagieren.

Tore: Wenn man sich selbst als einfachen Jungen vom Lande bezeichnet, hat man schon bewiesen, dass man alles andere als ein einfacher Junge vom Lande ist.

Wie auf Kommando brummt mein Handy. In den letzten Stunden hat mir nur Bjørn Nachrichten geschickt. Aksel und Gro haben jetzt, an einem Freitagabend, wohl genug mit sich zu tun.

Ich stehe im Waschraum, bin gerade dabei, die Maschine mit meinem Bettzeug zu füttern, und erst, als ich fertig bin, schaue ich aufs Handy, das ich aus alter Gewohnheit mitgenommen habe, und lese die Nachricht.

Vermisse dich, steht da nur. Und dann kommt noch eine Nachricht: *Kannst du nicht wenigstens antworten, nur damit ich weiß, dass du noch lebst.*

Ich fülle das Waschmittel ein und stelle die Maschine an.

Ich muss mit dir reden. Es ist etwas passiert.

Ich verstehe nicht, warum er mir das schreibt. Was haben wir miteinander zu tun? Ich gehe den Flur entlang und spüre nichts. Nur eine vage Sehnsucht nach der alten Zeit, als all das noch eine große Bedeutung für mich hatte, als ich alle Nachrichten ganz genau gelesen hätte, ausführlich auf sie geantwortet, durchgestrichen, neu geschrieben, überarbeitet und am Text gefeilt hätte.

Was kann schon passiert sein – vielleicht hat Bjørn am Kiosk eine Bratwurst und eine Cola gekauft und vergessen, es in der App zu vermerken, woraufhin Linda mit Scheidung gedroht hat. Bestimmt ist etwas in der Art passiert. Denn wir werden von Details gesteuert. Mikroskopisch kleine Details lenken uns, halten uns aufrecht und bringen uns zu Fall. Wie das Detail, dass man jemandem aus Versehen eine Freundschaftsanfrage schickt oder eine Nachricht an die falsche Person sendet, und auf einmal ist das ganze Leben auf den Kopf gestellt.

Ich habe Bjørn im Verdacht, zu unserem früheren Zustand zurückkehren zu wollen, als wir beide sicher in unserer jeweiligen Ehe platziert waren, um uns dann wieder wie gehabt in der Oscars Gate zu treffen.

Warum auch nicht, wirft Tore ein. Das hat ja eigentlich ganz gut funktioniert. Aber dann musstest du mit dieser Textnachricht alles ruinieren.

Nachts erwachen auch die anderen Gegenstände hier drinnen zum Leben, nicht nur Tore. Sie scheinen eine Arroganz, eine Art autoritärer Präsenz auszustrahlen, die mir den Schlaf raubt, die mich hier liegen und sie anstarren und alles Mögliche in sie hineinlesen lässt, und die Gegenstände starren zurück.

Ich sage mir: Die Möbel sind nicht lebendig. Das Wesen, das du Tore nennst, ist nicht lebendig. Es gibt ihn nirgendwo anders als in deinem Kopf. Du liegst hier und hast Angst vor toten Gegenständen und redest mit einem Haufen Plastik.

Ich muss eingeschlafen sein, denn als ich das nächste Mal auf mein Handy schaue, ist es 3:34 Uhr, aber es sind noch sechsundvierzig Minuten, bis ich aufstehen darf.

In der Zwischenzeit lese ich auf meinem Smartphone *Ratschläge und Tipps für eine schmalere Taille, für ein besseres Gedächtnis, Ehebruch, was soll ich tun*. Ja, was soll ich tun. Wir glauben, wir könnten vorhersagen, wie wir in verschiedenen Situationen reagieren würden. Wir hören von Dingen, die anderen passieren, und stellen uns vor, was wir selbst tun würden. Aber versuchen Sie einmal, sich mit dem Kopf in den Händen nach vorn zu beugen, wie es als Handlungsanweisung in der Sicherheitsbroschüre steht für den Fall, dass das Flugzeug auf die Meeresoberfläche aufschlägt. Versuchen Sie, die Sauerstoffmaske anzulegen, während das Flugzeug gegen eine Bergwand prallt. Oder essen Sie mehr Gemüse, und bewegen Sie sich mehr, auch wenn in Ihren Genen festgeschrieben ist, dass Sie mit siebenundfünfzig durch ein Blutgerinnsel sterben.

In den letzten Nächten habe ich es mir angewöhnt, mir die Twitter-Meldungen der Polizei anzuschauen.

#Oslo Rodeløkka: Person festgenommen, die eine andere Person in einer Wohnung mit einem Messer bedroht haben soll. Niemand wurde verletzt, diverse Untersuchungen zum Vorfall stehen noch aus.

#Oslo Gebiet Jordal: Mann überwältigt, der mehrere kleinere Brände gelegt hat. Zusammen mit der Feuerwehr wurde sichergestellt, dass alle Brände gelöscht sind. Der Mann wurde in Gewahrsam genommen.

Es ist immer ein Trost, dass jemand wach ist, dass jemand aufpasst, Brot backt, Bus fährt, Leute festnimmt. Alle könnten auf der Straße übereinander herfallen, randalieren, in Häuser einbrechen. Aber überraschend wenige tun es. Die meiste Zeit arbeiten fast alle für die gute Sache. Wenn sich ein Schädling, eine bösartige Bakterie oder ein lebensbedrohliches Virus zu zeigen beginnt, dann strömen die weißen Blutkörperchen herbei, um die Gefahr abzuwenden, im Körper der Gesellschaft wie im Körper des Menschen. Und wenn trotzdem jemand vom Kurs abkommt, geschieht das immerhin so selten, dass in der Zeitung darüber geschrieben wird oder dass die Polizei es bei Twitter postet. Alle Berichte über Gewalt und Zerstörung enthalten einen Trost: Wenn es alltäglich wäre, würde nicht darüber geschrieben.

»Das ist aufmunternd, nicht wahr«, flüstere ich ins Leere, um etwas Leben in Tore zu bringen, der seit vielen Stunden nichts mehr gesagt hat.

Eltern gehen mit ihren Kindern zum Arzt, finden sich zur vereinbarten Zeit ein. Wir sind auf unserem Posten und sorgen für Menschen, Häuser und Autos, für Straßen und Busse, wir kochen Essen und versorgen einander, wir waschen Wäsche und helfen kleinen und großen Menschen beim Ankleiden. Leute lassen sich von der Arbeit freistellen, um kranke Kinder oder Alte zu pflegen, sie suchen im Internet nach Symptomen und Behandlungsmöglichkeiten, sie versuchen, auf demente Eltern aufzupassen, die bei fünfzehn Grad minus ohne Kleidung herumirren, oder wir hören unserer dementen Mutter zu, die wieder und wieder bis ins Detail ausführt, was der Dieb diesmal mitgenommen hat.

Menschen tun ihr Bestes, und diese Menschen sind in der Mehrheit. Auf jedes Individuum, das andere mit dem Messer bedroht und Gebäude in Brand steckt, kommen tausend steuerzahlende Bürger, die das kleine Mädchen mit den Schwefelhölzern gerettet hätten. Das ist Gott, denke ich dann, denn wenn es Gott irgendwo gibt, dann hier, in all dem unablässigen, alltäglichen Bemühen. Ja, sagt Tore, der endlich zum Leben erwacht ist. Halleluja, ruft er. Halleluja! Ich versuche, Hohn und Spott herauszuhören, aber er wirkt vollkommen überzeugt, ich kann sogar hören, dass er in seiner Ecke kurz vorm Losheulen ist.

Endlich zeigt die Uhr zehn vor halb fünf, und unter Bjørns Foto steht *Vor 1 Stunde aktiv*. Also war er online, als ich die Twitter-Meldungen der Polizei gelesen habe. Vielleicht haben sie wieder gestritten, und er hat sich nach einem Freund gesehnt, nach jemandem, der auf seiner Seite steht, nach *ein bisschen Freundlichkeit*. Bjørn hat mir einmal erzählt, er habe ab und zu Fantasien über Krankenschwestern. Nicht über die übliche Pornoausgabe, sondern die älteren, ziemlich resoluten Krankenschwestern, die ihn wuschen und versorgten.

»Das gehört mit zum Perversesten, was mir je zu Ohren gekommen ist«, sagte ich, und dann erzählte ich ihm von meiner Fantasie, so klein zu sein, dass ich in die Brusttasche seines Hemdes passte, wo ich dann den ganzen Tag liegen, mich aufwärmen und seinem Herzschlag lauschen würde.

Ich gehe in die Kantine und stelle die Kaffeemaschine an. So früh an einem Samstag ist es unwahrscheinlich, dass ich hier jemanden treffe, und sollte doch jemand auftauchen, habe ich die Erklärung parat, dass ich gestern Abend aus war und kein Taxi mehr nach Hause bekommen konnte. Und ich werde nur von ihr Gebrauch machen, wenn mich jemand fragt.

Als ich etwas später mit den Füßen auf dem Tisch dasitze und die heiße Kaffeetasse in meinem Schoß ruht, empfinde ich fast so etwas wie Zufriedenheit.

Ja, *Zufriedenheit*, denke ich, und dieses Mal hält Tore die Klappe.

Eine Ruhe hat sich aufgebaut und baut sich weiter auf, verdichtet sich mit jeder Minute, die ich verrinnen lasse, ohne Bjørn, Aksel oder Gro zu antworten.

Die beiden Letztgenannten haben allerdings auch seit gestern keine weiteren Kontaktversuche mehr unternommen, aber von Bjørn strömen weiterhin Nachrichten herein, die letzte gerade eben, als ich Kaffee kochen war. Ohne das Handy mitzunehmen. Ganz ohne einen Gedanken daran zu verschwenden, war ich also den ganzen Weg in die Kantine gegangen, hatte Wasser und Kaffeepulver abgemessen, hatte dagestanden und der Kaffeemaschine bei ihrer Arbeit zugesehen und mir, als sie fertig war, eine Tasse eingeschenkt, die Maschine wieder ausgestellt und war dann hierher zurückgegangen, und all das, ohne an das Handy zu denken, an dieses Nuckeltuch, an das ich mich ein ganzes Jahr lang jede Sekunde geklammert hatte.

Ich gehe hinaus, um ein paar Lebensmittel einzukaufen, um Leute, Autos, Bäume und die Welt zu sehen. Etwas zu sehen, das sich bewegt. Aber draußen ist es immer noch ziemlich ruhig. Ich laufe durch den Lebensmittelladen, lasse mir viel Zeit. Kaufe zusätzlich zu der obligatorischen Orange auch eine Banane und Lippenpomade.

Dann gehe ich wieder nach Hause, denn das hier ist ja jetzt mein Zuhause, und als ich in den Flur des Empfangsbereichs einbiege, höre ich jemanden im Sprechzimmer des Revoluzzers rumoren. Schon kommt er heraus, und es ist zu spät, sich zu verstecken.

Meine Stimme sagt: »Hallo, du bist es, auch an einem Samstag hier, ja, ja, so weit ist es schon gekommen, man wird nie fertig, im Prinzip kann man gleich hier einziehen, haha«, und der Revoluzzer sagt: »Ja, aber jetzt freue ich mich auf den Urlaub.«

Und weil es bis zu den großen Ferien noch lange hin ist, schließlich haben wir erst Mitte Mai, liegt es auf der Hand zu fragen, wohin er fährt. Ich bin niemand, der seinen Mitmenschen etwas vorenthält, das ihnen Freude macht, und weil der Revoluzzer gern reist, was ich sowohl aus der Kantine als auch von Facebook weiß, sage ich: »Urlaub, aha, wo geht die Reise diesmal hin?«

Ich stehe da und schaue ihm ins Gesicht, dabei wird mir klar, dass Small Talk das Allerschwierigste ist. Alles, was wir so von uns geben. *Wie geht's; schön, dich zu treffen; lang nicht gesehen; auf Wiedersehen; schönes Wochenende; schönen Tag; fröhliche Weihnachten; frohes neues Jahr; danke für die Einladung; gute Reise; herzlichen Glückwunsch; herzliches Beileid; schönes Wetter heute.* Aber all das bedeutet ja eigentlich nur: *Ich komme in Frieden. Ich habe nicht die Absicht, dich zu töten, dich zu fressen oder dir irgendwelche deiner Besitztümer oder Angehörigen wegzunehmen.* Es kommt darauf an, sich gegenseitig zu bestätigen, die Luft ein bisschen wärmer zu machen. Small Talk ist anstrengend, aber notwendig, zum Beispiel wenn man wie ich einen Kollegen an einem Samstag am Arbeitsplatz auf dem Flur trifft und den Betreffenden zum Reden bringen möchte, damit er vergisst zu fragen, warum ich immer, absolut immer, in der Praxis bin.

Das Beste an Phrasen und Small Talk ist, dass man sich hinter ihnen verstecken kann. Nach besonders schwierigen und anstrengenden Patientengesprächen mit den Aggressiven, den chronisch Unzufriedenen kommt es vor, dass ich lächelnd in der Tür stehe und sage, *auf Wiedersehen, viel Erfolg, gute Besserung*, aber hinter den Zähnen, in meinem geschlossenen Mund, forme ich ganz andere Worte. Niemand sieht oder hört diese Worte, aber die Gewissheit, dass sie trotzdem geäußert werden, am helllichten Tag, dem Patienten direkt ins Gesicht, wirkt quasi wie Abfallbeseitigung. Viele Schimpfwörter lassen sich lautlos und unbemerkt hinter den Zähnen aussprechen, solange sie nicht die Buchstaben b, f, m, p oder v enthalten, da deren Aussprache den Einsatz der Lippen voraussetzt.

Auf Wiedersehen! *Arschloch.*

Gute Genesung! *Drecksack.*

Während ich die Tür schließe, lächele ich breit und völlig aufrichtig.

Du bist so kindisch, sagt Tore.

Die haben angefangen, antworte ich.

Ich stehe immer noch hier und höre dem Revoluzzer zu, eine Art aktives Zuhören, wie Frauen es älteren Männern gegenüber gern praktizieren, wie man auch einem kleinen Kind zuhört, das viel auf dem Herzen hat. Mir fällt der Eifer auf, der einem von älteren Männern oft entgegengebracht wird, und es ist aufmunternd, dass selbst eine Frau in meinem Alter noch auf jemanden treffen kann, der gern ein wenig flirtet – auch wenn er sich dessen selbst vielleicht noch nicht einmal bewusst ist –, und dass es sich dabei um einen Mann handelt, der ohne Hilfe gehen kann und sogar noch im Berufsleben steht. Dass der Revoluzzer, der sich weigert, in den Ruhestand zu gehen, tatsächlich an einem Samstagvormittag im Flur dieser Praxisgemeinschaft stehen und den Drang verspüren kann, laut und ungebremst von der Interrailtour zu erzählen, die er mit der ganzen Großfamilie, mit Kindern, Schwiegerkindern und Enkelkindern, unternehmen will, und dass die aufmunternden Kurzwörter aus mir entweichen wie Flatulenzen, denn das Bestreben, sich vor diesen archetypischen Situationen zu schützen – *man muss sich mit dem alten Affenmännchen gut stellen* –, tendiert zurzeit gegen null.

Irgendwo in diesem von mir praktizierten aktiven Zuhören mit Augenkontakt und Nicken verbirgt sich eine Nachsicht, eine Überlegenheit, ein gewissermaßen weiblicher Drang zu helfen, und ich bin der Meinung, dass man diesen Drang zügeln und mäßigen muss, besonders Frauen sollten dieses konstante Kribbeln, sich um alle kümmern zu wollen, unter Kontrolle bekommen, es ist nicht immer für alle gut.

»Du meine Güte, wie schön«, sage ich, »die ganze

Familie auf Interrailtour, was du nicht sagst, das wusste ich nicht, ein Nachtzug zwischen Malmö und Berlin, Abendessen in Malmö, Frühstück in Berlin.«

Ich muss mein Gewicht auf den anderen Fuß verlagern, halte aber Augenkontakt und nicke, und jedes Mal, wenn ich das Gewicht verlagere und Luft hole, um zu sagen: Ja, ja, dann wünsche ich dir viel Spaß und gute Reise, scheint er mein Vorhaben zu durchschauen und kommt mit etwas Neuem, auf das ich reagieren muss: »Ach so, für die Strecke Berlin–Prag habt ihr ebenfalls ein Schlafwagenabteil für euch allein gebucht, ja klar, und ihr habt einen ganzen Tag in Berlin und wollt euch mindestens fünf Museen ansehen.«

Seine Worte lösen sich auf und werden zu einem konstanten Gezwitscher, das in den Ohren kratzt und kitzelt, und als ich mir gerade überlege, dass ich eine Ohnmacht vortäuschen könnte, ist es endlich vorbei.

»Na dann tschüss und schönes Wochenende«, ruft er mir nach.

»Gleichfalls«, rufe ich, und als ich mich endlich in Sicherheit gebracht habe, muss ich in meinem Sprechzimmer mehrmals im Kreis gehen, bis ich in der Lage bin, mich hinzusetzen und einige Schluck Erdbeershake zu trinken.

18

Seit dem Abend, als mir klar wurde, dass ich aus Grenda wegmusste, hatte ich nicht mehr geweint. Aber an diesem Vormittag bricht es aus mir heraus. Ich sitze gerade beim Friseur, den Termin habe ich vor langer Zeit vereinbart, bevor das alles passiert ist, allerdings im Gedanken an Bjørn – zum Friseur gehen, sich zurechtmachen lassen –, und endlich übernimmt der biologische Körper das Kommando, wie Aksels biologischer Körper das Kommando übernommen und ihn hat wissen lassen, dass er nicht mehr neben mir im Bett liegen konnte. Lauf vor ihr weg, sie ist gefährlich, hat Aksels Körper zu ihm gesagt und Zittern, Schwindel und sogar Erbrechen ausgelöst.

Erst begreife ich nicht, was los ist. Mein Kopf hängt über dem Waschbecken, die Friseurin massiert mir das Shampoo in die Kopfhaut, und ich versuche, Kiefer, Gesicht, Kopf und Nacken zu entspannen. Sie spült das Shampoo aus, und als sie mir gerade ein Handtuch um die Haare wickeln will, höre ich tief in meinem Kopf ein Geräusch, wie wenn etwas zerbricht, Konvulsionen arbeiten sich den Hals hinauf, wie ich sie lange nicht mehr erlebt habe. Und dann setzt es ein: nicht das übliche Getröpfel, das aufhört, bevor es richtig angefangen hat, sondern ein guter, altmodischer Weinkrampf, mit Rotz und Wasser und tiefem Schluchzen. Ich beuge mich nach vorn und stütze das Gesicht in die Hände, genieße das Gefühl, wie die Schluchzer durch mich hindurchschwappen.

Die Friseurin sagt kein Wort, sie geht nur ein kleines Handtuch holen, das sie mir in den Schoß legt. Sie fegt ein wenig den Boden, dann bringt sie mir eine Tasse Kaffee, die sie in das Regal neben dem Spiegel stellt.

Nach einer Weile riskiere ich es, die Tasse zum Mund zu führen. Ich trinke den Kaffee in kleinen Schlucken. Dann macht sich die Friseurin daran, meine nassen Haare auszukämmen. Keine Fragen, kein Kommentar, nicht ein Wort. Ich bin so dankbar für ihr Schweigen, dass ich kurz davor bin, erneut loszuheulen. Wie selten kommt es zu dieser Form von Zuwendung, wie viel wird überall geschwätzt. Darüber müssen wir reden, grölt es von allen Seiten, dabei ist es doch so einfach: Sei einfach still. Bitte sei still, warte ab, sage nichts, unternimm nichts, und bitte auch keine Grimassen, bleib einfach sitzen, *bis ich fertig bin*.

Mit frisch geschnittenen Haaren laufe ich durch die Straßen, komme zum Youngstorget, wo der Springbrunnen läuft. Die Sonne scheint und funkelt in den Wassermassen, mein Handy brummt in der Tasche, aber ich nehme es nicht heraus. Es fällt mir genauso leicht, es nicht herauszunehmen, wie mich nicht in eines der Straßenlokale am Youngstorget zu setzen und ein Bier zu bestellen.

Ich werde mir eine Toilette suchen und das Handy hineinwerfen, dann ziehe ich ab, und danach müssen alle, die mit mir in Kontakt treten wollen, Rauchsignale oder Brieftauben verwenden.

Aber das – so viel erkenne ich noch, bevor ich den Gedanken zu Ende gedacht habe – wäre im Grunde dasselbe, wie sich ans Handy zu klammern und ständig einen Blick daraufzuwerfen, mein Leben also von ihm bestimmen zu lassen, wie ich es im letzten Jahr getan habe. Es wegzuwerfen oder sich daran zu klammern, sind zwei Seiten derselben Medaille. Das Smartphone war seinerzeit ein Geschenk, es hat sicher viele tausend Kronen gekostet, warum sollte ich es jetzt wegwerfen.

Das Brummen verstummt, dann setzt es abermals ein. Es hört auf, fängt wieder an. Bjørn schreibt gewöhnlich viele kurze Nachrichten anstelle einer langen, dabei geht es ums Löschen, um Sicherheit und Linda.

Ich weiß, das sich Bjørn jetzt auf einem Spielplatz befindet, wo er auf einer Bank sitzt, um auf ein Enkelkind aufzupassen, das in einem Kinderwagen liegt und schläft, während seine Frau und seine Tochter in der Stadt sind, um ein Brautkleid oder eine Kaffeemühle zu kaufen, und ich weiß, dass er besonders verzweifelt ist, weil ja Wochenende ist. Zwei lange Tage vollgepackt mit Kindern und Enkelkindern und Lindas Unzufriedenheit.

Aber es wird bald wieder ruhiger. Bald wird es wieder

ruhiger, Bjørn, bald ist der Alltag wieder in Gang, rollt alles wieder an, mit Geburtstagen und Gourmetklub, mit Morgen und Abend. Wart's nur ab. Die Zeit heilt alle Wunden, wie meine Mutter sagen würde.

Auf dem Weg zum Pflegeheim weiß ich, dass das Ganze vorbei ist. Ich gehe den Bogstadveien entlang und versuche, auf diese Erkenntnis zu reagieren, werde jedoch abgelenkt, von Menschen und Tieren, von Geschäften und Samstagseinkäufen, von der Sonne, die scheint, und von Paaren, die in einem Straßencafé zu Mittag essen. Was Bjørn und Linda wohl gerade machen, frage ich mich, um in die alte Stimmung zu kommen, aber sie stellt sich nicht ein. Die Räder wollen nicht recht loslaufen. Was soll's, denke ich bloß. Was soll's. Was hat das mit mir zu tun. Was hatte ich jemals mit dieser Familie in Fredrikstad zu schaffen. Ich habe gesündigt und meine Schulden bezahlt. Außerdem trinke ich nicht mehr, und jetzt werde ich meine Mutter besuchen.

An den Wänden im Eingangsbereich sitzen die Dementen und starren mich und alles, was sich sonst noch bewegt, an. Dort versammeln sie sich gern. Sie sind wieder wie Säuglinge, sie wissen nicht, wo sie selbst aufhören und die Welt beginnt.

Eine Frau steht auf und zeigt auf mich.

»WER BIST DU«, brüllt sie mit rauer, schnarrender Stimme, sie macht immer den Anfang, und dann erheben sich mehrere andere. »Kommst du mich holen«, murmelt jemand. »Hier?« »Jetzt?« »Mich?«

Früher hat es mir vor diesem Spießrutenlauf gegraut, aber jetzt verlangsame ich meine Schritte, um mich länger hier aufhalten zu können, denn nachdem ich in mein Behandlungszimmer gezogen bin, wirken die Unruhe und die Schreie hier drinnen normal und angemessen.

Wenn ich jedoch zu lange stehen bleibe, greift mich möglicherweise einer von ihnen an. Einmal hat mir eine der Frauen eine Ohrfeige verpasst. Sie kam auf mich zu und schlug mich ohne jede Vorwarnung mit der flachen Hand. Hinterher sagte das Pflegepersonal, die Frau habe sie alle schon einmal geschlagen, ich solle es nicht persönlich nehmen. Sie gehöre eigentlich in die Psychiatrie, aber bei den Ohrfeigen handele es sich um verhältnismäßig seltene Ausbrüche, die übrige Zeit sitze sie ruhig da, esse und tue alles, was man ihr sagt.

Auf dem Weg zu Mutters Zimmer treffe ich den Wanderer. Er ist dünn und knochig, weil er ununterbrochen auf dem Flur herumläuft und sich weigert, etwas zu essen, weshalb er durch eine Sonde ernährt werden muss. Der Wanderer hält direkt vor mir an, bleibt stehen und starrt mir in die Augen. So vergehen vielleicht zehn Sekunden, dann schüttelt er den Kopf und schnaubt.

Er trabt weiter. Seit Mutter hier wohnt, macht er das schon, aber im letzten Jahr kam es mir so vor, als wüsste er, was ich treibe, und als gäbe er mit diesem Schnauben im Namen der ganzen Menschheit sein Urteil ab.

Meine Mutter ist nicht in ihrem Zimmer. »Ich glaube, die Mama sitzt drüben im Aufenthaltsraum«, sagt eine Pflegerin im Vorbeilaufen zu mir. Sie hat denselben Weg, also gehen wir zusammen.

Es ist etliche Jahre her, dass Mutter anfing, in Unterwäsche im Treppenhaus herumzuirren, bei Nachbarn anzuklopfen und sie auszuschimpfen, weil sie dachte, sie würde an ihre eigene Tür klopfen, und nicht verstand, warum ein Nachbar öffnete. Dann kam eine Phase, in der sie sich einbildete, alle wollten sie bestehlen, weshalb sie die wenigen Schmuckstücke und Wertsachen, die sie besaß, überall in der Wohnung und in den dazugehörigen Kellerräumen und auf dem Dachboden versteckte. Dann vergaß sie, dass sie den Schmuck versteckt hatte, und glaubte, jemand hätte ihn gestohlen. Wenn ich ihn wiederfand, erklärte sie es sich damit, dass der Dieb sich hineingeschlichen und den Schmuck zurückgelegt habe. Sie war oft aggressiv, und das war neu, denn obwohl sie nie besonders freundlich gewesen war, war sie immer sachlich und ruhig geblieben, aber jetzt konnte sie heftige Wutanfälle bekommen, mich anrufen und beschimpfen, weil sie überzeugt war, ich hätte ihren Marimekko-Mantel geklaut. Wenn ich dann kam und ihr zeigte, dass er ganz hinten im Schrank hing, meinte sie, ich wäre da gewesen und hätte ihn zurückgehängt.

Mittlerweile weiß Mutter nicht mehr, wer ich bin, sie erinnert sich an nichts aus ihrem alten Leben. An mich erinnert sie sich nur aus dieser neuen Zeit, sie weiß, dass wir etwas miteinander zu tun haben, sie weiß bloß nicht, was. Aber sie ist klar genug im Kopf, um zu wissen, dass ich, im Gegensatz zu ihr, zu denen gehöre, die sagen, wo es langgeht. Sie sitzt im Aufenthaltsraum am Fenster und gibt vor, nicht zu merken, dass ich komme. Aber genau wie kleine Kinder sind die Alten leicht zu durchschauen. Während die Kinder noch nicht gelernt haben, sich zu verstellen, haben alte Menschen diese Kunst verlernt, und hier scheint Mutters alte Persönlichkeit durch, denn nachdem sie angefangen hatte, mich in dieser neuen Zeit wiederzuerkennen, fiel sie in ihre alte Haltung mir gegenüber zurück, ins Gnädigsein, ins Sparsamsein, darin, sich als etwas zu sehen, das nur in kleinen Portionen ausgegeben werden darf, und dieses Verhalten ist von der Demenz nicht weggespült worden, und daher ist das Zusammenspiel zwischen uns völlig intakt: Ich greife nach ihr, sie entzieht sich.

Endlich dreht sie sich um, und genau wie ich mir nachts einbilde, die Möbel wären lebendig und starrten mich an, so bilde ich mir nun ein, dass Mutter vorgibt, erst jetzt zu bemerken, dass ich hier bin, denn in all den Jahren habe ich eine Menge Gedanken und Gefühle in Mutter hineingelesen, und es wird mir bewusst, dass vermutlich nichts von diesen Gedanken, Gefühlen und Absichten, die ich mir vorgestellt habe, vorhanden ist. Es wird mir bewusst, dass gerade dieses Nichtvorhandensein die Antwort auf all die Fragen und Rätsel ist, die mich all die Jahre umgetrieben haben. Es ist so einfach, dass ich es nicht gesehen habe.

Daraus müsste ich eigentlich den Schluss ziehen, dass ich aufhören kann hierherzukommen, wie ich seinerzeit hätte aufhören können, nach Drammen zu fahren, und doch weiß ich, dass ich nächsten Samstag wieder hier sein werde, denn wie die alten Phrasen und Sprichwörter in Mutters Knochen festsitzen, so ist die Hoffnung tief in mir verankert – dieses ewige Gequengel in meinem Innern, die alte Hoffnung auf Anerkennung und irgendeine Form von Gespräch oder Kontakt, auf die sie sich bis jetzt nicht eingelassen hat und auf die einzulassen sie nun keinerlei Möglichkeit mehr hat. Warum sollte ich sie also nicht einfach sich selbst überlassen. Das ist das große Rätsel, dass ich sie nicht einfach sich selbst überlasse.

Ich beuge mich hinunter und umarme sie. Das tue ich für die Pflegerin, die ich auf dem Flur getroffen habe und die jetzt in der Tür steht und uns zulächelt, denn Mutter und ich haben uns nie umarmt. Mutter fühlt sich an wie ein Ast, grau, glatt und trocken, von dem Wellen und Jahreszeiten die Rinde, die Blätter und andere lose Teile weggewaschen haben.

»Hallo, Mutter! Wie geht's dir?«

»Ja, geht schon!«

Mutter antwortet resigniert, als wollte sie sagen: Was glaubst du wohl? Ich wusste vorher, dass sie so antworten würde, aber wie bei der Umarmung hatte ich auch bei der Frage die Pflegerin im Blick, die immer noch in der Tür steht und uns mit schief gelegtem Kopf zulächelt, denn wenn ich mich so verhalten hätte, wie ich mich verhalte, wenn ich mit Mutter allein bin, hätte ich mich einfach hingesetzt und aus dem Fenster oder auf mein Handy geschaut, bis Mutter etwas gesagt hätte, und ich weiß, dass die Pflegerin das merkwürdig gefunden und es möglicherweise in den Unterlagen vermerkt hätte.

Schon ziemlich früh habe ich herausgefunden, dass es am besten war, mit dem Reden zu warten, bis Mutter anfing, oder mit dem Anrufen zu warten, bis ich ein konkretes Anliegen hatte. Aksel hatte einmal vorgeschlagen, ich sollte sie überhaupt nicht mehr anrufen, dann würde sie sich irgendwann melden. Aber genau wie bei der Hausarbeit schaffte ich es nicht, mich lange genug zu beherrschen. Aksel behauptete ja, er dürfe sich nicht an der Hausarbeit beteiligen. Doch wie lange ist lange genug? Einmal haben wir zwei Monate im selben Bettzeug geschlafen, woraufhin ich es schließlich gewechselt habe, und Aksel sagte: »Aber du hättest doch etwas sagen können.« Ich konnte nicht erwidern: Du hättest es selbst merken müssen, denn dann hätte Aksel geantwortet: Ich kann doch keine Gedanken lesen, wie er seiner Mutter antwortete, wenn sie sauer wurde, weil er am Muttertag nicht von sich aus angerufen hatte.

Es war das Gleiche, wie wenn ich versuchte, Mutter dazu zu bewegen, dass sie mich anruft. Sie tat es einfach nicht. Immer rief ich sie an. Einmal verging ein halbes Jahr, und trotzdem war ich diejenige, die anrief, und da benahm sie sich, als wären seit dem letzten Mal erst ein paar Tage vergangen.

Als ich den Zulassungsbescheid zum Medizinstudium in der Post hatte, rief ich Mutter an, obwohl ich es besser hätte wissen müssen. Ich hätte warten sollen, bis sie nach meinen Zukunftsplänen fragte. Möglicherweise hätte sie nie gefragt, und dann hätte ich warten müssen, bis sie nach Norwegen heimkehrte und vielleicht irgendwann die Lehrbücher in meinem Zimmer entdeckte. Dennoch rief ich sie an, ich stand in der Oscars Gate im Flur, den Brief der medizinischen Fakultät in der Hand, und rief sie in Afrika an.

»Hallo, Mutter! Ich habe einen Studienplatz in Medizin!«

»Ja.«

»Ich habe einen Studienplatz in Medizin!«

»Ich habe es gehört.«

»Ist das nicht toll? Freust du dich nicht?«

»Doch.«

»Es ist doch so schwer reinzukommen.«

»Ja.«

»Du freust dich doch?«

»Ja. Sonst noch was?«

»Nein.«

»Ich hab's eilig. Tschüss.«

Ohne eine Antwort abzuwarten, legte sie auf. Vielleicht sind wir beide Autisten. Bestimmt ist das erblich. Das habe ich früher oft gedacht, aber dann habe ich Aksel kennengelernt und Kinder bekommen und es geschafft, mich so lange normal zu verhalten, dass ich mich selbst für normal gehalten habe.

Wenn die Mädchen anrufen und getröstet werden wollen, entweder weil sie krank oder traurig oder einfach allgemein unzufrieden sind und etwas Aufmunterung benötigen, stelle ich mir vor, ich hätte, als ich in ihrem Alter war, etwas Derartiges getan, nämlich meine Mutter angerufen, um getröstet zu werden. Sie hätte nicht verstanden, worum es mir ging, was ich von ihr wollte. Hätte ich Mutter damals in Afrika angerufen, wohin sie sich aufgemacht hatte, als ich ungefähr vierzehn war, und gesagt: Mutter, ich liege mit einer Grippe im Bett, erzähl mir was Lustiges, wie es eine meiner Töchter vor Kurzem getan hat, wäre es still geworden in der Leitung. Hallo, hätte ich vielleicht gesagt, um sicherzustellen, dass die Verbindung nicht unterbrochen worden war. Was willst du, hätte sie zurückgefragt. Ich brauche nur etwas Zuwendung, hätte ich erwidern können, aber dann hätte sie gefragt, wie schlecht es mir eigentlich gehe, wo ich doch offensichtlich imstande sei zu telefonieren. Wie krank ich sei im Vergleich zu einer aidskranken, hochschwangeren Zwölfjährigen.

Als ich mit der Weiterbildung zur Spezialistin für Allgemeinmedizin anfing, sagte Mutter: »Was haben sie sich jetzt bloß wieder einfallen lassen, Spezialistin für Allgemeinmedizin? Spezialistin und allgemein sind Antonyme. Hals, Nase und Ohren haben miteinander zu tun, Geburten und Frauenkrankheiten haben miteinander zu tun, Herz und Gefäße haben miteinander zu tun, aber Spezialistin für Allgemeinmedizin? Soll das ein Witz sein?«

Meine Antwort: »Dadurch werde ich so eine Art Allrounderin, die sich mit allem ein bisschen auskennt. Spezialisten sehen oft nur die Krankheiten, die in ihren eigenen Bereich fallen. Für einen Hammer sieht alles aus wie ein Nagel. Für einen Orthopäden sieht alles aus wie ein Bruch.«

»Das haben sie euch also schon beigebracht? Es muss ja wirklich etwas ganz Besonderes sein, wenn man euch zuallererst beibringen muss, das Fach zu erklären.«

Wir schleppen so viele Vorstellungen mit uns herum, wie alles sein müsste und sein sollte, die häufen sich auf und machen uns mit jedem Tag schwerer. Warum war mir die Meinung meiner Mutter so wichtig und woher kam das Bedürfnis nach normaler, konventioneller mütterlicher Anerkennung, wenn alle Erfahrung und alle Empirie dafür sprachen, dass sie mir diese nie zuteilwerden lassen würde?

»Sollen wir auf dein Zimmer gehen«, frage ich, und sie antwortet nicht, steht nur auf und humpelt vor mir den Flur entlang. Mutter wirkt hier so zu Hause, als wäre ihr all das zutiefst vertraut, der Linoleumboden, das Pflegepersonal, Essen zu festen Zeiten, und das ist nicht sehr verwunderlich, denn sie hat ihre ganze Kindheit in einer staatlichen Einrichtung verbracht. Im Gegensatz zu den meisten anderen hier, die aus einem Leben in privater

Verantwortung in öffentliche Obhut gekommen sind, hat Mutter ihr Leben in öffentlicher Obhut begonnen. Als Säugling wurde sie auf der Treppe eines Waisenhauses ausgesetzt, in dem sie dann aufwuchs, und daran denke ich, während ich die kleine Gestalt vor mir her tappen sehe. Die kahlen Stellen am Kopf. Als Säugling verlassen, denke ich, denn ich merke, dass die Tränen immer noch dicht unter der Oberfläche treiben, und verspüre den Drang, sie wieder nach oben zu holen. *Als Säugling verlassen*. Der glänzende Schädel, der zwischen den weißen Haarsträhnen hindurchschimmert. Aber soweit ich weiß, hat Mutter selbst nie wegen ihrer Kindheit im Waisenhaus geweint, und auch bei mir will sich das Weinen nicht einstellen.

Dass sie überhaupt noch lebt, denke ich stattdessen, wie ich es jedes Mal denke, wenn ich hier bin. Dass ihr Körper immer noch funktioniert. Was sind das doch für Maschinen, in denen wir uns bewegen, bei denen wir weder wissen, wie wir hineingekommen sind, noch, wie wir herauskommen sollen. Wer oder was sorgt dafür, dass das Herz schlägt und die Nägel wachsen, und wer oder was hat bestimmt, dass all das anfangen und eines Tages aufhören soll. Von einem winzigen Körnchen ausgehend weiten wir uns aus, um dann wieder zusammenzusinken, und trotzdem läuft sie da den Flur entlang, mit Nieren, Lunge und Gehirn, alles ist noch da, und das Herz schlägt in dem zerbrechlichen Brustkorb, in den uralten, porösen Knochen.

Mutter hat eine ganz besondere Gabe, den Anschein zu erwecken, als müssten alle das tun, was sie zum jeweiligen Zeitpunkt gerade tat. Nun lebt sie hier. Hier ist es sauber und nett, und immer passt jemand auf, das Essen wird serviert, und sie bekommt Respekt, Zuwendung und Pflege, und selbst jetzt, tief in ihrer Demenz, schafft sie es irgendwie, das Leben in einem Pflegeheim und das Dementsein als erstrebenswert für alle dastehen zu lassen. So als befände sie sich selbst, egal, wo sie ist, immer im Zentrum.

Ich helfe ihr aufs Sofa und setze mich auf den Stuhl. Mutter bleibt in genau der Position sitzen, in der ich sie hingesetzt habe, und sieht mich mit leerem Blick an. Sie hat bereits vergessen, dass ich mit ihr hierhergekommen bin.

»Wie geht's dir«, frage ich laut, um sie zum Reden zu animieren.

Die Antwort kommt automatisch: »Danke, gut. Kann nicht klagen. Und dir?«

Sie trägt ein groß gemustertes Marimekko-Kleid, es ist viele Jahrzehnte alt und dementsprechend verschlissen. In den Siebzigerjahren hat sie eine Zeit lang ihre gesamte Garderobe bei Norway Designs gekauft, und soweit ich weiß, hat sie sich seitdem keine Kleidung mehr zugelegt.

»Danke, gut, ich habe im Moment viel zu tun. Viele Kranke. Und natürlich ein paar *eingebildete Kranke*, aber das ist ja immer so.«

Mutter legt den Kopf schief, denn den Ausdruck »eingebildete Kranke« hat sie nicht verstanden, obwohl ich gelächelt und Anführungszeichen in die Luft gemalt habe, damit sie die humorvolle Konnotation erfasst, aber Humor gehört zu den Dingen, die in der großen Welle verschwunden sind, die durch sie hindurchgeschwappt ist und alles mitgerissen hat, mit Ausnahme von Phrasen und Gesten, die sie hinreichend oft ausgesprochen oder ausgeführt hat.

Wie oft muss eine Geste ausgeführt werden, bis sie sich in den Knochen selbst festsetzt – über so etwas grübele ich gelegentlich nach, während ich mit Mutter rede, denn einer der Vorteile einer Demenz ist, dass man sich keine Gesprächsthemen einfallen lassen muss. Man kann einfach die letzte Frage wiederholen, die hat sie nämlich schon wieder vergessen.

Als ich noch getrunken habe, habe ich mich gewöhnlich an dem Pappkartonwein bedient, den sie im Schrank stehen hatte. Ich habe eine Kaffeetasse mit Rotwein gefüllt, und solange ich kleine Schlucke davon trinken konnte, war es kein Problem, das Gespräch mit Mutter in Gang zu halten, ein Gespräch, das sich im Kreis drehte, das nirgendwohin gelangte, ein Gespräch, das ich damals in nüchternem Zustand nicht ausgehalten hätte. Aber jetzt gefällt es mir, hier zu sitzen und die gleichen Sätze zu wiederholen. Ich finde Ruhe in dem absurden und sinnlosen Gespräch, das mich an den Dialog im Stück *Warten auf Godot* erinnert, das Mutter und ich uns Ende der Siebzigerjahre im Torshovteateret angeschaut haben.

»Wie geht's dir«, frage ich noch einmal.

Ich sitze da und betrachte Mutter, und obwohl ich all die Jahre versucht habe, sie dazu zu bringen, dass sie sich normal und wie alle anderen verhält, ist diese Ausdruckslosigkeit das, was ich von ihr kenne, was mir vertraut ist: das Wortkarge und Abweisende. In mir gab es immer eine Stimme, die gelacht, mich imitiert und nachgeäfft hat, wenn ich so tat, als wäre Plaudern etwas Natürliches für mich, Plaudern mit den Eltern im Kindergarten, in der Schule, am Esstisch in Grenda, auf Gartenfesten, diese Art von freundlicher und gutgelaunter Unterhaltung, die in meinen Ohren immer falsch, übertrieben und gekünstelt klang.

»Danke, es geht auf und ab«, antwortet Mutter, das hatte sie früher manchmal zu Bekannten auf der Straße oder zu Leuten am Telefon gesagt, mir gegenüber hätte sie diese Phrase jedoch nie gebraucht.

Einmal, ich muss wohl so acht oder neun Jahre alt gewesen sein, war ich mit Mutter in der Stadt. Wir trafen jemanden, den sie kannte, vermutlich jemanden aus dem Krankenhaus, ansonsten wäre sie nicht stehen geblieben, denn auf einen Plausch mit Nachbarn oder Bekannten auf der Straße ließ sie sich niemals ein.

Mutter hielt an und wollte etwas sagen, aber die andere Person nickte nur kurz und lief weiter, ohne auch nur das Tempo zu drosseln.

Ein paar Sekunden lang blieben wir beide stehen. Ihr Gesichtsausdruck? Als hätte sie jemand mit der Faust geschlagen. Daraufhin streichelte ich unbeholfen ihren Arm, obwohl wir einander sonst nie berührten, doch sie schlug meine Hand zurück, als wäre ich ein Insekt.

Ich bekam Angst, aber nicht weil sie schlug, denn damals war es nicht unüblich, seinen Kindern in der Öffentlichkeit einen Klaps zu versetzen, sondern weil sie gedemütigt worden war. Dass sie sich deshalb schämte, konnte ich nachvollziehen, weil ich dieses Gefühl kannte, aber dass sie jetzt dort stand und so hilflos wirkte, fühlte sich für mich an, als würde die Welt untergehen.

»Ich gehe uns einen Kaffee holen.«

Mutter nickt, aber es sieht nicht so aus, als wüsste sie, warum sie nickt, es ist eher ein Reflex.

In der Küche schenke ich uns aus der großen Thermoskanne des Heims zwei Tassen ein und trage sie zurück.

»Wie tüchtig du bist«, sagt Mutter.

»Das hast du noch nie zu mir gesagt. Weder als ich mit neun Jahren den Haushalt geführt habe, noch als ich die Zulassung zum Medizinstudium bekommen habe. Aber wenn ich hier Kaffee aus der Küche hole, Kaffee, den ich noch nicht einmal selbst gekocht habe, bin ich tüchtig.«

Mutter nickt und lächelt, als hätte ich gesagt, dass das Wetter am Wochenende bestimmt sehr schön werden wird. Sie sieht mir sogar in die Augen. Ich kann zu ihr sagen, was ich will. All das ist so ungewohnt, dass ich wegschauen muss. Jemand muss dafür sorgen, dass die Beziehung zwischen uns aufrechterhalten wird, dass sie so bleibt, wie sie immer war. Für den Fall, dass Mutter wieder sie selbst wird. Denn tief im Innern glaube ich, dass es den gesunden Teil von ihr immer noch irgendwo gibt und dass er auftauchen und mich zur Verantwortung ziehen wird.

»Weißt du, warum ich hier bin?«

»Du bist ein bisschen vergesslich geworden, Mutter. Du brauchst jemanden, der auf dich aufpasst. Trink jetzt deinen Kaffee.«

»Warum nennst du mich Mutter?«

»Weil du meine Mutter bist.«

»Du kommst mir bekannt vor, aber ich kann dich nicht einordnen. Bist du eine meiner Studentinnen?«

Ich antworte nicht. Sie hat sowieso gleich wieder vergessen, was sie gesagt hat.

Mutter stellt die Tasse auf den Tisch und schaut mich an, als wollte sie etwas sagen, das sie noch nie zuvor gesagt hat.

»Ich habe langsam genug.«

»Wie meinst du das?«

»Ich habe keine Lust mehr zu leben.«

»Aber Mutter.«

»Ich will sterben.«

»So darfst du nicht reden.«

Dieses Gespräch durchlaufen wir bei jedem Besuch, und wie gewöhnlich denke ich: Warum eigentlich nicht? Sie darf nicht nur nicht sterben, sie darf noch nicht einmal darüber reden. Dem Gesetz zufolge muss man am Leben erhalten werden, egal, wie schmerzhaft es ist. Zudem ist es einem noch nicht einmal erlaubt, die Worte auszusprechen. Das ist ein Teil des Konstrukts, das aufrechterhalten werden muss, damit den Jungen und Gesunden nicht die Laune verdorben wird. Wir, die wir gesund und munter sind, wollen, dass die Alten ein Leben führen, das unserem eigenen so ähnlich wie möglich ist, dass sie schlafen und essen und sich bewegen. All das, was ich meinen Patienten ständig empfehle. Es hört nicht auf, noch nicht einmal hier, weil wir uns weigern, die Hoffnung aufzugeben, dass das Alter bekämpft werden, dass der Verfall aufgehalten werden kann. Doch wir wissen nicht, wie es ist, in ihrer Haut zu stecken, und an dem Tag, an dem wir es wissen, ist es zu spät.

Mutter seufzt.

»Jeden Morgen bin ich ganz enttäuscht, dass ich nicht tot bin.«

Manchmal hat sie solche Augenblicke, in denen sie wieder sie selbst ist, denn so etwas hätte ihre alte Version auch sagen können. Aber dann ist es genauso schnell wieder vorbei, wie es gekommen ist, und bevor ich antworten kann, geht die Tür auf, und eine Pflegerin kommt herein.

»Und wie steht es hier«, fragt sie und läuft im Zimmer herum, rückt Kissen zurecht, gibt Mutter ein paar Tabletten, und die ganze Zeit redet sie mit Mutter wie mit einem kleinen Kind, genau wie ich mit den Bewohnern des Pflegeheims geredet habe, in dem ich während meines Studiums gejobbt habe. Jetzt lächele ich diese Pflegerin an, wie die Bewohner und ihre Angehörigen mich seinerzeit angelächelt haben, mit schief gelegtem Kopf und einem Gesichtsausdruck, den ich damals als eine Art Neid auf die Jugend gedeutet habe.

Schon vor langer Zeit ist mir klar geworden, dass das, was ich als Neid auf die Jugend interpretiert habe, in Wirklichkeit Nachsicht war, und dass sie mich durchschaut haben, genau wie ich jetzt diese Pflegerin durchschaue, die mit ihrem jungen Körper um uns herumschwänzelt, wie ich durchschaue, dass unser Alter und unsere Grauheit stimulierend auf sie wirken, wie sie auf Mutter einplappert und Tassen zusammenräumt. Wir lächeln, Mutter weiß ebenfalls, dass sie in dieser Situation lächeln soll, aber wir warten beide darauf, dass sie geht, und wie Mutter und ich jetzt hier so sitzen und gute Miene zu dem Jugendtanz machen, der vor uns aufgeführt wird, denke ich wieder daran zurück, wie viel die Älteren damals von mir aushalten mussten. Wir sind zwei räudige, alte Katzen, die einen zwitschernden kleinen Vogel anstarren, den wir durchschauen und dem wir gleichzeitig vergeben. Aber der zwitschernde kleine Vogel begreift nichts davon, denn wenn die Pflegerin den Gedanken zuließe, dass wir einmal wie sie waren, müsste sie zugleich folgern, dass sie auch einmal so werden wird wie wir, und diese deprimierende Erkenntnis kann ihr Gehirn nicht aufnehmen, weil sie sonst nicht mehr in der Lage wäre, ihren Reproduktionsaufgaben nachzukommen.

Die Hände in die Seiten gestemmt bleibt sie vor uns stehen.

»Vergessen Sie nicht, dafür zu sorgen, dass die Mama sich bewegt. Das ist gut für die Verdauung.«

Wir schauen zu ihr hoch und nicken wie zwei gehorsame Kinder. Ihre Stimme ist belehrend und arrogant, aber das weiß sie nicht, oder es kümmert sie nicht. In der letzten Zeit habe ich eine gewisse Abneigung gegen jüngere Menschen entwickelt, das heißt, gegen alle unter dreißig. Vor etwa zehn Jahren richtete sie sich nur gegen Leute unter zwanzig. Es ist also absehbar, dass ich in dreißig Jahren nur noch imstande sein werde, mit Menschen über sechzig zu sprechen.

Endlich geht die Pflegerin. Als ich meine Sitzposition verändere, fährt Mutter zusammen, wie in einem Reflex. Vielleicht glaubt sie, ich würde sie zwingen, mit ihrem Rollator auf dem Flur herumzulaufen, wie ich es vor einigen Monaten getan habe, als ich noch zur Menschheit gehörte. Zu Mutters Glück gehöre ich heute nicht mehr zur Menschheit, wenn ich überhaupt jemals zu ihr gehört habe.

»Ganz ruhig. Ich werde dich zu nichts zwingen. Wir können einfach hier sitzen bleiben.«

Ich quäle mich selbst mit der Erinnerung daran, wie ich Mutter im Laufe des letzten Jahres über den Flur gescheucht habe, während ich immer wieder verstohlen aufs Handy geschaut habe, weil ich auf ein Signal von Bjørn hoffte.

»Mutter«, sage ich. Sie blickt sich um, wie um zu sehen, woher das Geräusch kommt, und ihr Blick bleibt an mir hängen.

»Ja?«

»Ich tauge nicht zur Ärztin, tauge nicht für ein Familienleben, tauge zu überhaupt nichts.«

Sie schaut weg, wie um sich in Erinnerung zu rufen, was sie jetzt sagen sollte. Und dann kommt es: »Ein Spatz in der Hand ist besser als eine Taube auf dem Dach.«

Mutter lehnt sich mit dem Kopf an die Rückenlehne des Sofas und fängt an zu schnarchen. Bei jedem Schnarchlaut flattert die schlaffe Haut um ihren Mund.

Nachdem Mutter Aksel zum ersten Mal getroffen hatte, habe ich sie gefragt, was sie von ihm halte.

»Er ist sehr dünn. Und er hat ein Babygesicht.«

Sie sagte das, als würde sie mir damit einen Dienst erweisen, damit ich nicht später ankommen und ihr vorwerfen könnte: Warum hast du mir nicht vorher gesagt, dass er dünn ist und ein Babygesicht hat?

Aber ich gab keine Ruhe.

»Sieht er denn nicht gut aus? Fast ein bisschen südländisch?«

Für einen Norweger ist Aksel sehr dunkel – das gilt für seine ganze Familie.

Mutters Antwort: »Ja, schon. Aber irgendwie wirkt er auch wie ein Tellerwäscher im Grand Hotel.«

Wenn ich das im Laufe der Jahre als lustige Anekdote erzählt habe, meinten viele, Mutter sei eifersüchtig gewesen. Sie hatte ja nur dich, natürlich hatte sie Angst, dich zu verlieren. Das haben die Leute gesagt, um mich zu trösten, in ihrer Situation hätte ich bestimmt etwas Ähnliches gesagt, so etwas lässt man nun mal gern vom Stapel.

Mutter war jedoch nicht im Geringsten eifersüchtig, sie wollte bloß etwas zum Gleichgewicht beitragen. Gutaussehend, ja, südländisch, ja, aber vergiss nicht den Tellerwäscher im Grand Hotel.

Ich erhebe mich, bleibe bei ihr stehen und betrachte sie. Sie ist so zusammengeschrumpft, dass sie in dem verschlissenen Marimekko-Kleid, das beim Kauf gepasst hat, jetzt jedoch mindestens zwei Nummern zu groß ist, völlig verschwindet. Trotzdem spüre ich ihre Präsenz, als füllte sie jeden Winkel dieses Zimmers, und leise sage ich: »Wäre ich wie du, würde ich dir jetzt ein Kissen aufs Gesicht legen. Vermutlich müsste ich nicht einmal besonders fest drücken.«

Als Antwort schnarcht Mutter so heftig, dass ihr ganzes Gesicht zittert.

19

In der Straßenbahn steht ein Mann und klammert sich fest. Er ist dünn und knochig, hat hohle Wangen und den für Drogensüchtige so typischen Überbiss. Sein Gesicht ist voller Narben, seine Kleidung war vor fünfzehn Jahren modern. Seine Knie sind leicht gebeugt, die Augen halb geschlossen. Er hängt fast mit dem ganzen Gewicht an dem Haltegriff an der Wand, den er mit beiden Händen umklammert. Er gibt ein Bild des Elends ab, und dennoch geht es ihm, zumindest jetzt, genau in diesem Moment, viel besser als uns anderen, uns nüchternen Fahrgästen, die wir hier sitzen und ihn mit einer gewissen Unruhe mustern.

In der Schule hat man versucht, uns mit Filmen Angst einzujagen, die zeigten, wie wir abstürzen könnten, wenn wir mit Drogen anfingen. Halbtote Drogensüchtige irrten mit einem Körper voller Wunden herum. Wir hörten von Prostitution und an einer Überdosis verstorbenen Junkies, die in öffentlichen Toiletten gefunden wurden, wo der Boden mit Blut, Pisse und Exkrementen bedeckt war, und die ganze Zeit lautete die große Frage: *Warum haben sie das getan?* Das war es, was ich nicht begreifen konnte, und niemand unternahm einen Versuch, es uns zu erklären. Niemand erzählte uns von der Ekstase des Rauschs, dem Hochgefühl, dieser Tür mitten im Nirgendwo, mitten im Alltag, die man einfach öffnen und durchschreiten kann, um sich auf einmal an einem völlig anderen Ort zu befinden.

Pass auf, pass auf, sage ich zu mir selbst, denn du bist nicht mehr durch eine Ehe und ein Familienleben geschützt, nichts ist mehr selbstverständlich. Du gehst dem Alter entgegen, allein.

Als ich am Solli Plass aus der Straßenbahn steige, merke ich plötzlich, dass ich hungrig bin, und das ist ein so ungewohntes Gefühl, dass ich es nicht sofort erkenne. Zuerst glaube ich bloß, ich hätte etwas gegessen, das ich nicht vertragen habe. Aber dann fällt mir ein, dass ich seit der Lasagne gestern überhaupt nichts mehr gegessen habe, und wenige Minuten später sitze ich mit einer Quiche und dem Kaffeeangebot des Tages in der *Kaffebrenneriet*, sogar am selben Tisch, an dem Bjørn und ich vor ziemlich genau einem Jahr gesessen haben.

Ich trinke den Kaffee, schließe die Augen und nehme wahr, wie sich der Geschmack über den Gaumen verteilt.

Einen Tag lang wird es noch gutgehen. Zumindest noch eine Stunde. Jemand mag mich, jemand will mich in seiner Nähe haben, auch wenn es nur das junge Mädchen hinter dem Tresen ist, das mich gerade angelächelt und mir einen schönen Tag gewünscht hat. Zwar mit lauter, aufgekratzter Stimme, die etwas in den Ohren schmerzt, aber immerhin.

In Zukunft werde ich völlig allein sein, wie meine Mutter fast immer allein war, denke ich, als ich die Treppe zur Wohnung in der Oscars Gate hochsteige. Ich werde so enden, wie ich nie enden wollte: wie Mutter, allein in dieser Wohnung.

Auf dem Weg hinein habe ich den Briefkasten geleert, der voller Werbung war, trotz des Aufklebers »Bitte keine Werbung einwerfen«. Nachdem Mutter ins Pflegeheim gezogen war, habe ich eine Woche zum Aufräumen gebraucht. Es sah aus, als hätte ein großes Tier alle beweglichen Gegenstände in der Wohnung durchgekaut und hinuntergeschluckt, um sie dann wieder auszuspucken, hier ein bisschen, dort ein bisschen. Vieles traute ich mich nicht wegzuwerfen, und ich warte immer noch darauf, dass plötzlich ihre gesunde Version auftaucht und fragt, wo all ihre Sachen geblieben sind.

In der Küche blättere ich durch die Post, werfe Reklame weg und lege Rechnungen beiseite. In den letzten Jahren, in denen Mutter hier gewohnt hat, hat sie positiv auf alle Werbeanrufe reagiert und jedes Angebot, das sie in der Post hatte. Sie, die sich nie für Dekoartikel interessiert hatte und nicht an die Wirksamkeit von Nahrungsergänzungsmitteln glaubte, füllte ihre Wohnung mit Nippes, kleinen Porzellanfigürchen, Tellern mit Weihnachtsmannmotiven sowie unzähligen Dosen und Schachteln mit verschiedenen Präparaten. Ich kündigte alle Verträge, die ich finden konnte, aber hier und da trudelt noch eine Zeitschrift ein oder eine Schachtel Vitamine.

Jemand schließt die Wohnungstür auf. Ich höre die Tür zuschlagen, danach das Geräusch eines Trolleys, der durch die Diele gezogen wird, dann steht Bjørn in der Küchentür. Er stellt seinen Koffer an der Wand ab und setzt sich mir gegenüber.

»Nein«, sage ich nur.

Und schon habe ich wieder den ersten Schritt gemacht. Es ist wie mit den Handynachrichten, am besten antwortet man gar nicht, und nun habe ich geantwortet.

Das ist auch Bjørn klar, und ich kann sehen, wie er lächelt, als er wieder aufsteht, um Kaffee zu kochen.

Er hält die große Espressokanne hoch und sieht mich fragend an. Ich schüttele den Kopf.

»Na gut. Ist es denn okay, wenn ich mir einen mache?«

Ich nicke, und Bjørn nimmt sich die kleine Espressokanne, füllt sie mit Wasser und Kaffee, schraubt sie zusammen und stellt sie auf die Kochplatte. Dann setzt er sich wieder hin.

»So. Jetzt habe ich Linda endgültig verlassen. Ich gehe nie mehr zu ihr zurück.«

»Heute hatte ich das Gefühl, endlich gesund zu werden. Aber jetzt kommt es mir vor, als würde ich schon wieder krank.«

»Willst du, dass ich gehe?«

»Äh … ja.«

»Kann ich vorher noch meinen Kaffee trinken?«

Ich zucke mit den Schultern.

»Mach, was du willst.«

Bjørn sagt nichts, sitzt einfach nur da und betrachtet mich, den Tisch, den Boden. Dann steht er auf, stellt den Herd aus und legt einen Schlüssel auf den Tisch.

»Hier hast du ihn zurück.«

»Wo willst du hin?«

»Ich werde mir irgendwo ein Apartment suchen.«

Ich stehe auf und stelle den Herd wieder an.

»Setz dich.«

Bjørn setzt sich. Er nimmt meine Hände. Genau wie vor einem Jahr, und so bleiben wir eine Weile sitzen. Dann sage ich: »Was ist mit Linda? Wie hat sie reagiert, als du gegangen bist?«

»Linda ist wieder ganz die Alte. Ihre Verhaltensänderung war nicht von Dauer, und in der letzten Woche war alles wie früher. Vor ein paar Tagen wollte sie sich wieder scheiden lassen, so alltäglich ist alles schon wieder geworden. Die Krise ist abgeblasen, dann können wir ja zum alten Trott zurückkehren. Aber nein. Das geht nicht mehr. Mir reicht's.«

»Weshalb wollte sie sich dieses Mal scheiden lassen«, frage ich, denn jetzt ist die alte Neugier zurück, und ich frage mich, ob überhaupt irgendetwas jemals verschwindet. Aber nichts verschwindet, alles ist noch da. Es ist immer noch alles da, es ändert bloß die Form, wieder und wieder.

»Weil ich vergessen hatte, das Auto zum TÜV anzumelden. Donnerstagabend bin ich lange herumgefahren. Habe versucht, dich zu erreichen, und als du nicht geantwortet hast, bin ich nach Hause gefahren und habe Linda gesagt, dass ich die Scheidung will. Nicht bloß vorübergehend ausziehen. Keine Trennung. Ich will die Scheidung, habe ich gesagt. Dann habe ich gesagt, dass sie das Haus, das Auto und alles andere behalten kann. Linda hat nur gelacht. Aber als ich mich darangemacht habe, meinen Koffer zu packen, ist sie hinter mir hergekommen und hat angefangen, mich zu beschimpfen. Als ich die Sachen in meinen Koffer warf und sie dicht neben mir stand und schrie, habe ich plötzlich nicht mehr verstanden, warum ich die ganze Zeit so viel Angst vor ihr hatte. Ich bin mehr als doppelt so groß wie sie, da stand sie mit ihrem kleinen Gesicht und schrie mich an, wie sie mich all die Jahre angeschrien hatte, ich konnte hören, dass sie kurz davor war, erneut mit Scheidung zu drohen, da unterbrach ich das Packen und setzte mich auf die Bettkante, um es richtig mitzubekommen, aber dann schaffte sie es in letzter Sekunde, sich zu beherrschen. Es wäre ziemlich amüsant gewesen, wenn sie es ausgesprochen hätte. Es ist schon komisch mit alten Gewohnheiten. Als ich aufstand und weiterpackte, fing sie an zu weinen, aber das rührte mich nicht so wie beim letzten Mal. Jetzt weiß ich, dass um die Ecke das alte Leben auf mich lauert, dass sich nichts verändern wird. Aber als ich mit dem Koffer gehen wollte, hat sie gedroht, sich umzubringen, wenn ich jetzt ginge, und das hatte sie noch nie gesagt, deshalb habe ich nicht im Hotel übernachtet, wie ich es ursprünglich vorgehabt hatte. Einen Tag ging das gut. Wir sind beide nicht zur

Arbeit gegangen, ich habe die ganze Zeit versucht, dich zu erreichen. Warum hast du nicht geantwortet?«

»Ich konnte einfach nicht mehr.«

Die Espressokanne beginnt zu heulen, und Bjørn steht auf und stellt die Kochplatte aus. Dann holt er eine Tasse aus dem Schrank, gießt den Kaffee hinein und setzt sich wieder.

»Wen bombardierst du die ganze Zeit mit Anrufen und Nachrichten, fragte Linda, Elin? Ja, antwortete ich. Sie wird dich auch verlassen, sagte Linda. So wie sie ihren Mann verlassen hat. Alle, die so zusammenkommen, bla, bla, bla. Das ist mir scheißegal, entgegnete ich. Ich will hier jetzt einfach weg. Ich will nicht länger hier sein. Wenn Elin mich will, ist das schön, und wenn nicht, suche ich mir irgendwo ein Apartment. Darauf sagte Linda, sie werde dafür sorgen, dass ich den Kontakt zu den Kindern und Enkelkindern verliere. Aber die haben uns ja die ganzen Jahre erlebt. Sie wissen, wie es mir geht. Gleichzeitig haben sie mitbekommen, dass ich nichts dagegen unternommen habe, vermutlich haben sie geglaubt, es wäre für mich in Ordnung, ich wäre mit der Situation zufrieden.«

»Was werden sie dazu sagen?«

»Ich weiß es nicht. Aber ich glaube, *dich* werden sie mögen.«

»Bestimmt nicht.«

»Egal. Sie sind jetzt erwachsen, sie hatten eine schöne, behütete Kindheit. Sie haben keinen Grund, sich zu beklagen.«

»Wenn Linda und ich in einem brennenden Haus wären, würdest du Linda zuerst retten.«

»Glaubst du das wirklich?«

»Dein Instinkt würde dafür sorgen, dass du zuallererst die Mutter deiner Brut rettest.«

»Aber die Wahrscheinlichkeit, bei einem Brand zu sterben, ist ziemlich gering. Von der Wahrscheinlichkeit, dass du dich im selben Haus aufhältst wie Linda, gar nicht erst zu reden.«

»Genauso gering wie die Wahrscheinlichkeit, im Lotto zu gewinnen. Oder auf die Welt zu kommen.«

»Ja. Hm, ich habe überlegt, dass ich uns heute etwas Leckeres kochen könnte, zur Feier des Tages sozusagen.«

»Was gibt es denn zu feiern?«

»Dass wir jetzt hier wohnen. Dass wir jetzt zusammen sind.«

»Ist das so? Sind wir das?«

»Ja.«

»Schön, dass wenigstens einer von uns weiß, wie es weitergeht.«

»Magst du Auberginen?«

»Ja. Aber ein neues Sofa kaufen wir nicht, oder?«

»Darüber können wir später noch reden. Im Internet gibt es viele schöne Sachen. Ich habe so einige Ideen, was wir hier machen könnten.«

»Wenn wir ein neues Sofa kaufen sollen, musst du dich darum kümmern.«

»Na klar. Ich kümmere mich darum.«

»Ich will damit nicht das Geringste zu tun haben. Du kannst Farbe und Form aussuchen. Ich will einfach eines Tages ins Wohnzimmer kommen, und da steht ein neues Sofa.«

»In Ordnung.«

»Und keine Großfamilienaktionen, wie alle Kinder hierher einladen oder eine Bonusfamilie auf die Beine stellen.«

»Nein, nein.«

»Zumindest muss ziemlich viel Zeit vergehen, bis wir mit so was anfangen.«

»Wir müssen überhaupt nicht damit anfangen.«

»Vielleicht in einem Jahr. Oder wir laden sie einzeln ein.«

»Darüber müssen wir jetzt nicht nachdenken.«

Dank an
Sissel Gran, Liv Hagen, Petter Erik Hagen,
Anne Lise Jomisko, Hilde Jørgensen, Bent Kvalvik,
Alba de Figueiredo Lykke, Anitra Lykke und
Ella de Figueiredo Lykke.
Ein besonders großer Dank geht an meine Lektorin
Cathrine Narum.

Ferner möchte ich zwei Personen danken, die aus verschiedenen Gründen anonym bleiben müssen. Ohne euch zwei hätte dieses Buch niemals das Licht der Welt erblickt.